U0104502

法藏知津

中 國 佛 教 研 究 集 成

初 編

杜 潔 祥 主編

第 28 冊

六朝僧侶詩研究（下）

羅 文 玲 著

南朝詩歌與佛教關係之研究

羅 文 玲 著

花木蘭文化出版社

國家圖書館出版品預行編目資料

六朝僧侶詩研究（下）／羅文玲 著 — 初版 — 台北縣永和市：
花木蘭文化出版社，2010〔民 99〕
目 2+86 面；19×26 公分
（法藏知津——中國佛教研究集成 初編；第 28 冊）
ISBN 978-986-6528-55-2（精裝）
1. 詩歌 2. 詩評 3. 六朝文學
820.9103 98000857

南朝詩歌與佛教關係之研究／羅文玲 著 — 初版 — 台北縣永
和市：花木蘭文化出版社，2010〔民 99〕
序 2+ 目 2+108 面；19×26 公分
ISBN 978-986-6449-57-4（精裝）
1.（晉）陸機 2. 學術思想 3. 中國詩 4. 詩評
5. 佛教文學 6. 南朝文學
820.91035 98013855

法藏知津——中國佛教研究集成
初 編 第二八冊 ISBN：978-986-6528-55-2 ／ 978-986-6449-57-4

六朝僧侶詩研究（下）
南朝詩歌與佛教關係之研究

作　　者 羅文玲
主　　編 杜潔祥
總 編 輯 杜潔祥
印　　刷 普羅文化出版廣告事業
出　　版 花木蘭文化出版社
發 行 所 花木蘭文化出版社
發 行 人 高小娟
聯絡地址 台北縣永和市中正路五九五號七樓之三
電話：02-2923-1455 ／傳真：02-2923-1452
電子信箱 sut81518@ms59.hinet.net
初　　版 2009 年 3 月（一刷）／ 2009 年 9 月（一刷） 2010 年 8 月（二刷）
定　　價 初編 36 冊（精裝）新台幣 55,000 元

六朝僧侶詩研究（下）

羅文玲　著

目次

上冊

附錄一　佛教與謝靈運的山水詩

南朝詩人鮑照曾說：謝詩如初發芙蓉，自然可愛。」〔註1〕同時代的湯惠休亦曾說過：「謝詩如芙蕖出水。」〔註2〕當我們在閱讀謝靈運的詩作時，會感覺到彷彿在眼前浮現一幅明媚鮮活的畫面，讓人如置身於佳山秀水的境界之中，雖然在作品的結尾都帶著玄言的詩句，但是一般都認為謝靈運所創作的是山水詩。

劉勰《文心雕龍．明詩》中提到「情必極貌以寫物，辭必窮力而追新」，〔註3〕這是在說明宋初所興起的山水詩特色，當山水詩人創作詩歌時，傾全力用各種辭句刻劃描摩，以求山水風光能細緻入微呈現於詩中，這也是「寫實」的描寫手法。在〈物色篇〉也提到：

> 自近代以來，文貴形似，窺情風景之上，鑽貌草木之中。吟詠所發，志惟深遠；體物為妙，功在密附。〔註4〕

這是在說自晉宋以來，作品在描寫景物時，重在窮形盡相，詩歌的創作除了求其情志深遠外，事物的描繪上，必須在功效上能圖貌其物，貼切入微。這種刻劃景物的詩歌手法，在晉宋以前的詩歌中，幾乎是很少見，因為之前的詩歌大多是「意象的反映」。〔註5〕

山水詩的集大成者，以謝靈運為代表，清朝沈曾植曾云：「康樂總山水老

〔註1〕見《南史、顏延之傳》引鮑照語。
〔註2〕見鍾嶸，《詩品》中。
〔註3〕劉勰著，周振甫，《文心雕龍注釋》〈明詩篇〉，頁85。
〔註4〕劉勰著，周振甫，《文心雕龍注釋》〈物色篇〉，頁846。
〔註5〕見劉大杰，《中國文學發展史》，華正書局，頁304。

莊之大成，開其先者支道林。」〔註6〕謝靈運在宗教信仰上是篤信佛教的，如何尚之〈答宋文帝贊揚佛教事〉曾記載：〔註7〕

> 謝靈運每云：「六經典文，本在濟俗爲治耳，必求性靈眞奧，豈得不以佛經爲指南耶？」

另外在《高僧傳》中也記載：〔註8〕

> 陳郡謝靈運篤好佛理，殊俗之音，多所達解。

上述的文字記載是表現出謝靈運是篤信佛教的。他也曾作〈與諸道人辨宗論〉，〔註9〕並爲慧遠大師的佛影窟制銘刻石，作〈佛影銘並序〉；〔註10〕與當時的僧侶多有往來，如名僧慧遠、慧叡、曇隆道人、法勗、僧維、慧驎、竺法綱、慧琳、法流都是謝靈運往來的對象。〔註11〕此外，他與慧嚴、慧觀改譯《大般涅槃經》（世稱南本）。

謝靈運所改譯的《大般涅槃經》，在晉宋時代是一部很流行的經典。其實佛經並非只是一味宣揚抽象的教理，相反的在某些經典中還經常塑造出鮮明生動的形象來感動人們歸依佛教。如《大般涅槃經》中爲了讓眾生去除世俗的邪見，堅定奉佛的心念，以大量的篇幅描繪世間的污穢不堪以及地獄的恐怖和天界的莊嚴美妙。無非是希望引起人們對塵世及世俗生活的厭惡，轉而對涅槃境界的嚮往與追求。

這部《大般涅槃經》肯定人人都具有眞如佛性，都可以成佛證得涅槃的境界，經中寫到釋迦牟尼佛即將涅槃時的情景：

> 亦如晨朝日初出時，爲欲闍毗如來身故，人人各取香木萬束，旃檀沉水牛頭旃檀天木香等，是一一木紋理及附，皆有七寶，微妙光明，譬如種種雜綵畫飾，以佛力故，有是妙色青黃赤白，爲諸眾生之所樂見，諸木皆以種種香塗，郁金沉水及姣香等，散以諸花而爲莊嚴。

經中又寫道：

> 如來不久當般涅槃，是時大眾一切悉見無邊身菩薩及其眷屬。是菩薩

〔註6〕見沈曾植，〈與金太守論詩書〉，轉引自賴永海《佛道詩禪》頁223，佛光出版社，民國81年3月出版。

〔註7〕何尚之，〈答宋文帝贊揚佛教事〉，見《弘明集》，卷十一。

〔註8〕見《高僧傳》，〈慧叡傳〉。

〔註9〕見《廣弘明集》，〈法義〉篇，《大正藏》，卷五十二。

〔註10〕見《廣弘明集》，卷十五，〈佛德篇〉，《大正藏》，卷五十二。

〔註11〕見湯用彤〈謝靈運事蹟年表〉，《國學季刊》，第三卷第一號。亦收錄於《理學·佛學·玄學》一書中，北京大學出版社，1992年10月二刷。

身一一毛孔各出生一大蓮華，一一蓮華各有七萬八千城邑，縱廣正等如毗耶離城，牆壁諸塹七寶雜廁，多羅寶樹七重行列。人民熾盛安隱豐樂，閻浮檀金以爲卻敵，一一卻敵各有種種七寶林樹，華果茂，微風吹動出微妙音，其音和雅猶如天樂。城中人民聞是音聲，即得受於上妙快樂。是諸塹中妙水盈滿，清淨香潔如眞硫璃。是諸水中有七寶船，諸人乘之游戲澡浴，共相娛樂快樂無極。復有無量雜色蓮華、優缽羅華、拘物頭華、波頭摩華、分陀利華，其華縱廣猶如車輪。其塹岸上多有園林，一一園中有五泉池，是中復有諸華，……其香馥郁，甚可愛樂。〔註12〕

從上述經文中，所描寫的是勝妙境界，它所敘述的潔淨、光明、芳香的蓮花，以及清徹的泉池，都是經典中常常出現的意象。這些花、樹、泉池等，本來都是來自世俗的世界，但一旦置之極樂世界，沾染宗教的色彩，就顯得優雅聖潔，妙不可言。

極樂世界在梵語中稱作須摩提，有妙意、安泰清和的意思。須摩提又作須摩那，這是一種花，據《慧苑音義》云：「須摩那華，此云悅意華，其形色俱媚，令見者心悅，故名之也。」可見得極樂世界中各種物象都有著令人賞心悅目的美感特徵。所以對於長期閱讀佛經，又喜好美好潔淨事物的詩人而言自然會來深刻的影響。

在謝靈運的筆下，有許多是他對山水的描寫但都帶有濃厚的審美色彩，如：

白雲抱幽石，綠筱媚清漣。（〈過始寧墅〉）
澤蘭漸披徑，芙蓉始發池。（〈游南亭〉）
雲日相輝映，空水共澄鮮。（〈登江中孤嶼〉）
野曠沙岸淨，天高秋月明。（〈初去郡〉）
芰荷迭映蔚，蒲稗相因依。（〈石壁精舍還湖中作〉）
江上共開曠，雲日相照媚。（〈初往新安桐廬口〉）
春晚綠野秀，岩高白雲屯。（〈入彭蠡湖口〉）
遠岩映蘭薄，白日麗江皋。（〈從游京口北固應詔〉）

上面所舉的詩句，無論在取景與設色上，都意在突顯出景物的清淨、優雅以及清妙。其中形容詞多採用紅、紫、綠、白、金等表示光鮮奪目的的詞，

〔註12〕《大般涅槃經》，〈壽命品〉第一。

而荷花、白日、江水、白雲也是詩人特別愛賞的對象。謝靈運在創作詩歌形象具有這樣的審美心理，和他研讀佛經，受佛經中形象描寫應該是有一定程度的關係。

如《觀無量壽經》中具體提出十六觀門，〔註 13〕其中第一觀是「日觀」，第二觀是「水觀」，在作「日觀」時，要求修持者在腦海中浮現出清晰的白日形象；作「水觀」時，要求修持者在腦中顯現出水之清徹澄淨如同琉璃的印象。其他每一觀也都要有一定的觀想法。從美學心理學的角度來看，這些觀想修持法門都帶有審美意味，要想使觀想的形象鮮明眞切，亦須靠平常對日、水、樹等作細微的觀察；反之，當修行者長期沉浸在對此類事物的觀想中，久而久之，在他的心中會形成一種審美心理定勢。謝靈運之所以如此喜愛表現自然界中秀麗的景物，多少包含一份宗教實踐的意味在其中，是故謝詩才會呈現如芙蕖出水般鮮潔可愛的特質。

作爲詩人兼佛教徒的謝靈運，表現在詩歌中是對於佛理的體悟，而且是以審美的形式呈現，也正是這種對於山水自然之美獨特的體驗與探索，所以形成謝靈運詩迴異於其它詩人的獨特風貌。

〔註 13〕十六觀，韋提希夫人願生西方極樂世界，問欲未來世眾生往生，佛說此十六觀門。一日想觀，二水想觀，三地相觀，四寶樹觀，五八功德水觀，六總相觀，七華座想觀，八像相觀，九佛眞身想觀，十觀世音想觀，十一大勢至想觀，十二普想觀，十三雜想觀，十四上輩上生觀，十五中輩中生觀，十六下輩下生觀。

附錄二 《世說新語》中關於僧侶的記載

說明：

1. 此統計係依據《世說新語箋疏》，余嘉錫箋疏，上海古籍出版社，1993 年，十二月一刷。
2. 本表注明出處的引文號次、頁數，以及人物。

言語篇	頁數	人物事蹟
45	106	1. 佛圖澄與石勒遊，〔註 1〕林公曰：「澄以石虎爲海鷗鳥」 2. 支遁語：「澄以石虎爲海鷗鳥」
48	108	竺法深在簡文坐，劉尹問：「道人何以游朱門？」答曰：「君自見其朱門，貧道如游蓬戶。」〔註 2〕
63	122	支道林常養數匹馬。或言「道人蓄馬不韻」。支曰：「貧道重其神駿」。〔註 3〕
76	136	支道林好鶴，住剡東仰山。有人遺其雙鶴，少時翅長欲飛。支意惜之，乃鎩其翮。鶴軒翥不復能飛，乃反顧翅，垂頭。視之，如有懊悔意。林曰：「既有凌霄之姿，何肯爲人作耳目近玩？」養令翮成，置使飛去。

〔註 1〕《佛圖澄別傳》：「道人佛圖澄，不知何許人，出於敦煌，好佛道，出家爲沙門。永嘉中至洛陽，值京師有難，潛遁草澤間。石勒雄異好殺害，因勒大將軍郭默略見勒，以麻油塗掌，占見吉兇。數百里外聽浮圖鈴聲，逆知禍福。勒甚敬信之。虎即位，亦師澄，號大和尚。自知終日，開棺無屍，唯袈裟法服在焉。」

〔註 2〕《高逸沙門傳》：「法師居會稽，皇帝重其風德，遣使迎焉，法師暫出應命。司徒會稽王天性虛澹，與法師結殷勤之歡。師雖升履丹墀，出入朱邸，泯然曠達，不異蓬宇也。」

〔註 3〕《建康實錄》卷八引《許玄度集》曰：「遁字道林，常隱剡東山，不遊人事，好養鷹馬，而不乘放，人或譏之，遁曰：『貧道愛其神駿。』」

93	146	道壹道人好整飭音辭，從都下還東山，經吳中。已而會雪下，未甚寒。諸道人問在道所經。壹公曰：「風霜固所不論，乃先集其慘澹。郊邑正自飄瞥，林岫便已皓然。」〔註4〕
文學篇	頁數	人　物　事　蹟
23	213	殷浩見佛經云：「理亦應阿堵上」
25	216	褚季野語孫安國云：「北人學問，淵綜廣博。」孫答曰：「南人學問，清通簡要。」支道林聞之曰：「聖賢固所忘言。自中人以還，北人看書，如顯處視月；南人學問，如牖中窺日。」〔註5〕
30	218	有北來道人好才理，與林公相遇於瓦官寺，講小品。于時竺法深、孫興公悉共聽。此道人語，屢設疑難，林公辯答清晰，辭氣俱爽。此道人每輒摧屈。孫問深公：「上人當是逆風家，〔註6〕向來何以都不言？」深公笑而不答。林公曰：「白旃檀非不馥，〔註7〕焉能逆風？」深公得此義，夷然不屑。
32	220	莊子逍遙篇，舊是難處，諸名賢所可鑽味，而不能拔理於郭、向之外。支道林在白馬寺中，〔註8〕將馮太常共語，因及逍遙。〔註9〕支卓然標新理於二家之表，立異義於眾賢之外，皆是諸名賢尋味之所不得。後遂用支理。

〔註4〕《高僧傳》卷五：「竺道壹姓陸，吳人也。少出家，貞正有學業。瑯瑘王珣兄弟深加敬事。晉太和中，出都，止瓦官寺，從汰公受學。數年之中，思徹淵深，講傾都邑，爲時論所宗，晉簡文皇帝深所知重。及帝崩，汰死，壹乃還東，止虎丘山。郡守瑯瑘王薈於邑西起嘉祥寺，請居僧首。後暫住吳之虎丘山。以晉隆安中遇疾而卒，春秋七十有一矣。」

〔註5〕據余嘉錫案，《北史儒林傳》序曰：「南人約簡，得其英華；北學深蕪，窮其枝葉。」語即本乎此。亦即北人博而不精，南人精而不博。支道林之言是針對清談名理而發的。

〔註6〕此語言竺法深學義不在支道林之下，當不至於從風而靡，故稱之爲逆風家。

〔註7〕據《翻譯名義集》卷三〈眾香篇〉：「阿難白佛，世有三種香：一曰根香，二曰枝香，三曰華香。此三品香，唯能隨風，不能逆風。」此段文字意義是指支道林以爲雖是竺法深亦不能抗己。

〔註8〕《高僧傳》卷四〈支遁傳〉：「遁嘗在白馬寺與劉系之等談莊子逍遙篇，云：『各適性以爲逍遙。』遁曰：『不然。』云云。」

〔註9〕支遁〈逍遙論〉：「夫逍遙者，明至人之心也。莊生建言大道，而寄指鵬、鷃。鵬以營生之路曠，故失適於體外；鷃以在近而笑遠，有矜伐於心內。至人乘天正而高興，遊無窮於放浪，物物而不物於物，則遙然不我得，玄感不爲，不疾而速，則逍然靡不適。此所以爲逍遙也。若夫有欲當其所足，足於所足，快然有似天眞。猶饑者一飽，渴者一盈，豈忘蒸嘗於糗糧，絕觴爵於醪醴哉？苟非至足，豈所以逍遙乎？」

35	222	支道林造〈即色論〉，〔註 10〕論成，示王中郎，中郎都無言。支曰：「默而識之乎？」王曰：「既無文殊，誰能見賞？」〔註 11〕
36	223	王逸少作會稽，初至，支道林在焉。孫興公謂王曰：「支道林拔新領異，胸懷所及乃自佳，卿欲見不？」王自有一往雋氣，殊自輕之。後孫與支共載往王許，王都領域不與交言。須臾支退，後正值王當行，車已在門。支語王曰：「君未可去，貧道與君小語。」因論莊子逍遙遊，支作數千言，才藻新奇，花爛映發。王遂披襟解帶，流連不能語。
37	224	三乘佛家滯義，支道林分判，使三乘炳然。〔註 12〕諸人在下坐聽，皆云可通。支下坐，自共說，正當得兩，入三便亂。今義弟子雖傳，猶不盡得。
38	225	許掾年少時，人以比王苟子，許大不平。時諸人士及於法師並在會稽西寺講，王亦在焉。許意甚忿，便往西寺與王論理，共決優劣。苦相責挫，王遂大屈。許復執王理，王執許理，更相復疏，王復屈。許謂支法師曰：「弟子向語何似？」支從容曰：「君語佳則佳矣，何至相苦耶？豈是求力理中之談哉！」
39	226	林道人詣謝公，東陽時始總角，新病起，體未堪勞。與林公講論，遂至相苦。母王夫人在壁後聽之，再遣信令還，而太傅留之。王夫人因自出云：「新婦少遭家難，一生所寄，唯在此兒。」因流涕抱兒以歸，謝公語同坐曰：「家嫂辭情慷慨，致可傳述，恨不使朝士見。」
40	227	支道林、許掾諸人共在會稽王齋頭，支為法師，許為都講。〔註 13〕支通一義，四坐莫不厭心。許送一難，眾人莫不抃舞，但共嗟詠二家之美，不辯其理之所在。
41	228	謝車騎在安西艱中，林道人往就語，將夕乃退。有人道上見者，問云：「公何處來？」答云：「今日與謝孝劇談一出來。」
42	228	支道林初從東出，住東安寺中。〔註 14〕王長史宿構精理，並撰其才藻，往與支語，不大當對。王敘致作數百語，自謂是名理奇藻。支徐徐謂曰：「身與君別多年，君義言了未長進。」王大慚而退

〔註 10〕《支遁集》〈妙觀章〉：「夫色之性也，不自有色。色不自有，雖色而空。故曰色即為空，色復異空。」

〔註 11〕《維摩詰經》：「文殊師利問維摩詰云：『何者是菩薩入不二法門？』時維摩詰默然無言。文殊師利歎曰：『是眞入不二法門也。』」

〔註 12〕《法華經》：「三乘者：一曰聲聞乘，二曰緣覺乘，三曰菩薩乘。聲聞者，悟四諦而得道也。緣覺者，悟因緣而得道也。菩薩者，行六度而得道也。」

〔註 13〕《高逸沙門傳》：「道林時講維摩詰經。」
《高僧傳》卷四：「遁晚出山陰，講維摩經，遁為法師，許詢為都講。」

〔註 14〕《高逸沙門傳》：「遁居會稽，晉哀帝欽其風味，遣中使至東迎之。遁遂辭丘壑，高步天邑。」

43	228	殷中軍讀小品，下二百籤，皆是精微，世之幽滯。嘗欲與支道林辯之，竟不得。今《小品》猶存。
44	229	佛經以爲袪練神明，則聖人可致。〔註 15〕簡文云：「不知便可登峰造極否？然陶練之功，尚不可誣。」
45	229	于法開始與支公爭名，後精漸歸支，意甚不忿，遂遁跡剡下。弟子出都，語使過會稽。于時支公正講《小品》。開戒弟子：「道林講，比汝至，當在某品中。」因示語攻難數十番，云：「舊此中不可復通。」弟子如言詣支公。正値講，因謹述開意。往反多時，林公遂屈，厲聲曰：「君何足復受人寄載！」〔註 16〕
47	231	康僧淵〔註 17〕初過江，未有知者，恆周旋市肆，乞索以自營。忽往殷淵源許，値盛有賓客，殷使坐，粗與寒溫，遂及義理。語言辭旨，曾無愧色。領略粗舉，一往參詣。由是知之。
50	233	殷中軍被廢東陽，始看佛經。初視《維摩詰》，疑「般若波羅蜜〔註 18〕」太多，後見《小品》，恨此語少。
51	234	支道林、殷淵源俱在相王許。相王謂二人：「可試一交言，而才性殆是淵源崤、函之固，君其愼焉！」支初作，改轍遠之，數四交，不覺入其玄中。相王撫肩笑曰：「此自是其勝場，安可爭鋒！」
54	236	汰法師〔註 19〕云：「六通、三明同歸，正異名耳」
55	237	支道林、許、謝盛德，共集王家。謝顧謂諸人：「今日可謂彥會，時既不可留，此固亦難常。當共言詠，以寫其懷。」許便問主人有莊子不？正得〈漁父〉一篇。謝看題，便各使四坐通。支道林先通，作七百許語，敘致精麗，才藻奇拔，眾咸稱善。於是四坐各言懷畢。謝問曰：「卿等盡不？」皆曰：「今日之言，少不自竭。」謝後粗難，因自敘其意，作萬餘語，才峰秀逸。既自難干，加意氣擬託，蕭然自得，四坐莫不厭心。支謂謝曰：「君一往奔詣，故復自佳耳。」

〔註 15〕佛經上說：「一切眾生，皆有佛性。但能修智慧，斷煩惱，萬行具足，便成佛也。」

〔註 16〕《高逸沙門傳》：「法開以義學著名，後與支遁有競，故遁居剡縣，更學醫術。」《名德沙門題目》：「于法開才辯縱橫，以數術弘教。」

〔註 17〕《高僧傳》卷四曰：「康僧淵本西域人，生於長安。貌雖梵人，語實中國。容止端正，志業弘深。晉成之世，與康法暢、支敏度等過江，淵雖德逾暢、度，而別以清約自處。常乞匃自資，人未之識。後因分衛之次，遇陳郡殷浩。浩始問佛經深遠之理，卻辯俗書性情之義。自晝至曛，虓不能屈，由是改觀。」

〔註 18〕波羅密，此言到彼岸。

〔註 19〕《高僧傳》卷五：「竺法汰東莞人，少與道安同學。雖才辯不逮，而姿過之。或有言：『汰是安公弟子』者，非也。」道安本隨師姓竺，後乃以釋爲氏，由是其弟子皆以釋爲姓。今竺法汰以竺爲姓，知是同門，非弟子也。

56	238	僧意在瓦官寺，王苟子來，與共語，便使其暢理。意謂王曰：「聖人有情不？」王曰：「無。」重問曰：「聖人如柱邪？」王曰：「如籌算，雖無情，運之者有情。」僧意曰：「誰運聖人邪？」苟子不得答而去。
59	240	殷中軍被廢，徙東陽，大讀佛經，皆精解。唯至「事數」〔註 20〕處不解。遇見一道人，問所籤，便釋然。
61	240	殷荊州曾問遠公：「易以何爲體？」答曰：「易以感爲體。」殷曰：「銅山西崩，靈鐘東應，便是易耶？」〔註21〕遠公笑而不答
64	242	提婆初至，爲東亭第講阿毘曇。〔註22〕始發講，坐裁半，僧彌便云：「都已曉。」即於坐分數四有意道人，更就餘屋自講。提婆講竟，東亭問法岡道人曰：「弟子都未解，阿彌那得已解？所得云何？」曰：「大略全是，故當小未精覈耳。」
方正篇	頁數	人 物 事 蹟
45	323	後來年少多有道深公者。深公謂曰：「黃吻年少，勿爲評論宿士。昔嘗與元明二帝、王庾二公周旋。」〔註23〕
雅量篇	頁數	人 物 事 蹟
31	371	支道林還東，時賢並送於征虜亭。蔡子叔前至，坐近林公。謝萬石後來，坐小遠。蔡暫起，謝移就其處。蔡還，見謝在焉，因合褥舉謝擲地，自復坐。謝冠幘傾脫，乃徐起振衣就席，神意甚平，不覺瞋沮。坐定，謂蔡曰：「卿奇人，殆壞我面。」蔡答曰：「我本不爲卿面作計。」其後，二人俱不介意。
32	372	郗嘉賓欽崇釋道安德問，餉米千斛，修書累紙，意寄殷勤。道安答直云：「損米。」愈覺有待之爲煩。
賞譽篇	頁數	人 物 事 蹟
110	478	王、劉聽林公講，王語劉曰：「向高坐者，故是凶物」復東聽，王又曰：「自是缽釪後王、何人也。」〔註24〕

〔註20〕事數，指五陰、十二入、四諦、十二因緣、五根、五力、七覺支。

〔註21〕《漢書》〈東方朔傳〉:「孝武皇帝時，未央宮前殿鐘無故自鳴，三日三夜不止。詔問太史待詔王朔，朔言恐有兵氣。更問東方朔，朔曰：『臣聞銅者山之子，山者銅之母，以陰陽氣類言之，子母相感，山恐有崩弛者，故鐘先鳴。易曰：『鳴鶴在陰，其子和之。』精之至也，其應在後五日內。』居三日，南郡太守上書言山崩，延袤二十餘里。」

〔註22〕慧遠《阿毘曇敘》:「阿毘曇心者，三藏之要領，詠歌之微言。源流廣大，管綜眾經，領其宗會，故作者以心爲名焉。有出家開士字法勝，以阿毘曇源流廣大，卒難尋究，別撰斯部，凡二百五十偈，以爲要解，號之曰『心』。罽賓沙門僧伽提婆，少玩斯文，因請令譯焉。」

〔註23〕《高逸沙門傳》:「晉元、明二帝，游心玄虛，託情道味，以賓友禮待法師。王公、庾公傾心側席，好同臭味也。」

〔註24〕《高逸沙門傳》曰：「王濛恆尋遁，遇祇洹寺中講，正在高坐上，每舉麈尾，常領數百言，而情理俱暢，預坐百餘人，皆結舌注耳。濛云：『聽講眾僧，向

136	487	林公云：「見司州警悟交至，使人不得住，亦終日忘疲。」
品藻篇	頁數	人　物　事　蹟
	528	支道林問孫興公：「君何如許掾？」孫曰：「高情雅致弟子早已服膺；一吟一詠，許將北面。」
54	535	王子敬問謝公：「林公何如庾公？」謝殊不受，答曰：「先輩初無論，庾公自足沒林公。」
76	539	王孝伯問謝太傅：「林公何如長史？」太傅曰：「長史韶興。」問：「何如劉尹？」謝曰：「噫！劉尹秀。」王曰：「若如公言，並不如此二人邪？」謝云：「身意正爾也。」
85	544	王孝伯問謝公：「林公何如右軍？」謝曰：「右軍勝林公，林公在司州前亦貴徹。」
傷逝篇	頁數	人　物　事　蹟
11	641	支道林喪法虔〔註 25〕之後，精神實喪，風味轉墜。常謂人曰：「昔匠石廢斤於郢人，〔註 26〕牙生輟絃於鍾子，〔註 27〕推己外求，良不虛也！冥契既逝，發言莫賞，中心蘊結，余其亡矣！」卻後一年支遂殞。
13	643	戴公見林公墓，曰：「德音未遠，而拱木已積。冀神理綿綿，不與氣運俱盡耳！」
棲逸篇	頁數	人　物　事　蹟
11	659	康僧淵在豫章，去郭數十里，立精舍。旁連嶺，帶長川，芳林列於軒庭，清流激於庭宇。乃閒居研講，希心理味，庾公諸人多往看之。觀其運用吐納，風流轉佳。加已處之怡然，亦有以自得，聲名乃興。後不堪，遂出。
排調篇	頁數	人　物　事　蹟
21	799	康僧淵目深而鼻高，王丞相每調之。僧淵曰：「鼻者面之山，〔註 28〕目者面之淵。山不高則不靈，淵不深則不清。」

高坐者，是缽釪後王、何人也。』」此意即支道林善談名理，乃沙門中之王弼、何晏。

〔註 25〕〈支遁傳〉：「法虔，道林同學也。雋朗有理義，遁甚重之。」

〔註 26〕《莊子》：「郢人堊漫其鼻端若蠅翼，使匠石運斤斲之，堊盡而鼻不傷，郢人立不失容。」

〔註 27〕《韓詩外傳》：「伯牙鼓琴，鍾子期聽之。方鼓琴，志在太山，子期曰：『善哉乎鼓琴！巍巍乎若太山！』莫景之間，志在流水，子期曰：「善哉乎鼓琴！洋洋乎若流水！」鍾子期死，伯牙擗琴絕絃，終身不復鼓之，以爲在者無足爲之鼓琴也。」

〔註 28〕《相書》：「鼻之所在爲天中，鼻有山象，故曰山。」

22	799	何次道往瓦官寺禮拜甚勤。阮思曠語之曰：「卿志大宇宙，勇邁終古。」何曰：「卿今日何故忽見推？」阮曰：「我圖數千戶郡，尚不能得；卿迺圖作佛，不亦大乎！」
28	802	支道林因人就深公買印山，〔註 29〕深公答曰：「未聞巢、由買山而隱。」
51	814	二郗奉道，二何奉佛，皆以財賄。謝中郎云：「二郗諂於道，二何佞於佛。」〔註 30〕
輕詆篇	頁數	人物事蹟
21	841	王中郎與林公絕不相得。王謂林公詭辯，林公道王曰：「箸膩顏帢，布單衣，挾左傳，逐鄭康成車後，問是何物塵垢囊？」
24	843	庾道季詫謝公曰：「裴郎云：『謝安謂裴郎乃可不惡，何得爲復飲酒？』裴郎又云：『謝安目支道林，如九方皋之相馬，略其玄黃，取其雋逸。』」謝公云：「都無此二語，裴自爲此辭耳！」庾意甚不以爲好，因陳東亭經酒壚賦。讀畢，都不下賞裁，直云：「君乃復作裴氏學！」於此語林遂廢。今時有者，皆是先寫，無復謝語。
25	845	王北中郎不爲林公所知，乃著論沙門不得爲高士論。大略云：「高士必在於縱心調暢，沙門雖云俗外，反更束於教，非情性自得之謂也。」
30	848	支道林入東見王子猷兄弟還人問：「見諸王何如？」答曰：「見一群白頸鳥，但聞喚啞啞聲。」
假譎篇	頁數	人物事蹟
11	859	愍度道人始欲過江與一傖道人爲侶。〔註 31〕謀曰：「用舊義在江東，恐不辦得食。」便共立「心無義」。既而此道人不成渡，愍度果講義積年。後有傖人來，先道人寄語云：「爲我致意愍度，無義那可立？治此計，權救饑爾，無爲遂負如來也！」〔註 32〕

〔註 29〕《高僧傳》卷四《竺道潛傳》：「支遁遣使求買仰山之側沃州小嶺，欲爲幽棲之處。潛答云：『欲來輒給，豈聞巢、由買山而隱。』」

〔註 30〕《晉陽秋》：「何充性好佛道，崇修佛寺，供給沙門以百數。久在揚州，徵役吏民，功賞萬計，是以爲遐邇所譏。充弟準，亦精勤，唯讀佛經，營治寺廟而已矣。」

〔註 31〕孫綽《愍度贊》曰：「支度彬彬，好是拔新。俱稟昭見，而能越人。世重秀異，咸競爾珍。孤桐澤陽，浮磬泗濱。」

〔註 32〕《高僧傳》卷四〈康僧淵傳〉：「晉成之世，與康法暢、支愍度等俱過江。愍度亦聰哲有譽，著《傳譯經錄》，今行於世。」

附錄三　六朝僧詩一覽表

一、本表格係參考

1. 唐・道宣編《廣弘明集》，台灣中華書局。以下簡稱《廣》。
2. 逯欽立輯《先秦漢魏晉南北朝詩》，木鐸出版社。以下簡稱《先》。
3. 《中國歷代僧詩全集》，北京當代中國出版社。以下簡稱《僧》。

二、本表格的編輯依照時代先後來編。

三、若遇有疑義之處則於表格附注部份作說明。

四、本表除了參考第一點所列書籍，亦參考《祖堂集》、《景德傳燈錄》、《古今禪藻集》、《高僧傳》、《續高僧傳》等書籍。

作者	作品	內容	出處
康僧淵	代答張君祖詩	眞樸運既判，萬象森已形。 精靈感冥會，變化靡不經。波浪生死徒，彌綸始無名。捨本而逐末，悔吝生有情。胡不絕可欲，反宗歸無生。達觀均有無，蟬蛻豁朗明。逍遙眾妙淨，棲凝於玄冥。大慈順變通，化育曷常停。幽閑自有所，豈與菩薩并。摩詰風微指，權道多所成。悠悠滿天下，孰識秋露情。	（廣）卷四十 （僧）1 （先）1075
	又答張君祖詩	遙望華陽嶺，紫霄籠三辰。瓊崖朗壁室，玉潤灑靈津。丹谷挺樛樹，季穎奮暉薪。融飆衝天籟，逸響互相因。鸞鳳翔迴儀，虬龍灑飛鱗。中有冲漠士，耽道玩妙均。高尚凝玄寂，萬物息自賓。棲峙遊方外，超世絕風塵。翹想晞眇蹤，矯步尋若人。咏嘯舍之去，榮麗何足珍。濯志八解淵，遼朗豁冥神。研幾通微妙，遺覺忽忘身。居士成有黨，顧粉非疇親。借問守常徒，何以知反眞。	（廣）卷四十 （僧）3 （先）1076

佛圖澄	吟	殿乎殿乎，棘子成林，將壞人衣	(《高僧傳》) (僧) 4 (先) 1076
支遁	四月八日讚佛詩	三春迭雲謝，首夏含朱明。祥祥令日泰，朗朗玄夕清。菩薩彩靈和，眇然因化生。四王應期來，矯掌承玉形。飛天鼓弱羅，騰擢散芝英。綠瀾頹龍首，縹蘂翳流泠。芙蕖育神葩，傾柯獻朝榮。芬津霈四境，甘露凝玉瓶。珍祥盈四八，玄黃曜紫庭。感降非情想，恬泊無所營。玄根泯靈府，神條秀形名。圓光朗東旦，金姿豔春精。含和總八音，吐納流芳馨。跡隨因溜浪，心與太虛冥。六度啓窮俗，八解濯世纓。慧澤融無外，空同忘化情。	(廣) 卷三十九 (僧) 5 (先) 1077
	詠八日詩三首	大塊揮冥樞，昭昭兩儀映。萬品誕遊華，澄清凝玄聖。釋迦乘虛會，圓神秀機正。交養衛恬如，靈知溜性命。動爲務下尸，寂爲無中鏡。 眞人播神化，流淳良有因。龍潛兜術邑，漂景閻浮濱。佇駕三春謝，飛轡朱明旬。八維披重靄，九霄落芳津。玄祇獻萬舞，般遮奏伶倫。淳白凝神宇，蘭泉渙色身。投步三才泰，揚聲五道泯。不爲故爲貴，忘奇故奇神。 緬哉玄古思，想託因事生。想與圖靈器，像也像彼形。黃裳羅帕質，元服拖緋青。神爲恭者惠，跡爲動者行。虛堂陳藥餌，蔚然起奇榮。疑似垂戲微，我諒作者情。於焉遺所尙，肅心擬太清。	(廣) 卷三十九 (僧) 6 (先) 1078
	五月長齋詩	炎精育仲氣，朱離吐凝陽。廣漢潛涼變，凱風乘和翔。令月肇清齋，德澤潤無疆。四部欽嘉期，潔己升雲堂。靜晏和春暉，夕惕厲秋霜。蕭條詠林澤，恬愉味城傍。逸容研沖賾，綵綵運宮商。匠者握神標，乘風吹玄芳。淵汪道行深，婉婉化理長。亹亹維摩虛，德音暢遊方。罩牢妙傾玄，綩致由近藏。略略微容簡，八言振道綱。掇煩練陳句，臨危折婉章。浩若驚飆散，冏若揮夜光。寓言豈所託，意得筌自喪。霑濡妙習融，靡靡輕塵亡。蕭索情牖頹，寥郎神軒張。誰謂冥津遠，一悟可以航。	(廣) 卷三十九 (僧) 7 (先) 1078

		願爲海遊師，櫂柂入滄浪。騰波濟漂客， 玄歸會道場。	
	八關齋詩三首	建意營法齋，里仁契朋儔。相與期良晨， 沐浴造閑丘。穆穆升堂賢，皎皎清心修。 窈窕八關客，無棣自綢繆。寂默五習貞， 疊疊勵心柔。法鼓進三勸，激切清訓流。 悽愴願宏濟，瞌堂皆同舟。明明玄表聖， 應此同蒙求。存誠夾室裏，三界讚清修。 嘉祥歸宰相，藹若慶雲浮。 三悔啓前朝，雙懺暨中夕。鳴禽戒朗旦， 備禮寢玄役。蕭索庭賓離，飄颻隨風適。 踟躕岐路隅，揮手謝內析。輕軒馳中田， 習習陵電擊。息心投佯步，零零振金策。 引領望征人，悵恨孤思積。咄矣形非我， 外物固已寂。吟咏歸虛房，守眞玩幽賾。 雖非一往遊，且以閑自釋。 靖一潛蓬廬，愔愔詠初九。廣漠排林篠， 流飆灑隙牖。從容遐想逸，採藥登崇阜。 崎嶇升千尋，蕭條臨萬畝。望山樂榮松， 瞻澤哀素柳。解帶長陵岥，婆娑清川右。 冷風解煩懷，寒泉濯溫手。寥寥神氣暢， 欽若盤春藪。達度冥三才，怳惚喪神偶。 遊觀同隱丘，愧無連化肘。	（廣）卷三十九 （僧）8 （先）1079
	詠懷詩五首	傲兀乘尸素，日往復月旋。弱喪困風波， 流浪逐物遷。中路高韻益，窈窕欽重玄。 重玄在何許，採眞遊理間。苟簡爲我養， 逍遙使我閑。寥亮心神瑩，含虛映自然。 疊疊沉情去，彩彩沖懷鮮。踟躕觀象物， 未始見牛全。毛鱗有所貴，所貴在忘筌。 端坐鄰孤影，眇罔玄思劬。偃蹇收神轡， 領略綜名書。涉老咍雙玄，披莊玩太初。 詠發清風集，觸思皆恬愉。俯欣質文蔚， 仰悲二匠徂。蕭蕭柱下迴，寂寂蒙邑虛。 廓矣千載事，消液歸空無。無矣復何傷， 萬殊歸一塗。道會貴冥想，罔想掇玄珠。 悵快濁水際，幾忘量清渠。反鑒歸澄漠， 容與含道符。心與理理密，形與物物疏。 蕭索人事去，獨與神明居。	（廣）卷三十九 （僧）10 （先）1080

		晞陽熙春圃，悠緬嘆時往。感物思所託， 蕭條逸韻上。尙想天台峻，仿佛巖階仰。 冷風灑蘭林，管瀨奏清響。霄崖育靈藹， 神蔬含潤長。丹沙映翠瀨，芳芝曜五爽。 苕茄重岫深，寥寥石室朗。中有尋化士， 外身解世網。抱朴鎭有心，揮玄拂無想。 隗隗形崖頹，冏冏神宇敞。宛轉元造化， 縹瞥鄰大象。願投若人蹤，高步振策杖。 閑邪託靜室，寂寥虛且眞。逸想流巖阿， 朦朧望幽人。慨矣玄風濟，皎皎離染純。 時無問道睡，行歌將何因。靈溪無驚浪， 四岳無埃塵。余將遊其嵎，解駕輟飛輪。 芳泉代甘醴，山果兼時珍。修林暢輕跡， 石宇庇微身。崇虛習本照，損無歸昔神。 曖曖煩情故，零零沖氣新。近非域中客， 遠非世外臣。淡泊爲無爲，孤哉自有鄰。 坤基葩簡秀，乾光流易穎。神理速不疾， 道會無陵騁。超超介石人，握玄攬機領。 余生一何散，分不諮天挺。沉無冥到韻， 變不揚蔚炳。冉冉年往逡，悠悠化期永。 翹首希玄津，想登故未正。生途雖十三， 日已造死境。願得無身道，高栖沖默靖。	
	述懷詩二首	翔鸞鳴崑崿，逸志騰冥虛。惚怳迴靈翰， 息肩棲南嵎。濯足戲流瀾，採練銜神蔬。 高吟漱芳醴，頡頏登神梧。蕭蕭畸明翩， 眇眇育清軀。長想玄運夷，傾首俟靈符。 河清誠可期，翼令人劬。 總角敦大道，弱冠弄雙玄。逡巡釋長羅， 高步尋帝先。妙損階玄老，忘懷浪濠川。 達觀無不可，炊累階自然。窮理增靈薪， 昭昭神火傳。熙怡安沖漠，優遊樂靜閑。 膏腴無爽味，婉孌非雅絃。恢心委形度， 亹亹隨化遷。	（廣）卷三十九 （僧）13 （先）1082
	詠大德詩	遐想存玄哉，沖風一何敞。品物緝榮熙， 生途連惚怳。既喪大澄眞，物誘則智蕩。 昔聞庖丁子，揮戈在神往。苟能嗣沖音， 攝生猶指掌。乘彼來物間，投此默昭朗。 邁度推卷舒，忘懷附罔象。交樂盈胸襟， 神會流俯仰。大同羅萬殊，蔚若充甸網。 寄旅海漚鄉，委化同天壤。	（廣）卷三十九 （僧）14 （先）1082

	詠禪思道人詩	雲岑竦太荒，落落英岊布。迴壑佇蘭泉，秀嶺攢嘉樹。蔚薈微遊禽，崢嶸絕蹊路。中有沖希子，端坐摹太素。自強敏天行，弱志慾無欲。玉質陵風霜，淒淒厲清趣。指心契寒松，綢繆諒歲暮。會衷兩息間，綿綿進禪務。投一滅官知，攝二由神遇。承蜩累危丸，累十亦凝注。懸想元氣地，研幾革粗慮。冥懷夷震驚，怕然肆幽度。曾筌攀六淨，空同浪七住。逝虛乘有來，永爲有待馭。	（廣）卷三十九 （僧）15 （先）1083
	詠利城山居	五嶽盤神基，四瀆湧蕩津。動求目方智，默守標靜仁。苟不宴出處，託好有常因。尋元存終古，洞往想逸民。玉潔箕巖下，金聲瀨沂濱。捲華藏紛霧，振褐拂埃塵。跡從尺蠖屈，道與騰龍伸。峻無單豹伐，分非首陽眞。長嘯歸林嶺，瀟灑任陶鈞。	（廣）卷三十九 （僧）16 （先）1083
釋道安	答習鑿齒嘲	猛虎當道食，不覺蚊𧍧來。	（僧）17 （先）1084
	無機	隨起隨住慣，隨雲越萬山。此身無掛礙，無機自往返。看雲爰無機，涉水歎潺湲。未抛塵世愁，斷簡排憂患。	《歷代》317
鳩摩羅什	十喻詩	十喻以喻空，空必待此喻。借言以會意，意盡無會處。既得出長羅，住此無所住。若能映斯昌，萬象無來去。	（僧）21 （先）1084
僧磬	口偈	上方猶彼岸，法矩即慈航。面壁心長醒，傳衣道益彰。	《歷代》316
釋慧遠	廬山東林雜詩	崇岩吐清氣，幽岫棲神跡。希聲奏群籟，響出山溜滴。有客獨冥遊，徑然忘所適。揮手撫雲門，靈關安足闢。流心叩玄扃，感至理弗隔。孰是騰九霄，不奮沖天翮。妙同趣自均，一悟超三益。	（先）1085
	五言奉和劉隱士遺民	理神固超絕，涉粗罕不群。孰至銷烟外，曉然與物分。冥冥玄谷裏，響集自可聞。交峰無曠秀，交嶺有通雲。悟深婉沖思，在要開冥欣。中巖擁激興，臨岫想幽聞。弱明友歸鑒，暴懷博靈薰。永陶津玄匠，落照俟虛昕。	（僧）15
	五言奉和王臨賀喬之	超遊罕神遇，妙善自玄同。徹彼虛明域，暖茲塵有封。眾阜平寥廓，一岫獨陵空。霄景憑巖落，清氣與時雍。有摽造神極，有客越其峰。長河濯茂楚，險雨列秋松。	（僧）20

		危步臨絕冥，靈壑映萬重。風泉調遠氣，遙響多喈噰。遐麗既悠然，餘盼覿九江。事屬天人界，常聞清吹空。	
	五言奉和張常侍野	觀嶺混太象，望崖莫由險。器遠蘊其天，超步不階漸。朅來越重垠，一舉拔塵染。遼朗中天粉，向豁遐瞻慊。乘此攄瑩心，可以忘遺玷。曠風被幽宅，妖途故死滅。	（僧）20
	行腳	糜療窺淺者，鼉龜仰蒼穹。年年何缽袋，行腳大汕東。履草隨晨色，披雲立晚風。眾坐長愕愕，靡見即空空。	《歷代》320
廬山諸道人	遊石門詩	超興非有本，理感興自生。忽聞石門遊，奇唱發幽情。褰裳思雲駕，望崖想曾城。馳步乘長岩，不覺質有輕。矯首登靈闕，眇若凌太清。端坐運虛輪，轉彼玄中經。神仙同物化，未若兩俱冥。	（僧）22 （先）1085
廬山諸沙彌	觀化決疑詩	謀始創大業，問道叩玄篇。妙唱發幽蒙，觀化悟自然。觀化化已及，尋化無間然。生皆由化化，化化更相纏。宛轉隨化流，漂浪入化淵。五道化為海，孰為知化仙。萬化同歸盡，離化化乃玄。悲哉化中客，焉識化表年。	（僧）24 （先）1087
史宗	詠懷詩	有欲苦不足，無欲亦無憂。未若清虛者，帶索披玄裘。浮遊一世間，泛若不繫舟。方當畢塵累，栖志老山丘。	《高僧傳史宗傳》 （僧）25 （先）1087
帛道猷	陵峰採藥觸興為詩	連峰數千里，修林帶平津。雲過遠山翳，風至梗荒榛。茅茨隱不見，鷄鳴知有人。閑步踐其徑，處處見遺薪。始知百代下，故有上皇民。	《高僧傳道壹傳》 （僧）25 （先）1088

竺僧度	答苕華詩	機運無停住，倏忽歲時過。 巨石會當竭，芥子豈云多。 良由不去息，故令川上嗟。 不聞榮啓期，皓首發清歌。 布衣可暖身，誰論飾綾羅。今世雖雲樂，當奈後生何。罪福良由己，寧云己恤他。	《高僧傳竺僧度傳》 （僧）26 （先）1088
楊苕華	贈竺僧度詩	大道自無窮，天地長且久。巨石故叵消，芥子亦難數。人生一世間，飄若風過牖。榮華豈不茂，日夕就彫朽。 川上有餘吟，日斜思鼓缶。 清音可娛耳，滋味可適口。羅紈可飾軀，華冠可耀首。安事自剪削，耽空以害有。不道妾區區，但令君恤後。	《高僧傳竺僧度詩》 （先）1089
僧叡	佛境	佛境淨無埃，如如坐妙悟。菩提花正開，覆蔭成清趣。去去速歸來，一誠化百災。心存阿彌陀，萬般全免懼。	《歷代》319
慧永	鈔經	緯索連番斷，經文日夕鈔。從頭尋妙諦，不是演坤爻。	《歷代》319
	坐月	高山飛瀑沫，野寺少燃鐙。坐對玲瓏月，不時心似冰。	《歷代》319
僧肇	滄桑	鵬摶不識遠，蠖屈不知年。若共逍遙去，滄桑亦迥然。	《歷代》318
	過長安	老衲飽風雲，隨人看夕陽。長安文物舊，總覺太淒涼。	《歷代》318
妙音	雁燕	往日空中雁，今時梁上燕。揭來各一方，徒勞察機變。	《歷代》317
	風水	長風拂秋月，止水共高潔。八到淨如如，何容業縈結。	《歷代》318
竺法崇	詠詩	皓然之氣，猶在心目。 山林之士，往而不反。	《高僧傳竺法崇傳》 （僧）27 （先）1090
竺曇林	爲桓玄作民謠詩二首	當有十一口，當爲兵所傷。木亘當北度，走入浩浩鄉。 金刀既已刻，娓娓金城中。	（僧）28 （先）1090
無名釋（晉）	淨土詠	金繩界寶地，珍木蔭瑤池。雲間妙音奏，天際法蠡吹。	（僧）28

寶月	行路難	君不見孤雁關外發，酸嘶度揚越。 空城客子心腸斷，幽閨思婦氣欲絕。 凝霜夜下拂羅衣，浮雲中斷開明月。 夜夜遙遙徒相思，年年望望情不歇。 寄我匣中青銅鏡，倩人為君除白髮。 行路難，行路難。夜聞南城漢使度， 使我流淚憶長安。	（僧）29 《玉臺新詠》卷九
	估客樂	郎作十里行，儂作九里送。拔儂頭上釵，與郎資路用。有信數寄書，無信心相憶。莫作瓶落井，一去無消息。	（僧）29 《樂府詩集》卷四十八
	又二首	大艑珂峨頭，何處發揚州。借問艑上郎，見儂所歡不？ 初發揚州時，船出平津舶。五兩如竹林，何處相尋博。	（僧）30 《樂府詩集》卷四十八
寶誌	讖詩五首	樂哉三十餘，悲哉五十裏。但看八十三，子地妖災起。佞臣作欺妄，賊臣滅君子。若不信吾語，龍時侯賊起。且至馬中間，銜悲不見喜。 昔年三十八，今年八十三。四中復有四，城北火酣酣。 掘尾狗子自發狂，當死未死齧人傷。 須臾之間自滅亡，起自汝陰死三湘。 大竹箭，不需羽。 東箱屋，急手作。 太歲龍，將無理。 蕭經霜，草應死。 餘人散，十八子。	《南史》 （僧）31 （先）2188
	大乘讚十首	大道常在目前，雖在目前難睹。 若欲悟道眞體，莫除色聲言語。 言語即是大道，不假斷除煩惱。 煩惱本來空寂，妄情遞相纏繞。 一切如影如響，不知何惡何好。 有心取相為實，定知見性不了。 若欲作業求佛，業是生死大兆。 生死業常隨身，黑闇獄中未曉。 悟理本來無異，覺後誰晚誰早。	（僧）32

		法界量同太虛，眾生智心自小。 但能不起吾我，涅槃法食常飽。 妄身臨鏡照影，影與妄身不殊。 但欲去影留身，不知身本同虛。 身本與影不異，不得一有一無。 若欲存一捨一，永與眞理相疎。 更若愛聖憎凡，生死海裏沉浮。 煩惱因時對有故，無心煩惱何居？ 不勞分別取相，自然得道須臾。 夢時夢中造作，覺時覺境都無。 翻思覺時與夢，顛倒二見不殊。 改迷取覺求利，何異販賣商徒？ 動靜兩亡常寂，自然契合眞如。 若言眾生異佛，迢迢與佛常疎。 佛與眾生不二，自然究竟無餘。 法性本來常寂，蕩蕩無有邊畔。 安心取舍之閒，被他二境迴換。 歛容入定坐禪，攝境安心覺觀。 機關本人修道，何時得達彼岸。 諸法本空無著，境似浮雲會散。 忽悟本性元空，恰似熱病得汗。 無智人前莫說，打你色身星散。 報你眾生直道，非有即是非無。 非有非無不二，何須對有論虛？ 有無妄心立號，一破一個不居。 兩名由爾情作，無情即本眞如。 若欲存情覓佛，將網山上羅魚。 徒費功夫無益，幾許枉用功夫。 不解即心即佛，眞似騎驢覓驢。 一切不憎不愛，遮個煩惱須除。 除之則須除身，除身無佛無因， 無佛無因可得，自然無法無人。 大道不由行得，說行權爲凡愚。 得理返觀於行，始知枉用功夫。 未悟圓通大理，要須言行相扶。 不得執他知解，迴光返本全無。	

		有誰解會此說，教君向己推求， 自見昔時罪過，除卻五欲瘡疣。 解脫逍遙自在，隨方賊賣風流。 誰是發心買者，亦得似我無憂。 內見外見總惡，佛道魔道俱錯。 被此二大波旬，便即厭苦求樂。 生死悟本體空，佛魔何處安著？ 只由妄情分別，前身後身孤薄。 輪迴六道不停，結業不能除卻。 所以流浪生死，皆由橫生經略。 身本虛無不實，返本是誰斟酌？ 有無我自能爲，不勞妄心卜度。 眾生身同太虛，煩惱何處安著？ 但無一切希求，煩惱自然消落。 可笑眾生蠢蠢，各執一般異見。 但欲傍鏊求餅，不解返本觀麵。 麵是正邪正本，由人造作百變。 所須任意縱橫，不假偏耽愛戀。 無著即是解脫，有求又遭羅罥。 慈心一切平等，眞如菩提自現。 若懷彼我二心，對面不見佛面。 世間幾許癡人，將道復欲求道。 廣尋諸義紛順，自救己身不了。 專尋他文亂說，自稱至理妙好。 徒勞一生虛過，永劫沉淪生老。 濁愛纏心不捨，清淨智心自惱。 眞如法界叢林，返作荊棘荒草。 但執黃葉爲金，不悟棄金求寶。 所以失念狂走，強力裝持相好。 口內誦經誦論，心裏尋常枯槁。 一朝覺本心空，具足眞如不少。 聲聞心心斷惑，能斷之心是賊。 賊賊遞相除遣，何時了本語默。 口內誦經千卷，體上問經不識。 不解佛法圓通，徒勞尋行數黑。	

		頭陀阿練苦行，希望後身功德。 希望即是隔聖，大道何由可得？ 譬如夢裏度河，船師度過河北。 忽覺床上安眠，失卻度船軌則。 船師及彼度人，兩個本不相識。 眾生迷倒羈絆，往來三界疲極。 覺悟生死如夢，一切求心自息。 悟解即是菩提，了本無有階梯。 堪嘆凡夫傴僂，八十不能跋蹄。 徒勞一生虛過，不覺日月遷移。 向上看他師口，恰似失奶孩兒。 道俗爭嶸聚集，終日聽他死語。 不觀己身無常，心行貪如狼虎。 堪嗟二乘狹劣，要須摧伏六府。 不食酒肉五辛，邪眼看他飲咀。 更有邪行猖狂，修氣不食鹽醋。 若悟上乘至眞，不假分別男女。	
	十二時頌	平旦寅，狂機內有道人身。 窮苦已經無量劫，不信常擎如意珍。 若捉物，入迷津，但有纖毫即是塵。不住舊時無相貌，外求知識也非眞。 日出卯，用處不須生善巧。 縱使神光照有無，起意便遭魔事撓。 若施工，終不了，日夜被他人我拗不用安排只麼從，何曾心地生煩惱？ 食時辰，無明本是釋迦身。 坐臥不知元是道，只麼忙忙受苦辛。 認聲色，覓疎親，只是他家染污人若擬將心求佛道，問取虛空始出塵。 禺中巳，未了之人教不至。 假使通達祖師言，莫向心頭安了義。 只守玄，沒文字，認著依前還不是暫時自肯不追尋，曠劫不遭魔境使。 日南午，四大身中無價寶。 陽焰空華不肯拋，作意修行轉辛苦。 不曾迷，莫求悟，任你朝陽幾迴暮有相身中無相身，無明路上無生路。	（僧）34

		日昳未，心地何曾安了義？ 他家文字沒親疎，莫起功夫求的意。 任縱橫，絕忌卻，長在人間不居止運用不離聲色中，歷劫何曾暫拋棄。 哺時申，學道先須不厭貧。 有相本來權積聚，無形何用要安眞。 作淨絜，卻勞神，莫認愚癡作近鄰言下不求無處所，暫時喚作出家人。 日入酉，虛幻聲音終不久。 禪悅珍羞尚不飡，誰能更飲無明酒。 沒可拋，無物守，蕩蕩逍遙不曾有縱你多聞達古今，也是癡狂外邊走。 黃昏戌，狂子興功投暗室。 假使心通無量時，歷劫何曾異今日。 擬商量，卻啾唧，轉使心頭黑如漆晝夜舒光照有無，癡人喚作波羅蜜。 人定亥，勇猛精進成懈怠。 不起纖豪修學心，無相光中常自在。 超釋迦，越祖代，心有微塵還室閡廓然無事頓清閑，他家自有通人愛。 夜半子，心住無生即生死。 純死何曾屬有無，用時便用沒文字。 祖師言，外邊事，識取起時還不是作意搜求實沒蹤，生死魔來任相試。 雞鳴丑，一顆圓珠明已久。 內外推尋覓惚無，境上施爲渾大有。 不見頭，又無手，世界壞時終不朽未了之人聽一言，只遮如今誰動口。	
	十四科頌 菩提煩惱不二	眾生不解修道，便欲斷除煩惱。 煩惱本來空寂，將道更欲覓道。 一念之心即是，何須別處尋討。 大道曉在目前，迷倒愚人不了。 佛性天眞自然，亦無因緣修造。 不識三毒虛假，妄執浮沉生老。 昔時迷日爲晚，今日始覺非早。	（僧）36

	持犯不二	丈夫運用無礙，不爲戒律所制。 持犯本自無生，愚人被他禁繫。 智者造作皆空，聲聞觸途爲滯。 大士肉眼圓通，二乘天眼有翳。 空中妄執有無，不達色心無礙。 菩薩與俗同居，清淨曾無染世。 愚人貪著涅槃，智者生死實際。 法性空無言說，緣起略無些子。 百歲無知小兒，小兒有智百歲。	
	佛與眾生不二	眾生與佛無殊，大智不異於愚。 何須向外求寶，身田自有明珠。 正道邪道不二，了知凡聖同途。 迷悟本無差別，涅槃生死一如。 究竟攀緣空寂，惟求意想清虛。 無有一法可得，翛然自入無餘。	
	事理不二	心王自在翛然，法性本無十纏。 一切無非佛事，何須攝念坐禪。 妄想本來空寂，不用斷除攀緣。 智者無心可得，自然無爭無喧。 不識無爲大道，何時得證幽玄。 佛與眾生一種，眾生即是世尊。 凡夫妄生分別，無中執有迷奔。 了達貪嗔空寂，何處不是眞門？	
	靜亂不二	聲聞厭喧求靜，猶如棄麵求餅。 餅即從來是麵，造作隨人百變。 煩惱即是菩提，無心即是無境。 生死不異涅槃，貪嗔如焰如影。 智者無心求佛，愚人執邪執正。 徒勞空過一生，不見如來妙頂。 了達淫慾性空，鑊湯爐炭自冷。	
	善惡不二	我自身心快樂，翛然無善無惡。 法身自在無方，觸目無非正覺。 六塵本來空寂，凡夫妄生執著。 涅槃生死太平，四海阿誰厚薄？ 無爲大道自然，不用將心畫度。 菩薩散誕靈通，所作常含妙覺。 聲聞執法坐禪，如蠶吐絲自縛。 法性本來圓明，病愈何須執藥。 了知諸法平等，翛然清虛快樂。	

	色空不二	法性本無青黃，眾生謾造文章。 吾我說他止觀，自意擾擾顛狂。 不識圓通妙理，何時得會眞常？ 自疾不能治療，卻教他人藥方。 外看將爲是善，心內猶若豺狼。 愚人畏其地獄，智者不異天堂。 對境心常不起，舉足皆是道場。 佛與眾生不二，眾生自作分張。 若欲除卻三毒，迢迢不離災殃。 智者知心是佛，愚人樂往西方。	
	生死不二	世間諸法如幻，生死猶若雷電。 法身自在圓通，出入山河無間。 顛倒妄想本空，般若無迷無亂。 三毒本自解脫，何須攝念禪觀。 只爲愚人不了，從地戒律決斷。 不識寂滅眞如，何時得登彼岸。 智者無惡可斷，運用隨心合散。 法性本來空寂，不爲生死所絆。 若欲斷除煩惱，此是無明癡漢。 煩惱即是菩提，何用別求禪觀？ 實際無佛無魔，心體無形無段。	
	斷除不二	丈夫運用堂堂，逍遙自在無妨。 一切不能爲害，堅固猶若金剛。 不著二邊中道，翛然非斷非常。 五欲貪嗔是佛，地獄不異天堂。 愚人妄生分別，流浪生死猖狂。 智者達色無礙，聲聞無不恛惶。 法性本無瑕翳，眾生妄執青黃。 如來引接迷愚，或說地獄天堂。 彌勒身中自有，何須別處思量。 棄卻眞如佛像，此人即是顛狂。 聲聞心中不了，唯只趁逐言章。 言章本非眞道，轉加鬭爭剛強。 心裏蚖蛇蝮蠍，螫著便即遭傷。 不解文中取義，何時得會眞常？ 死人無間地獄，神識枉受災殃。	

	眞俗不二	法師說法極好，心中不離煩惱。 口談文字化他，轉更增他生老。 眞妄本來不二，凡夫棄妄覓道。 四眾雲集聽講，高座論義浩浩。 南座北座相爭，四眾爲言爲好。 雖然口談甘露，心裏尋常枯燥。 自己元無一錢，日夜數他珍寶。 恰似無智愚人，棄卻眞金擔草。 心中三毒不舍，未審何時得道。	
	解縛不二	律師持律自縛，自縛亦能縛他。 外作威儀恬靜，心中恰似洪波。 不駕生死船筏，如何度得愛河？ 不解眞宗正理，邪見言辭繁多。 有二比丘犯律，便卻往問優波。 優波依律說罪，轉增比丘網羅。 方丈室中居士，維摩便即來呵。 優波默然無對，淨名說法無過。 而彼戒性如空，不在內外娑婆。 勸除生滅不肯，忽悟還同釋迦。	
	境照不二	禪師體離無明，煩惱從何處生？ 地獄天堂一相，涅槃生死空名。 亦無貪嗔可斷，亦無佛道可成。 眾生與佛平等，自然聖智惺惺。 不爲六塵所染，句句獨契無生。 正覺一念玄解，三世坦然皆平。 非法非律自制，翛然眞入圓成。 絕此四句百非，如空無作無依。	
	運用無礙	我今滔滔自在，不羨公王卿宰。 四時猶若金剛，昔樂今常不改。 法寶喻於須彌，智慧廣於江海。 不爲八風所牽，亦無精進懈怠。 任性浮沉若顛，散誕縱橫自在。 遮莫刀劍臨頭，我自安然不采。 迷時以空爲色，悟即以色爲空。 迷時本無差別，色空究竟還同。 愚人喚南作北，智者達無西東。 欲覓如來妙理，常在一念之中。 陽焰本非其水，渴鹿逛趁忽忽。 自身虛假不實，將空更欲覓空。 世人迷倒至甚，如犬吠雷吁吁	

	偈	頓悟心源開寶藏，隱現靈蹤現眞相。 獨行獨坐常巍巍，百億化身無數量。 縱令感塞滿虛空，看時不見微塵相。 可笑物空無比況，口吐明珠光晃晃。 尋常見說不思議，一語標宗言下當。	（僧）40
	預言	五馬從南來，燕趙起三災。 □□勤修善，得見化城開。 兔子亂三州，萬惡自然收。 東弱西強阿誰愁，欲得世燕南頭 疑缺一字 武安川裏白雞鳴，百姓遼亂心不寧。 四月八日起鬼兵，冀州城東起長城。 爾來君士面奄青，五月十日滅你名。 冀州城頭君子遊，折尾苟子亂中州， 欲得避世黃河頭。 今年天下是亂世，但勤修善自防身。 得安樂，無憂愁，不肯看經心羅錯天下遼亂眞可留，若得盡門斬賊頭。 四月八日遊，鬪雞臺上樗蒲盧。 正見笑，兵不輸，阻雉正見喚兵人人死室粟麥無□□犢合河北脫卻角白血五之間遼亂推搭，聖人之間天運迎。 禿人今日已定，不須卜於長安。 天坐住汝男津，百官大會千斤肫 一斗穀夜餉，一疋絹二丈，丁車大牛西南上。 若不信吾語，看先鳥東飛，雉北走，空虛匡上見豬狗。 □□□□□□□，日光無，月無影，星辰遼亂入下缺。	（僧）40
慧約	吊范貢	我有數行淚，不落十餘年。 今日爲君盡，併灑秋風前。	（僧）41 （古今禪藻集）
智藏	奉和武帝三教詩	心源本無二，學理共歸眞。 四執迷叢藥，六味增苦辛。 資源良雜品，習性不同循。	（先）2189 （廣）卷四十 （僧）42

		至覺隨物化，一道開異津。 大士流權濟，訓義乃星陳。 周孔尙忠孝，立行肇君親。 老氏貴裁欲，存生由外身。 出言千里善，芬爲窮世珍。 理空非即有，三明似未臻。 近識封歧路，分鑣疑異塵。 安知悟雲漸，究極本同倫。 我皇體斯會，妙鑒出機神。 眷言總歸轡，迴照引生民。 顧維慚宿植，邂逅逢嘉辰。 願陪入明解，歲暮有攸因。	
慧令	和受戒詩	泬寥秋氣爽，搖落寒林疏。 風散飛廉雀，浪動昆明魚。 是日何爲盛，證戒奉皇儲。 願陪升自在，神通任卷舒。	（先）2190 （僧）43
法雲	三洲歌	三洲斷江口，水從窈窕河傍流。歡將樂共來，長相思。	（先）2191 （僧）44
僧正惠偘	詠獨杵擣衣詩	非是無人助，意欲自鳴砧。照月斂孤影，乘風送迴音。言擣雙絲練，似奏一統琴，令君聞獨杵，知妾有專心。	（先）2191 （僧）50
	聞侯方兒來寇	羊皮贖去士，馬革斂還尸。天下方無事，孝廉非哭時。	（先）2191 （僧）51
惠慕道士	犯虜將逃作詩	客子倦艱辛，夜出小平津。 馬色迷關吏，雞鳴起戍人。 露鮮花斂影，月照寶刀新。 問我將何去，北海就孫賓。	（僧）50
慧琳	五老峰	寂然蹲五老，霧雨四時濃。難得因緣好，容瞻一二峰。	《歷代》314
	念鳶山隱者	爲趁道人隱，十年入壑深。雲封林蔽處，相失至於今。	《歷代》314
惠休	述志	有意絕狂癡，無書供展讀。虔焚一炷香，焉得求多福。	《歷代》313
弘充	山中思酒	山中思酒日，絕少怨啼鶯。爲有濃茶郁，宜耽泉水清。	《歷代》313
	天涯海涯	白首一架裟，天涯又海涯。風霜銅缽裏，輒幻妙蓮花。	《歷代》313

淨曜	普賢寺即事	奇峰聳霄，閑雲放恣。遶岸堆青 環山蓄翠。斫鳥高飛，虺蛇蜷睡 澗水漂沙，岷花挺穗。各擅其心 胡可歸類。各應其時，焉堪造次 冷靜迴觀，在求如意。磬響提神 檀煙蘊粹。勃然得悟，慧力何匱 風動江天，月明我寺。	《歷代》312
僧裕	無題二首	萬物皆以時，能安理亦適。春花或秋月，千古不留跡。 因明菩薩乘，無傷挈瓶智。誰識達摩心，面壁以持志。	《歷代》311
智藏	題興皇塔院壁	塔院向東南，揮雲延竹色。明堦轉路歧，小徑沿山側。倦獸喜相安，飛禽勞自得。禪房不掩門，靜趣通幽域。	《歷代》311
淨秀	勸客	貝葉香氣郁，青鐙助眼歆。是非雙種事，善惡一番心。多撫蓮花座，勤聆玉磬音。形骸罹老病，幸勿誤規箴。	《歷代》310
僧旻	如來贊	青山初度青，白髮本非白。逆水打頭風，浮雲過眼客。榮名一時譽，智慧三界益。合十贊如來，四諦唯順適。	《歷代》310
曇暉	生涯紀趣	禮佛焚香早，鈔經梳洗遲。蒲團因坐慣，冷煖漸無知；	《歷代》307
智顗	有所懷	莽莽中原草，悠悠去岫雲。千金輕一別，百計重論文。易地心如我，多愁我似君。今宵山月白，獨雁怯先聞。	《歷代》309
慧次	抒感二偈	珪璧幾人玩，浮雲堪豁懷。爭端猶抑志，風物壯形骸。 難圓名利夢，亟亟著袈裟。得遂眞如願，出家猶在家。	《歷代》309
智永	勸世歌	捫心先自問，勿歎人情惡。利鎖韌而堅，名韁脆不弱。慈航度眾生，法矩恢群樂。若望世風平，勤填貪欲壑。	《歷代》308
洪偃	時雨	柳密疑無路，風迎入水村。鷗鳧穿梭戲，時雨慰元元。	《歷代》307
	入朝暾村	背日趁人行，行行無犬聲。人居山畔屋，山色映川明。	《歷代》308

慧愷	老眼	塵緣欣盡脫，老眼尚看花。猿鹿嬉戲地，咫尺是吾家。	《歷代》307
	胸臆	煙霞結伴久，胸臆日昂藏。願與山偕老，甯任松獨蒼。	《歷代》307
菩提達摩	讖（二十四首）	路行跨水復逢羊，獨自悽悽暗渡江。 日下可憐雙象馬，兩株嫩桂久昌昌。 心中雖吉外頭凶，川下僧房名不中。 爲遇毒龍生武子，忽逢小鼠寂無窮。 路上忽逢深處水，等閑見虎又逢豬。 小小牛兒雖有角，清溪龍出總須輸。 震旦雖闊無別路，要假姪孫腳下行。 金雞解銜一顆米，供養十方羅漢僧。 鄭勝今藏古，無肱亦有肱。 龍來方授寶，捧物復嫌名。 初首不稱名，風狂又有聲。 人來不喜見，白寶初平平。 起自求無礙，師傅我沒繩。 路上逢僧禮，腳下六枝分。 三四全無我，隔水受心燈。 尊號過諸量，逢嗔不起憎。 捧物何曾捧，言懃又不懃。 唯書四句偈，將對瑞田人。 心裏能藏事，說向漢江濱。 湖波探水月，將照二三人。 領得彌勒語，離鄉日日敷。 移梁來近路，余算腳天徒。 艮地生玄旨，通尊媚亦尊。 比肩三九族，足下一有分。 靈集愧天恩，生互二六人。	（僧）44

		法中無氣味，石上有功勳。 本是大蟲勇，迴成師子談。 官家封馬嶺，同詳三十三。 八女出人倫，八箇絕婚姻。 朽床添六腳，心祖眾中尊。 走戊與朝鄰，鵝鳥子出生。 二天雖有感，三化寂無塵。 說小何曾小，言流又不流。 草若除其首，三四繼門修。 八月商尊飛有聲，巨福來群鳥不驚。 懷抱一雞來赴會，手把龍蛇在兩楹。 寄公席帽權時脫，蚊子之蟲慚小形。 東海象歸披右服，二處蒙恩總不輕。 日月并行君不動，即無冠子上山行。 更惠一峰添翠岫，玉教人識始知名。 高峰逢人又脫衣，小蛇雖毒不能爲。 可中并底看天近，小小沙彌善大機。 大浪雖高不足知，百年凡木長乾枝。 一鳥南飛卻歸北，二人東往卻還西。 可憐明月獨當天，四箇龍兒各自遷。 東西南北奔波去，日頭平上照無邊。 鳥來上高堂欲興，白雲入地色還青。 天上金龍日月明，東陽海水清不清。 首捧朱輪重復輕，雖無心眼轉惺惺。 不見耳目善觀聽，身體元無空有形。 不說姓字但驗名，意尋書卷錯開經。 口談恩幸心無情，或去或來身不停。	

	付法頌	吾本來唐國，傳教救迷情。 一花開五葉，結果自然成。	（僧）49
慧可	眞諦	無我法皆空，死生少異同。妙心化識見，眞諦在其中。	《歷代》316
慧生	回錫洛陽	蹀蹀西遊去，風塵壓兩肩。歸來捐得色，雨露淨山川。	《歷代》316
道臻	中興寺眾佛	歸山彌勒笑，出寺韋陀怡。羅漢無聲色，虔心拱大悲。	《歷代》315
	中興寺雨霽	西山新雨膌，孤寺野嵐中。老檜揸藤舞，均輸澹蕩風。	《歷代》315
	中興寺夜坐	群僧歌唱罷，分別入禪房。夜坐原閑課，修持各有方。	《歷代》315
慧光	臘殘	枹鼓聲盈耳，洛陽臘已殘。西風蕭颯甚，何忍說長安。	《歷代》314
	心期	心同皤髮津，爲與佛陀期。歷亂需情義，群黎企惠慈。	《歷代》314
惠標	詠山詩三首	靈山蘊麗名，秀出寫蓬瀛。香鑪帶煙上，紫蓋入霞生。霧捲蓮峰出，㟧開石鏡明。定知丘壑裏，併佇白雲情。 蛾眉信重險，天目本仙居。金華抱丹竈，玉笥蘊神書。幽人披薜荔，怨妾採蘼蕪。紫巖無暮雨，何時送故夫。 丹霞拂層閣，碧水泛蓬萊。熬岫含煙聳，蓮崖照日開。松門夾細葉，石磴染新苔。能令平子見，淹留未肯回。	（先）2621 （僧）51
	詠水詩三首	曾添疏勒并，經涌貳師營。玉津花色亮，銀溪錦磧明。舟如空裏汎，人似鏡中行。持將符上善，利得動高情。 驪泉紫闕映，珠蒲碧沙沉。岸闊蓮香遠，流清雲影深。風潭如拂鏡，山溜似調琴。請君看皎潔，智有淡然心。 長川落日照，深浦漾清風。弱柳垂江翠，新蓮夾岸紅。船行疑汎迥，月映似沉空。願逐琴高戲，乘魚入浪中。	（先）2622 （僧）52
	詠孤石	中原一孤石，地理不知年。根含彭澤浪，頂類入香爐煙。崖成二鳥翼，峰作一池蓮。何時發東武，今來鎮蠡川。	（先）2622 （僧）54

	贈陳寶應	送雨猶臨水，離旗稍引風。好看今夜月，當照紫微宮。	（先）2622 （僧）54
傅翕（雙林大士）	四相詩 生相 老相 病相 死相	識託浮泡起，生從愛欲來。昔時曾長大，今日復嬰孩。星眼隨人轉，朱唇向乳開。為迷眞法性，還卻受輪迴。 覽鏡容顏改，登階氣力衰。咄哉今已老，趨拜禮還虧。 身似臨崖樹，心如念水龜。尙猶耽有漏，不肯學無為。 忽染沉疴疾，因成臥病身。妻兒愁不語，朋友厭相親。楚痛抽千脈，呻吟徹四鄰。不知前路險，猶向恣貪嗔。 精魄辭生路，遊魂入死關。只聞千萬去，不見一人還。寶馬空嘶立，庭花永絕攀。早求無上道，應免四方山。	（僧）55
	頌八首	遍參四大海，觀尋五陰山。如來行道處，靈智甚清閑。寶殿明珠曜，花座美玉鮮。心王明教法，敷揚般若蓮。淨土菩提子，蓋得天中天。 觀此色身中，心王般若空。聖智安居處，凡夫路不同。出入無門戶，觀尋不見蹤。大體寬無際，小心塵不容。欲得登彼岸，高張智慧篷。 清淨明珠戒，莊嚴佛道場。身作如來相，心為般若王。願早登蓮座，口放大圓光。廣照無邊界，為佛作橋梁。開大毗尼藏，名傳戒定香。 觀達無生智，空中誰往來？永超三界獄，不染四魔胎。遊戲蓮花上，安居法性臺。天上悉瞻仰，冥空讚善哉！有緣逢廣化，般若妙門開。 夜夜抱佛眠，朝朝共共起。行住鎭相隨，坐臥同居止。分毫不相離，如身影相似。欲知佛何在，只言語聲是。	（僧）56

		寂是法王根，動是法王曲。涅槃既不遠，常住亦非遙。迴心名淨土，煩惱應時消。欲過三塗海，勤修六度橋。定當成正覺，喻若待來潮。 伏藏不離體，珠在內身中。但向心邊會，莫遠外於空。 萬類同眞性，千般體一如。若人解此法，何用苦尋渠。四生同一體，六趣會歸余。無明即是佛，煩惱不須除。	
	貪嗔癡	不須貪，看取遊魚戲碧潭。 只是愛他釣下餌，一條線向口中含。 不須瞋，瞋則能招地獄因。 但將定力降風火，便是端嚴紫磨身。 不須癡，癡被無明六賊欺。 惡業自身心所造，愚迷披卻玄生皮。	（僧）57
	十勸	勸君一，專心常含波羅密。 勸修六度向菩提，五濁三塗自然出。 勸君二，夫人處世莫求利。 縱然求得暫時間，須臾不久歸蒿里。 勸君三，人身難得大須慚。 晝夜六時常念佛，勤修三寶向伽藍。 勸君四，努力經營修善事。 莫言少壯好光容，未委前程是何處。 勸君五，尋思地獄眞成苦。 眼前富貴呈容儀，須臾不久還歸土。 勸君六，第一莫喫眾生肉。 若非菩薩化身來，便是生前親眷屬。 勸君七，萬事無過須的實。 朝三暮四不爲人，此理安身終不吉。	（僧）57

		勸君八，喫肉之人眞羅刹。 今生若也殺他身，來生還被他人殺。 勸君九，天堂地獄分明有。 莫將酒肉勸僧人，五百生中無腳手。 勸君十，相勸修行須在急。 一朝命盡入黃泉，父娘妻子徒勞泣。	
	頌二首	空手把鋤頭，步行騎水牛。 人從橋上過，橋流水不流。 有物先天地，無形本寂寥。 能爲萬象主，不逐四時彫。	（僧）58
	還源詩十二章	還源去，生死涅槃齊。 由心不平等，法性有高低。 還源去，說易運心難。 般若無形相，教君若爲觀。 還源去，欲求般若易。 但息是非心，自然成大智。 還源去，觸處可幽棲。 涅槃生死是，煩惱即菩提。 還源去，依理莫隨情。 法性無增減，妄說有虧盈。 還源去，何須更遠尋。 欲求眞解脫，端坐自觀心。 還源去，心性不思議。 志小無爲大，芥子納須彌。 還源去，心性不思議。 志小無爲大，芥子納須彌。 還源去，解脫無邊際。 和光與物同，如空不染世。	（僧）58

		還源去，何須次第求。 法性無前後，一念一時修。 還源去，心性不沉浮。 安住三三昧，萬行悉圓收。 還源去，生死本紛綸。 橫計虛爲實，六情常自昏。 還源去，般若酒澄清。 能治煩惱病，自飲觀眾生。	
	浮漚歌	君不見驟雨近著庭際流，水上隨生無數漚。 一滴初成一滴破，幾回銷盡幾回浮。 浮漚聚散無窮已，大小殊形相似。 有時忽起名浮漚，銷盡還同本來水。 浮漚自有還自無，象空象實總名虛。 究竟還同幻化影，愚人喚作半邊珠。 此時感嘆閑居士，一見浮漚悟生死。 皇皇人世總名虛，暫借浮漚以相比。 念念人間多盛衰，逝水東注永無期。 寄言世上榮豪者，歲月相看能幾時？	（僧）59
	獨自詩二十章	獨自山，茅茨草屋安。 熊羆撩人戲，飛鳥共來飧。 獨自居，何意此勤劬。 翹心尋本性，節志服眞如。 獨自眠，寂寞好思玄。 休息攀緣境，不著有無邊。 獨自坐，靜思觀無我。 調直箇身心，慈悲成薩埵。 獨自處，本誓如應語。 示道在經中，扣破無明主。 獨自行，見色恰如盲。 輕軀同類化，蠕動未曾驚。 獨自戲，問我心中有何爲？	（僧）60

		若見無記在心中，急斷令還般若義。 獨自往，觸處隨緣皆妄想？ 妄想心內逼馳求，即此馳求亦非往。 獨自歸，登山度嶺何所依？ 比至所依無定實，孰觀此境竟何爲？ 獨自作，問我心中何所著？ 推檢四運併無生，千端萬緒何能縛？ 獨自語，問我心中何所取？ 照了巧說並皆空，咽喉唇舌誰爲主？ 獨自精，其實離聲名， 三觀一心融萬品，荊棘叢林何處生？ 獨自美，迢迢棄朝市。 追昔本願證無生，不得無生終不止。 獨自佳，禪味朝飧不用蝦。 弊此博食如應與，假借五陰以爲家。 獨自樂，但欲求無學。 急斷三界繩，得免泥犁惡。 獨自好，決求菩薩道。 萬行爲眾身，未取泥洹寶。 獨自歡，試取世緣看。 捉此無常境，一理向心觀。 獨自奇，正是學無爲。 迴首多許念，運向涅槃池。 獨自足，願心無限局。 怨親法界語圓眞，始得應身化群育。 獨自宿，意裏心儲蓄。 爲作良友繫衣珠，歷劫彌生根會熟。	

	爾時大士語諸弟子晝夜思維觀察自心生而不生滅而不滅止息攀緣人法相寂是爲解脫乃作五章詞曰	一更始，心香遍界起。 敬禮無上尊，心心已無心。 二更至，跏趺靜禪思。 通達無彼我，眞如一不二。 三更中，觀法空不空。 無起無生滅，體一眞如同。 四更前，觀法緣無緣。 眞如四句絕，百非寧復煎。 五更初，稽首禮如如。 歸依無新故，不實亦不虛。	（僧）62
	行路難二十篇並序	夫心性虛凝，量同法界，眞如絕相，無作無緣。 湛爾常存而無住，法流滿世界而實理不遷，妙道歸空而普同萬有，法王依此而喻說金堅，故借言欲顯其相，而復不爲言之所詮。 然觸事該羅，而事無不攝，性本解脫而無十纏，緣所不起，呼之爲妙言方不及，故號自然。 常與世和而世法不染，俗是其體而亦不爲俗之所牽，爾乃虛玄絕妙，空廓坦蕩，雖無狀而現行，雖有形而無象，散合無方，而非還非往，雖聚斂而不促，設開舒而不廣，實非物而有音，具大音而希響。 性寂虛沖，非一非兩，廣照分明，徒自明而自朗，未曾暫有，而全體現前。 雖復現前，而難習難仰，細於毫未而不微，生遍三千而不長，理無決定，而形事微妙而忽恍。 生死坦然，非因育養，識類含生，同斯法網。 就悟名爲涅槃，而不知者說爲憶想。 斯則眞實無疑，能柔能強，廣望則世界不容，息念則舉體皆空。 乃是無色之色，恬靜淵洪，止之則爲無量無窮之體，合之則爲無隻無雙之宗，普周萬國，無遠弗到，包羅太虛，無物不容，	（僧）63

		非凡非聖，非智非愚，惟有無心質士，合此虛宗。會之者豁冥昧，照之者朗迷蒙，遮那湛然，無增無減，四生三有，闃爾還空。 若乃幽微寂寞，難見難知，莫立一名相，而不合不離，非斷非常，而二邊俱會，無明無暗，非慧非癡，此非世間智辯照之所能及，是無生慧者之所深思。 斯乃自悟虛心，即長生而不滅，見而非見，無著無依。 世有九十六種外道，亦所不及。惟是無上佛法，要切良基，余既暫聞，不能默已，抱愚竭智，聊述拙辭。	
	明心非斷常	雖不會妙理，然其語意大指，終歸眞如，然煩情群迷，制斯遺慮，願高明正士，見者不嗤。 君不見自心非斷亦非常，普在諸方不入方。 亦復不依前後際，又復非圓非短長。 湛然無生亦無滅，非白非黑非青黃。 雖復念慮知諸法，而實不住念中央。 眾生入而無所入，雖取六境無所傷。 智者分明了知此，是故號曰法中王。	
	明眞照無照	自悟知此非知法，因爾智慧等金剛。 不藉外緣資內府，戒定慧品自閑防。 安住普超三昧頂，憶想顛倒永消亡。 覺諸煩惱眞如相，稱此空名爲道場。 爲眾班宣演常教，如此妙義未曾彰。 行路難，路難微妙甚難行。 若以無知照知法，現前證得本無生	
	明心相實相	君不見眞照分明性無照，通鑒坦蕩復無平。 安住無明知明照，了達明照之無明。 一心永斷於諸行，始復勤行於不行。 一心非心亦非一，無一無心行不生。 識心即是無生法，非離生法有無生。 若知諸緣性無起，隨心顛倒任縱橫。 解了空心無隔礙，世間言論不庸爭。	

	明無相虛融	若復苦欲爭言論，方爲貪癡之所盲。 是故經言樂知見，五陰塵勞隨復生。 若能專心復本際，自得正道坦然平。 性正心平無有正，假設平正引群生。 行路難，路難常住五陰山。 涅槃虛玄不爲寂，雖有生死獨清閑。 君不見心相微細最奇精,非作非緣非色名。	
	明凡聖非一非二	雖復恬然非有相，若凡若聖己之靈。 此靈無形而常應，雖復常應實無形。 心性無來亦無去，緣慮流轉實無停。 正覺此之眞常覺，方便鹿苑制尊經。 爲度妄想諸邪見，令知寂滅得安甯。	
	明心性無染	廣說菩提與諸行，而此二法即音聲。 了達音聲處非處，三毒煩惱不虧盈。 又達五陰皆空寂，止慧無生制六情。 於茲六情隨念滅，即是眞了涅槃城。 行路難，路難無往復無還。 貪嗔不在於內外，亦復的不在中間。 君不見決定法中無決定，虛妄顚倒是菩提。若心分別菩提法，分別菩提還復迷。 若了此迷無分別，迷與分別即菩提。	
	明波若無諍	分別菩提非一異，恒一同體不相離。 安住性空眞實性，空性無空亦不齊。 同體大悲含一切，故知眞性不乖迷。 只此昏迷即無性，亦復不論齊不齊。 若捨塵勞更無法，喻若蓮花生淤泥。 如來法身無別處，普通三界苦泥犁。	
	明本際不可得	三界泥犁本非有，微妙誰復得見蹊？ 行路難，路難本自是泥洹。 內外身心並空寂，顚倒貪嗔何處安？ 君不見煩惱茫然非是一,雖復非一亦非多。 若能照知其本際，即是眞身盧舍那。 入於微塵亦無礙，無礙體寂娑婆。 凡聖兩途非二處，生死涅槃常共和。	

	明無斷煩惱	雖復強立名和字，只箇愛癡眞佛陀。 般若深空智非智，以無心意制眾魔。 余既誠心學此術，聊抽拙抱作斯歌。 行路難，路難心性實極寬。 貪欲本來常寂滅，智者於此可盤桓。 君不見智人求心不求佛，諸法寂滅即貪淫。	
	明寂滅無心常行精進	愛欲貪淫從心起，我亦徵心於無心。 若也求心復不得，自然無處起貪淫。 貪淫無起亦無滅，顛倒非淺亦非深。 又亦不得非貪欲，無得不得妙難尋。 三毒性中恒如此，具足常同堅固林。 余事貪淫爲佛事，更無三毒橫相侵。 若求出離還沉沒，分別出沒還復沈。 諸佛善得於三毒，眾生虛妄不能任。	
	明法身體用自在	我亦勤修三毒性，更不願求諸佛心。 行路難，路難心中本無物。 無物即是淨菩提，無見心中常見佛。 君不見般若眞源本常淨，生死根際自虛微。即此生死眞般若，離斯外覓反相違。 心若分別於生死，諸苦毒難竟相追。	
	明金剛解脫	今若事之爲功臣，虛妄顛倒不能歸。 而此但假空言語，淨穢兩邊俱不依。 無心捨離於生死，涅槃無心亦不追。 涅槃無心即生死，生死無心般若暉。 般若無心明照用，無照無用斷言辭。 亦復不欲有諸見，即是法王無上醫。 善解於此無心藥，三有諸病盡能治。	
	明寂靜無照無得	行路難，路難遣之而復遣。 識此遣性本來空，無心終是摩訶衍。 君不見本際之中無復本，無本眞際無人知。 若人無知了斯際，清淨微妙不爲奇。 知與無知常自爾，苦樂等同於大悲。 三界眾生乃迷驁，於其實錄是無爲。	

	明三空無性	亦復無此無爲法，強自生心是苦疲， 苦疲皆空如炎響，生滅不住不分離。 能知此心無礙，生死虛妄不能羈。 而此一心皆悉具，八萬四千諸律儀。 亦復不過人法，嶮巇絕危而不危。 一切法中無有法，世人遑遽欲何爲？ 行路難，路難心中無可看。 昔日謂言諸佛遠，今知貪嗔是涅槃。	
	明空有不違	君不見文殊妙德非爲遠，三障三毒即二空。 五分法身纏五陰，六入無知爲六通。 四倒四果何曾異，八邪八正體還同。 七覺菩提性無別，七識流浪會眞宗。 一切煩惱皆空寂，諸佛法藏在心胸。 恒將法忍相隨逐，只自差舛不相逢。	
	明魔怨	諸佛如來住何所，併在貪淫愛欲中。 今勤斷貪淫愛欲，但是方便化童蒙。 貪欲本相眞清淨，假說空名名亦空。 行路難，路難心中非是心。 寄語眞修無念士，眞勿分別毀貪淫。	
	明法性平等	君不見寂滅性中無寂滅，眞實覺中無覺和。 亦復無有無知覺，清虛寂寞離方規。 法性自爾無因致，憶想顚倒性無爲。 正使飄流遍三界，於其心中實不移。	
	明不思議佛母	無去無來亦無住，善達無住亦無虧。 諸佛世雄非尊大，三毒四倒亦非卑。 卻尋緣心無所得，無緣心中緣復彌。 若欲速去無上道，無知三毒性能資。 三毒生於三解脫，七識還生七覺支。 倒心去來無有實，去來無急亦無遲。	
	明無覺精進	覺諸煩惱觀前境，但自懲心而卻推。 心本無根何有本，六塵五欲不能拘。 行路難，路難微妙甚希奇。 昔日殷勤勇精進，不知精進背無爲。 君不見大士自觀身中法，身是如來淨法身。 虛空往還最迅速，獨脫自在不由人。 出入毛孔而無礙，愛取 塵時不染塵。	

所以安心不擇處，了知眞俗體非殊。
息慮心空不捨事，名理言行不相扶。
不依六塵心搖動，眞如無作順空虛。
無去無來常不住，心神竭盡亦非無。
不壞於身隨一相，不斷貪淫而不居。
若謂無差還自縛，言其體異轉傷軀。
猶如夢幻無眞實，本來非有若爲除。
行路難，路難頓爾難料理。
凡夫妄見有差異，眞實凝心無彼此。

君不見邪見非邊不離邊，顚倒分別亦非緣。
自心非心念非念，常來常去實無遷。
猶如金剛難沮壞，諸佛用此作金堅。
世人稱譽涅槃妙，余道生死最深玄。
即是無生之上忍，又是摩訶無礙禪。
正士由心於是定，不爲八風之所牽。
天樂之在無心戀，小小財色豈能纏。
隨逢苦樂心無變，永別臆想忘憂煎。
虛心無人無我所，任性浮沈如似顚。
實照常法知無定，知法無性號爲賢。
行路難，路難非空亦非有。
有無雙遣兩俱存，俱存無遣亦無受。

君不見大道寂寞叵思尋，通融萬象盡皆深。
一切恬然無起滅，顚倒分別併從心。
智者求心無處所，茫然絕相離貪淫。
了了分明何所見，猶如病眼覩空針。
若人體知顚倒想，不爲妄苦所漂沈。
世間諸法如陽焰，行者愼莫致怨嫌。
恒以空心而反照，無上佛道亦能任。
行路難，路難微妙實無雙。
若識六情空非有，眾魔結賊自然降。
君不見法性無知不可說，有漏無漏并虛通。
雖復乖差作諸地，尋其本際盡皆同。
亦復無同可同法，亦不以空持作空。
若欲知斯殊妙道，但自窮搜五陰叢。
如實無來亦無去，亦不的在六情中。
即是無原眞法界，湛然常存無始終。
行路難，路難苦樂何未央。

		時往西方無量壽，或復託化現東方。 君不見愛欲貪淫諸佛母，諸佛世尊貪欲兒。 從來菩提爲我匠，今使我爲眾匠師。 昔日千端外求佛，佛在衣中今始知。 無量癡心本是道，三毒四倒不思議。 虛妄行慈愍眾苦，不知眾苦是慈悲。 嗔恚無明最微妙，世間智者不能思。 昔日辛勤學知見，不知知見自無知。 四趣二塗悉非有，三障三脫不分離。 行路難，路難無有俱併忘。 了知煩惱無生相，即是如來坐道場。 君不見正心修行諸佛子，以見非心故不憂。 知心非心意非意，八風傷逼豈懷愁。 隨風東西無我所，獨脫逍遙不繫舟。設使住時終非住，走遍十方而不流。 不見我時於無我，善哉設性任沈浮。世間妄想無眞實，吾於此中何所求？ 只用非心覺非覺，亦復正修於不修。 若人不知如此處，不應稱名作比丘。 爲箇癡心作奴僕，愛結纏之不自由。 而此更增諸苦惱，永劫長塗三界囚。 生死相連彌復甚，粉不能得永長休。 行路難，路難無令過諸念。 無念之念乃爲眞，眞念無眞還自炎。 君不見無上菩提最爲近，四大五陰皆深奧。 其實清淨妙難知，不悟此心眞卒暴。 和合性中無有實，是故稱爲諸法要。 於中無妄亦無眞，只用無爲作微妙。 尋其體寂不應言，假爲眾生立名號。 若知名號即非名，解了眾生知佛教。 覺知無因之正因，當得無因無果報。 善達貪愛得無生，無名去來無動搖。 不見聖果異凡情，分別聖凡還復倒。 若人無願亦無修，必定當爲世間導。 行路難，路難非穢亦非淨。 是非雙泯復還存，泯存叵測見眞性。	

	行路易十五首	佛生具一體，生佛本來同。觸目皆如此，無心自性中。行路易，路易不修行。 有無心永息，只箇是無生。 眾生是佛祖，佛是眾生翁。三寶不相離，菩提皆共同。行路易，路易眞無作。 持經不動口，坐禪終日臥。 無生無處所，無處是無生。若覓無生處，無生無處生。行路易，路易坦然平。 無心眞解脫，自性任縱橫。 菩提無處所，無處是菩提。若覓菩提處，終身累劫迷。行路易，路易眞不虛。 善惡無分別，此則是眞如。 有無皆解脫，累息在無生。菩提是顚倒，生死最爲精。行路易，路易人莫疑。 解我如此語，修道不須師。 東山水上浮，西山行不住。北斗下閻浮，是眞解 脫處。行路易，路易人不識。 半夜日頭明，不悟眞疲劇。 猛風不動樹，打鼓不聞聲。日出樹無影，牛從水上行。行路易，路易眞可憐。 修道解此意，長伸兩腳眠。 佛心與眾生，是三終不移。虛空合眞理，人我在無爲。行路易，路易眞難測。 寄語行路人，大應須努力。 人道行路難，我道行路易。入山十二年，長伸兩腳睡。行路易，路易莫思量。 剎那心不二，終日是天堂。 須彌芥子父，芥子須彌爺。山海平坦地，燒冰將煮茶。行路易，路易眞寂寞。 菩提在心中，世人元不覺。 有無來去心永息，內外中間心總無。	（僧）70

		欲覓如來眞佛處，但看石牛生象兒。 行路易，路易須及早。 不用學多聞，無言眞是道。 無明是無作，無作是無心。若見無心處，楊花水底沈。行路易，路易眞無得。 講說千般論，不如少時默。 無情正是道，木石盡眞如。 達時遍處是，不悟永乖疎。行路易，路易眞可樂。 刹那登正覺，不用披三教。 無心眞無事，無事少人知。無爲無處所，無處是無爲。 行路易，路易人莫驚。 無有無爲，空有無爲名。 無我無人眞出家，何須剃髮染袈裟。 欲識逍遙眞解脫，但看水牛生象牙。 行路易，路易君諦聽。 無覺無菩提，無垢亦無淨。	
	率題六章		（僧）72
	嘆佇歸殊至今獲	攜明是今日，感應在明陽。想思深洞盡，企子實難當。朝憶生眷戀，夕望動心傷。 若期靈樹下，度脫不相忘。忍見孤憔悴，俱願普趨蹡。 雙飛白日頂，出氣紫雲光。 神龍左右梵，散花來芬芳。菲菲常樂境，藹藹昇金堂。	
	嘆斷高遂背元志	近背天宮樂，念苦暫羈斯。舒散金來抱，流緇布交知。唯仰相隨善，依領使忘。 同登八位境，共樂寶蓮池。肉身變金體，妙果遂眾奇。	
	勸修無上道	改緇素容轉，體淨得金蘭。從修無上道，常樂自然完。拂拭明珠瑩，光發遍界看。	
	嘆世人不厭苦任自纏嬰	肯入七寶車，寧歸地獄所。刀山已傷形，劍樹方應處。日日痛難當，年年無暫弭。 流洩三塗中，憔悴玉容毀。不聽余今訓，爾時仙步阻。	

	勸諸仁賢背苦就樂	願子從爲善，名價身爲呈。諸天散花下，飛梵來相迎。同昇珍寶殿，處處皆光明。共居常樂境，齊悅證無生。	
	勸同趣至眞解因緣縛	唯願趣眞道，研慮蕩眾緣。累盡超妙國，逍遙無畏天。	
	有沙門問大士那不出家答曰不敢住家不敢出家爾時又爲東鄉侯牽題二章略說理要云	脫中如不如，縛中莫如相。乃會三菩提，如如等無上。法相并無雙，恒乖未曾各。沈浮隨不隨，搖漾泊無泊。	（僧）73
	勸論詩三首	持戒如天日，能明本有軀。照見家中寶，兼聞額上珠。眞超三有海，徑到薩雲衢。並會等無等，齊證拘無拘。 破戒如船谽，沒溺大江海。臨窮方喚佛，志操不能改。命如風中燈，迅滅寧相待。身死罪猶存，牽向阿鼻門。千苦俱時至，萬痛切神魂。獨嬰燒煮炙，困劇事難論。 修空截三有，精進作醫王。共弘調御法，甘雨注無方。澤潤群生等，慧解悉芬芳。普會三菩室，齊證眞如房。	（僧）73
	牽題兩章	罷世還本源，離有絕名相。棲神不二境，體一上無上。 性狎無彼此，心由不去歸。逍遙空寂苑，悅竟境忘依。	（僧）74
	三諫歌	捨世榮，捨世榮華道理長。 努力殷勤學三諫，諫我身心還本鄉。 諫意意根莫令起，諫口口根莫說彰。 諫手手根莫鞭杖，三諫三王王自香。 原注：此間似脫一句。虛空自得到仙堂。 仙堂不近亦不遠，徘徊只是眾中央。 若欲行住仙堂裏，不用匍匐在他鄉。 若欲求念彌陀佛，東西南北是西方。 西方彌陀觸處是，面前北後七重行。 或黃或赤或紅白，或大或小或短長。	（僧）74

		天蓋正是彌陀屋，木孔木穿彌陀房。 天上空中彌陀路，草木正是彌陀鄉。 日夜前後嘈嘈鬧，正是彌陀口放光。 若欲禮拜彌陀佛，不用思想強干忙。 若不誑人是禮拜，若不求人是道場。 努力自使三功作，殷勤肆力種衣糧。 山河是家無盡藏，草木是人常滿倉。 泥水是人常滿庫，藤蘿是人無底囊。 多作功夫自成就，自行手腳熟嚴裝。 若欲往生安樂國，只是箇物是西方。	
	歌	諸佛村鄉在世界，四海三田遍滿生。 佛共眾生同一體，眾生是佛之假名。 若欲見佛看三郡，田宅園林處處停。 或飛虛空中擾擾，或擲山水口轟轟。 或結群朋往來去，或復孤單而獨行。 或使白日東西走，或使暗夜巡五更。 或烏或赤而復白，或紫或黑而黃青。 或大或小而新養，或老或少舊時生。 或身腰上有燈火，或羽翼上有琴箏。 或遊虛空亂上下，或在草木亂縱橫。 或無言行自出宅，或入土坑暫寄生。 或攢木孔為鄉貫，或遍草木或窠城。 或轉羅網為村巷，或臥土石作階廳。 諸佛菩薩家如是，只箇名為舍衛城。	（僧）74
	頌三首	佛亦不離心，心亦不離佛。心寂即涅槃，心能即有物。物則變成魔，無物即見佛。若能如是用，十八從何出？ 能知此心無隔礙，生死虛妄不能羈。 而此一心皆悉具，八萬四千諸律儀。 凡地修聖道果地習凡因。恒行無所踐，常度無度人。	（僧）75
曇瑗	和偃法師遊故苑詩	丹陽松葉少，白水黍苗多。浸淊下客淚，哀怨動民歌。 春蹊度短葛，秋浦沒長莎。 麋鹿自騰倚，車騎絕經過。 蕭條四野望，稠悵將如何。	（先）2623 《續高僧傳、曇瑗傳》 （僧）75

洪偃	登吳昇平亭	蕭蕭物候晚，蕭蕭天望清。旅人聊策杖，登高蕩客情。 川原多舊迹，墟里或新名。宿煙浮始旦，朝日照初晴。獨遊乏徒侶，徐步寡逢迎。信矣非吾託，嘗心何易并。	（先）2624 《續高僧傳、釋洪偃傳》 （僧）76
	遊鍾山之開善定林息心宴坐引筆賦詩	杖策步前嶺，褰裳出外扉。輕蘿轉蒙密，幽徑復紆威。樹高枝影細，山盡鳥聲稀。石苔時滑屣，蟲網乍粘衣。澗傍紫芝曄，巖上白雲霏。 松子排煙去，堂生寂不歸。窮谷無還往，攀桂獨依依。	（先）2624 《續高僧傳、釋洪偃傳》 （僧）76
	遊故苑詩	龍田留故苑，汾水結餘波。 悵望傷遊目，辛酸思緒多。寒煙慘高樹，濃露變輕蘿。澤葵猶帶井，池竹尚侵荷。秋風徒自急，無復白雲歌。	（先）2624 《續高僧傳、曇瑗傳》 （僧）77
曇延	薛道衡見訪戲題方圓動靜四字	方如方等城，圓如智慧日。動則識波浪，靜類涅槃室。	（僧）78 《續高僧傳、曇延傳》
智愷	臨終詩	千秋本難滿，三時理易傾。石火無恆焱，電光非久明。遺文空滿笥，徒然昧後生。泉路方幽噎，寒隴向淒清。一隨朝露盡，唯有夜松聲。	（廣）卷三十 （僧）78 （先）2624
高麗定法師	詠孤石	迥石直生空，平湖四望通。巖限恒灑浪，樹杪鎮搖風。偃流還漬影，侵霞更上紅。獨拔群峰外，孤秀白雲中。	（先）2625 （僧）79
亡名	五苦詩		（廣）卷三十
	生苦	可患身爲患，生將憂共生。心神恒獨苦，寵辱橫相驚。朝光非久照，夜燭幾時明。終成一聚土，獨覓千年名。	（僧）80
	老苦	少時欣日益，老至苦年侵。紅顏既罷艷，白髮寧久吟。 階庭唯仰杖，朝府不勝簪。甘肥與妖麗，徒有壯時心。	
	病苦	拔劍平四海，橫戈卻萬夫。一朝牀枕上，迴轉仰人扶。壯色隨肌減，呻吟與痛俱。綺羅雖滿目，愁眉獨向隅。	
	死苦	可惜凌雲氣，忽隨朝露終。長辭白日下，獨入黃泉中。池臺既已沒，墳壠向應空。唯當松柏裏，千年恒勁風。	

	愛離	誰忍心中愛，分爲別後思。幾時相握手，嗚噎不能辭。雖言萬里隔，猶有望還期。如何九泉下，更無相見時。	
	五盛陰詩	先去非長別，後來非久親。新墳將舊塚，相次似魚鱗。茂陵誰辨漢，驪山談識秦。千年與昨日，一種併成塵。定知今世土，還是昔時人。焉能取他骨，復持埋我身。	（廣）卷三十 （僧）81
無名法師	過徐君墓詩	延陵上國返，枉道訪徐公。死生命忽異，懽娛意不同。始往邙山北，聊踐平陵東。徒解千金劍，終恨九泉空。日盡荒郊外，煙生松柏中。何言愁寂寞，日暮白楊風。	（僧）82 《文苑英華》卷306
尙法師	飲馬長城窟	長城征馬度，橫行且勞群。入冰穿凍水，飲浪聚流文。澄鞍如漬月，照影若流雲。別有長松氣，自解逐將軍。	（僧）82 《樂府詩集》卷38
靈裕	哀速終	今日坐高堂，明朝臥長棘。一生聊已竟，來報將何息。	（僧）83 《續高僧傳、靈裕傳》
	悲永殯	命斷辭人路，骸送鬼門前。從今一別後，更會幾何年。	（僧）83 《續高僧傳、靈裕傳》
智炫	遊三學山詩	季嶺接重煙，嶔岑上半天。絕巖低更舉，危峰斷復連。側石傾斜澗，回流寫曲泉。野紅知草凍，春來鳥自傳。樹錦無機織，猿鳴談假弦。葉密風難度，枝疏影易穿。抱衾依閑沼，策杖戲荒田。遊心清漢表，置想白雲邊。榮名非我願，息意且蕭然。	（僧）84 《續高僧傳、智炫傳》
慧曉	祖道賦詩	生平本胡越，閩吳各異津。 聯翩一傾蓋，便作法城親。清談解煩累，愁眉始得申。今朝忽分手，恨失眼中人。子向徑何道，慧業日當新。我住邗江側，終爲松下塵。 沉浮從此隔，無復更有因。此別終天別，迸淚忽霑巾。	（僧）84 《續高僧傳、曇遷傳》
智命	臨終詩	幻生還幻滅，大幻莫過身。安心自有處，求人無有人。	（僧）87 《續高僧傳、智命傳》
智才	送別詩	鏡中辭舊識，灞岸別新知。年來木應老，祇爲數經離。	（僧）87 《文苑英華》卷266

沸大	淫佚曲	煌煌鬱金，生于野田。 過時不採，宛如棄捐。 曼爾豐熾，華色惟新， 與我同歡。	（僧）87 《古今禪藻集》卷一
	委靡辭	宿心嘉爾，故固良媒。 問名諧師，占相良時。 慘慘惕惕，懼爾不來。 既覩爾顏，我心怡怡。 今不合歡，豈徒費哉？ 斯誓爲定，淑女何疑？	（僧）88 《古今禪藻集》卷一
慧輪	悼嘆詩	眾美乃羅列，群英已古今。也知生死分，那得不傷心。	（僧）88 《古詩紀》卷138
慧英	一三五七九言詩	遊，愁。 赤縣遠，丹思抽。 鷲嶺寒風駛，龍河激水流。 既喜朝聞日復日，不覺年頽秋更秋。 已畢耆山本願誠難住，終望持經振錫往神州。	（僧）89 《古今禪藻集》卷一
無名釋	禪暇詩	峨峨王舍城，鬱鬱靈竹園。 中有神化長，巧誘入幽玄。善人募授福，惡人樂讎怨。善惡升沉異，薰蕕別露門。	（僧）89 《古詩紀》卷138
法宣	和趙郡王觀妓應教	桂山留上客，蘭室命姪妖。 城中畫眉黛，宮內束纖腰。舞袖風前舉，歌聲扇後嬌。 周郎不須顧，今日管弦調。	（僧）90
	愛妾換馬	朱鬣飾金鑣，紅妝束素腰。似雲來躞蹀，如雪去飄飄。桃花含淺汗，柳葉帶餘嬌。騁先將獨立，雙絕不俱摽。	（僧）90 《古詩紀》卷138
靈裕	秋夜懷子楚	今夕月蠲霽，山山無宿雲。去年隨雁返，何日下河汾。話少春偏寂，情深念獨殷。落花敲戶急，知否夢中聞。	《歷代》306
眞觀	泉聲	映門紅躑躅，窗外綠芭蕉。晝夜攤經卷，泉聲慰栗寥。	《歷代》305
	蟲聲	嘤嘤山雨後，呵護蠹餘編。欲使丹黃筆，猶豫旨否詮。	《歷代》305
	風聲	枯木唯格格，叢篁怨恨深。秋來連夜哭，嘶啞至當今。	《歷代》306
	江聲	野老忘機久，山僧不抱琴。江聲閒裏聽，十載亦稱心。	《歷代》306

靈藏	看花	滿山紅躑躅，殊勝牡丹花。富貴生猶死，貧寒志不賒。	《歷代》304
	思雁	春去心長感，秋來眼始寬。偏思南下雁，形影未曾看。	《歷代》304
	踏青日	試馬晴郊日，聽鶯復踏青。懷春人攘攘，強半苦零丁。	《歷代》305
	涼月夜	諸峰托冷月，蠢蠢向西行。豈意濃雲掩，全輪一鏡明。	《歷代》305
志念	痛世道	兩曜輾巇嶂，人文王以繁。化成風迭偃，世道忒昏昏。擁衲撫初志，焚香淨慧根。將來添新塔，雷雨護吟魂。	《歷代》304
敬脫	自明	智慧如來大，恩情父母眞。深知梟獍惡，吾更愛吾身。	《歷代》303
	自覺	忍苦求迴向，孜孜一片心。諷經無我念，逐日近徽音。	《歷代》303
智果	僕僕	風麟不可遇，慧可無處尋。僕僕山與水，幸免雪霜侵。霜雪侵我久，春風護叢林。白頭人健朗，尙能伴客吟。	《歷代》303
本濟	簡玩石上人	浮雲天地闊，冷煖曷須爭。智慧形骸外，心同死水清。	《歷代》302
海順	三不爲篇	我欲偃文修武，身死名存。研石通道，祈井流泉。君肝在內，我身處邊。荊軻拔劍，毛遂捧盤。不爲則已，爲則不然。將恐兩虎共鬥，勢不俱全。永續今好，長絕來怨。是以返跡荒徑，息影柴門。 我欲刺股錐刃，懸頭屋梁。書臨雪彩，牒映螢光。一朝鵬舉，萬里鸞翔。縱任才辯，遊說君王。高車返邑，衣錦還鄉。將恐鳥殘以羽，蘭折由芳。寵餐談貴，鉤餌難嘗。是以高巢林藪，深穴池塘。 我欲衒才鬻德，入市趨朝。四眾瞻仰，三槐附交。標形引勢，身達名超。箱盈綺服，廚富甘肴。諷揚弦管，詠美歌謠。將恐塵栖弱草，露宿危條。無過日旦，靡越風朝。是以還傷樂淺，非惟苦遙。	《歷代》300
智威	絕觀詩二首	莫繫念之念，成爲生死河。輪迴六趣海，不見出長波。 余本性虛無，緣妄生人我。如何息妄情，還歸空處坐。	《歷代》300

惠忠	絕觀詩二首	念想由來幻，性自無終始。若得此中意，長江自當止。 虛無是實體，人我何所存。妄情無須息，即汎般若船。	《歷代》299
法宣	和趙郡王觀妓應教	桂山留上客，蘭室命妖嬈。城中畫黛，宮裏束纖腰。舞袖風前擧，歌聲善後嬌。周郎不須顧，今日管絃調。	《歷代》299
	詠愛妾換馬	朱鬣飾金鑣，紅妝束素腰。似雲來躡蹀，如雪去飄飄。桃花含淺汗，柳葉帶餘嬌。騁先將獨立，雙絕不俱摽。	《歷代》299
僧璨	空勞	貪嗔宜殉死，曷異可憐生。故綈輪迴業，空勞哭落英。	《歷代》298
	厄難	未世貪滔滔，寧甘受折磨。奮身登彼岸，厄難不相撓。	《歷代》298
	訶護	邱壑容高臥，煙霞久作鄰。禪扉暌禍福，訶護自由人。	《歷代》298

附錄四　六朝僧詩的體裁

作　者	詩　　題	言 數	句 數	內　容
康僧淵	1. 代答張君祖詩	5 言	22	說理
	2. 又答張君祖詩	5 言	28	說理
佛圖澄	3. 吟	4 言	3	預言
支遁	4. 四月八日讚佛詩	5 言	32	讚佛
	5. 詠八日詩（三首）	5 言	10	讚佛
	6. 詠八日詩	5 言	16	讚佛
	7. 詠八日詩	5 言	14	讚佛
	8. 五月長齋詩	5 言	40	佛理
	9. 八關齋詩（三首）	5 言	20	佛理
	10. 八關齋詩	5 言	20	佛理
	11. 八關齋詩	5 言	20	佛理
	12. 詠懷詩（五首）	5 言	18	玄理
	13. 詠懷詩	5 言	26	玄理
	14. 詠懷詩	5 言	24	玄理
	15. 詠懷詩	5 言	24	玄理
	16. 詠懷詩	5 言	18	玄理
	17. 述懷詩（二首）	5 言	14	玄理
	18. 述懷詩	5 言	16	玄理
	19. 詠大德詩	5 言	20	說理
	20. 詠禪思道人詩	5 言	28	玄理
	21. 詠利城山居	5 言	18	詠物

道安	22. 答習鑿齒嘲	5 言	2	說理
	23. 無機	5 言	8	佛理
慧遠	24. 五言遊廬山	5 言	14	說理
	25. 五言奉和劉隱士遺民	5 言	16	玄理
	26. 五言奉和王臨賀喬之	5 言	20	玄理
	27. 行腳	5 言	8	玄言
	28. 五言奉和張常侍野	5 言	12	說理
慧永	29. 鈔經	5 言	4	佛理
	30. 坐月	5 言	4	玄理
鳩摩羅什	31. 十喻詩	5 言	8	佛理
僧叡	32. 佛境	5 言	8	佛理
僧肇	33. 滄桑	5 言	4	說理
	34. 過長安	5 言	4	說理
妙音	35. 雁雲	5 言	4	說理
	36. 風水	5 言	4	佛理
廬山諸道人	37. 遊石門詩	5 言	14	說理
廬山諸沙彌	38. 觀化決疑詩	5 言	16	玄理
史宗	39. 詠懷詩	5 言	8	說理
帛道猷	40. 陵峰採藥觸興爲詩	5 言	10	遣興
竺僧度	41. 答苕華詩	5 言	14	佛理
竺法崇	42. 詠詩	5 言	4	
竺曇林	43. 爲桓玄作民謠詩（二首）	5 言	4	
	44. 爲桓玄作民謠詩	5 言	2	
無名釋	45. 津土詠	5 言	4	讚佛
寶月	46. 行路難	雜言	14	閨怨
	47. 估客樂	5 言	8	送別
	48. 又	5 言	10	相思
寶誌	49. 讖詩	5 言	10	預言
	50. 大乘讚（十首）	6 言	22	佛理
	51. 大乘讚	6 言	26	〃
	52. 大乘讚	6 言	14	〃
	53. 大乘讚	6 言	20	〃

	54. 大乘讚	6 言	16	〃
	55. 大乘讚	6 言	20	〃
	56. 大乘讚	6 言	14	〃
	57. 大乘讚	6 言	20	〃
	58. 大乘讚	6 言	22	〃
	59. 大乘讚	6 言	20	〃
	60. 十二時頌	雜言	9	〃
	61. 十二時頌	雜言	9	〃
	62. 十二時頌	雜言	9	〃
	63. 十二時頌	雜言	9	〃
	64. 十二時頌	雜言	9	〃
	65. 十二時頌	雜言	9	〃
	66. 十二時頌	雜言	9	〃
	67. 十二時頌	雜言	9	〃
	68. 十二時頌	雜言	9	〃
	69. 十二時頌	〃	9	〃
	70. 十二時頌	〃	9	〃
	71. 十二時頌	〃	9	〃
	72. 十四科頌 —— 菩提煩惱不二	6	14	佛理
	73. 持犯不二	6	18	〃
	74. 佛與眾生不二	6	12	〃
	75. 事理不二	6	16	〃
	76. 靜亂不二	6	14	〃
	77. 善惡不二	6	18	〃
	78. 色空不二	6	20	〃
	79. 生死不二	6	22	〃
	80. 斷除不二	6	30	〃
	81. 眞俗不二	6	18	〃
	82. 解縛不二	6	20	〃
	83. 境照不二	6	16	〃
	84. 運用不礙	6	12	〃
	85. 迷悟不二	6	14	〃

	86. 偈	7	10	說理
	87. 預言	雜言	44	讖
慧約	88. 吊範貢	5	4	傷吊
知藏	89. 奉和武帝三教詩	5	30	佛理
慧令	90. 和受戒詩	5	8	佛理
法雲	91. 三洲歌	雜言	4	
菩提達摩	92. 讖	7	4	
	93. 讖	7	4	
	94. 讖	7	4	
	95. 讖	7	4	
	96. 讖	5	4	
	97. 讖	5	4	
	98. 讖	5	4	
	99. 讖	5	4	
	100. 讖	5	4	
	101. 讖	5	4	
	102. 讖	5	4	
	103. 讖	5	4	
	104. 讖	5	4	
	105. 讖	5	4	
	106. 讖	5	4	
	107. 讖	5	4	
	108. 讖	5	4	
	109. 讖	7	4	
	110. 讖	7	4	
	111. 讖	7	4	
	112. 讖	7	4	
	113. 讖	7	4	
	114. 讖	7	4	
	115. 讖	7	12	
	116. 付法頌	5	4	
惠慕道士	117. 犯虜將逃作詩	5	8	

	118. 詠獨杵擣衣詩	5	8	
	119. 聞侯方兒來寇	5	4	
惠標	120. 詠山詩（三首）	5	8	
	121. 詠山詩	5	8	
	122. 詠山詩	5	8	
	123. 詠水詩（三首）	5	8	
	124. 詠水詩	5	8	
	125. 詠水詩	5	8	
	126. 詠孤石	5	8	
	127. 贈陳寶應	5	4	
傅翕	128. 四相詩——生相	5	8	佛理
	129. 老相	5	8	佛理
	130. 病相	5	8	佛理
	131. 死相	5	8	佛理
	132. 頌	5	10	佛理
	133. 頌	5	10	〃
	134. 頌	5	10	〃
	135. 頌	5	10	〃
	136. 頌	5	10	〃
	137. 頌	5	10	〃
	138. 頌	5	10	〃
	139. 頌	5	10	〃
	140. 貪嗔癡	雜言	4	佛理
	141. 貪嗔癡	雜言	4	〃
	142. 貪嗔癡	雜言	4	〃
	143. 十勸	雜言	4	佛理
	144. 十勸	雜言	4	〃
	145. 十勸	雜言	4	〃
	146. 十勸	雜言	4	〃
	147. 十勸	雜言	4	〃
	148. 十勸	雜言	4	〃
	149. 十勸	雜言	4	〃

	150. 十勸	雜言	4	〃
	151. 十勸	雜言	4	〃
	152. 十勸	雜言	4	〃
	153. 頌（二首）	雜言	4	
	154. 頌	雜言	4	
	155. 還源詩（十二章）	雜言	4	佛理
	156. 還源詩	雜言	4	佛理
	157. 還源詩	雜言	4	佛理
	158. 還源詩	雜言	4	佛理
	159. 還源詩	雜言	4	佛理
	160. 還源詩	雜言	4	佛理
	161. 還源詩	雜言	4	佛理
	162. 還源詩	雜言	4	佛理
	163. 還源詩	雜言	4	佛理
	164. 還源詩	雜言	4	佛理
	165. 還源詩	雜言	4	佛理
	166. 還源詩	雜言	4	佛理
	167. 浮漚歌	雜言	20	佛理
	168. 獨自歌（二十章）	雜言	4	佛理
	169. 獨自歌	雜言	4	佛理
	170. 獨自歌	雜言	4	佛理
	171. 獨自歌	雜言	4	佛理
	172. 獨自歌	雜言	4	佛理
	173. 獨自歌	雜言	4	佛理
	174. 獨自歌	雜言	4	佛理
	175. 獨自歌	雜言	4	佛理
	176. 獨自歌	雜言	4	佛理
	177. 獨自歌	雜言	4	佛理
	178. 獨自歌	雜言	4	佛理
	179. 獨自歌	雜言	4	佛理
	180. 獨自歌	雜言	4	佛理
	181. 獨自歌	雜言	4	佛理

	182. 獨自歌	雜言	4	佛理
	183. 獨自歌	雜言	4	佛理
	184. 獨自歌	雜言	4	佛理
	185. 獨自歌	雜言	4	佛理
	186. 獨自歌	雜言	4	佛理
	187. 獨自歌	雜言	4	佛理
	188. 爾時大士語諸弟子晝夜思維觀察自心生而不生滅而不滅止息攀緣人法相寂是為解脫乃作五章詞曰	雜言	4	佛理
	189. 〃	雜言	4	佛理
	190. 〃	雜言	4	佛理
	191. 〃	雜言	4	佛理
	192. 〃	雜言	4	佛理
	193. 行路難（二十篇） 第一章明心非斷常	雜言	26	佛理
	194. 第二章明眞照無照	雜言	26	佛理
	195. 第三章明心相實相	雜言	24	佛理
	196. 第四章明無相虛融	雜言	24	佛理
	197. 第五章明凡聖非一非二	雜言	18	佛理
	198. 第六章明心性無染	雜言	24	佛理
	199. 第七章明般若無諍	雜言	24	佛理
	200. 第八章明本際不可得	雜言	24	佛理
	201. 第九章明無斷煩惱	雜言	22	佛理
	202. 第十章明寂滅無心常行精進	雜言	28	佛理
	203. 第十一章明法身體用自在	雜言	24	佛理
	204. 第十二章明金剛解脫	雜言	24	佛理
	205. 第十三章明寂靜無照無得	雜言	24	佛理
	206. 第十四章明三空無性	雜言	26	佛理
	207. 第十五章明空有不違	雜言	24	佛理
	208. 第十六章明魔怨	雜言	18	佛理
	209. 第十七章明法性平等	雜言	16	佛理
	210. 第十八章明不思議佛母	雜言	20	佛理
	211. 第十九章明無覺精進	雜言	26	佛理

	212. 第二十章明菩提微妙	雜言	24	佛理
	213. 行路易十五首	雜言	8	佛理
	214. 行路易	雜言	8	佛理
	215. 行路易	雜言	8	佛理
	216. 行路易	雜言	8	佛理
	217. 行路易	雜言	8	佛理
	218. 行路易	雜言	8	佛理
	219. 行路易	雜言	8	佛理
	220. 行路易	雜言	8	佛理
	221. 行路易	雜言	8	佛理
	222. 行路易	雜言	8	佛理
	223. 行路易	雜言	8	佛理
	224. 行路易	雜言	8	佛理
	225. 行路易	雜言	8	佛理
	226. 行路易	雜言	8	佛理
	227. 行路易	雜言	8	佛理
	228. 率題六章 第一章嘆佇歸殊至今獲	5	16	佛理
	229. 第二章嘆斷高遂背元志	5	10	佛理
	230. 第三章勸修無上道	5	6	佛理
	231. 第四章勸世人不厭苦任自纏嬰	5	10	佛理
	232. 第五章勸請仁賢背苦就樂	5	8	佛理
	234. 爲東鄉侯率題二章略說理要	5 言	4	佛理
	235. 勸喻詩三首	5 言	8	佛理
	236. 勸喻詩	5 言	12	佛理
	237. 勸喻詩	5 言	8	佛理
	238. 率題兩章	5 言	4	佛理
	239. 率題	5 言	4	佛理
	240. 三諫歌	雜言	39	佛理
	241. 示諸佛村鄉歌	7 言	28	佛理
	242. 頌	5 言	8	佛理
	243. 頌	7 言	4	佛理

	244. 頌	5言	4	佛理
慧琳	245. 五老峰	5言	4	詠懷
	246. 念鷰山隱者	5言	4	詠懷
惠休	247. 述志	5言	4	詠懷
弘充	248. 山中思酒	5言	4	詠懷
	249. 天涯海涯	5言	4	佛理
淨曜	250. 普賢寺即事	4言	20	佛理
僧裕	251. 無題其一	5言	4	佛理
	252. 無題其二	5言	4	佛理
智藏	253. 題興皇塔院壁	5言	8	詠物
淨秀	254. 勸客	5言	8	佛理
僧旻	255. 如來贊	5言	8	佛理
智顗	256. 有所懷	5言	8	詠懷
慧次	257. 抒感二偈其一	5言	4	佛理
	258. 抒感二偈其二	5言	4	佛理
智永	259. 勸世歌	5言	8	佛理
慧愷	260. 老眼	5言	4	佛理
	261. 胸臆	5言	4	佛理
曇暉	262. 生涯記趣	5言	4	佛理
曇瑗	263. 和偃法師遊故苑詩	5言	10	詠懷
洪偃	264. 登吳昇平亭	5言	12	山水
	265. 遊鍾山之開善定林息心宴坐引筆賦詩	5言	14	山水
	266. 時雨	5言	4	山水
	267. 入朝暾村	5言	4	山水
	268. 遊苑詩	5言	10	山水
曇延	269. 薛道衡見訪戲題方圓動靜四字	5言	4	佛理
智愷	270. 臨終詩	5言	10	佛理
高麗定法師	272. 詠孤石	5言	8	詠物
亡名	273. 五苦詩 生苦	5言	8	佛理
	274. 老苦	5言	8	佛理
	275. 病苦	5言	8	佛理

	276. 死苦	5言	8	佛理
	277. 愛離	5言	8	佛理
	278. 五盛陰詩	5言	12	佛理
無名法師	279. 過徐君墓詩	5言	12	佛理
尚法師	280. 飲馬長城窟	5言	8	樂府
僧礬	281. 口偈	5言	4	佛理
慧可	282. 眞諦	5言	4	佛理
慧生	283. 回錫洛陽	5言	4	詠懷
道臻	284. 中興寺眾佛	5言	4	佛理
	285. 中興寺雨霽	5言	4	佛理
	286. 中興寺夜坐	5言	4	佛理
慧光	287. 臘殘	5言	4	佛理
	288. 心期	5言	4	佛理
靈裕	289. 哀速終	5言	4	佛理
	290. 悲永殯	5言	4	佛理
智炫	291. 遊三學山詩	5言	18	山水詠懷
慧曉	292. 祖道賦詩	5言	16	佛理
玄逵	293. 自述贈懷詩	5言	8	佛理
	294. 戲擬四愁聊題兩絕詩	5言	4	佛理
	295. 戲擬四愁聊題	5言	4	佛理
智命	296. 臨終詩	5言	4	佛理
智才	297. 送別詩	5言	4	詠懷
沸大	298. 淫泆曲	4言	8	宮體
	299. 委靡辭	4言	12	宮體
慧輪	300. 悼嘆詩	5言	4	詠懷
慧英	301. 一三五七九言詩	雜言	10	佛理
無名釋	302. 禪暇詩	5言	8	佛理
法宣	303. 和趙郡王觀妓應教	5言	8	宮體
	304. 愛妾換馬	5言	8	宮體

※共有僧侶作家六十五位，304首作品。

附錄五　《高僧傳》中所記載六朝僧侶的外學修養

說明：

1. 《高僧傳》所依版本爲《大正新修大正藏》，史傳部《高僧傳》。
2. 本表格分爲三部份，僧侶姓氏，事蹟以及出處。
3. 有些僧侶的傳記係附於其它僧侶之下，在出處部份都有注明。

僧侶名字	僧　傳　記　載	出　處
康僧會	1. 爲人弘雅有識量，篤志好學，明解三藏，博覽六經。天文圖緯多所綜涉。辯於樞機頗屬文翰。 2. 其言曰：「《易》稱積善餘慶，《詩》詠求福不回，雖儒典之格言，即佛教之明訓。」	第一卷譯經篇上〈康僧會傳〉
竺法護	誦經日萬言，過目則能。天性純懿，操行精苦，篤志好學，萬里尋師，是以博覽六經，遊心七籍，雖世務毀譽，未嘗介抱。	第一卷譯經篇上〈竺法護傳〉
帛遠	1. 祖才思俊徹敏朗絕倫，誦經日八九千言，研味方等妙入幽微，世俗墳素多所該貫。 2. 每至閑辰靖夜，輒談講道德。	第一卷譯經篇上〈帛遠傳〉
曇摩難提	情度敏達學兼內外，性好譏諫無所迴避。	第一卷譯經篇上〈曇摩難提傳〉

竺佛念	弱年出家志氣清堅，外和內朗有通敏之鑒。諷習眾經粗涉外典，其《蒼》《雅》詁訓，尤所明達。	第一卷譯經篇上〈竺佛念傳〉
支孝龍	時或嘲之曰：「大晉龍與天下爲家，沙門何不全髮膚，去袈裟，釋胡服，被綾羅。」龍曰：「抱一以逍遙，唯寂以致誠。」	第四卷義解一〈支孝龍傳〉
康法暢	暢亦有才思，善爲往復。著〈人物始義論〉等。常執麈尾行，每值名賓，輒清談盡日。	第四卷義解一〈康僧淵傳〉
竺法雅	少善外學通佛義，衣冠仕子咸附諮稟。時依門徒並世典有功未善佛理。雅與康法朗等，以經中事數，擬配外書，爲生解之例，謂之「格義」。乃毗浮相曇等，亦辯格義以訓門徒。雅風采灑落善於樞機，外典佛經遞互講說。	第四卷義解一〈竺法雅傳〉
竺法深	潛優游講席三十餘載，或暢方等，或釋老莊，投身北面者，〔註1〕莫不內外兼治。	第四卷義解一〈竺法深傳〉
支遁	注《逍遙篇》，群儒舊學，莫不嘆服。	第四卷義解一〈支遁傳〉
于道邃	學業高明，內外該覽，善方藥，美書扎。洞諳殊俗尤巧談論。	第四卷義解一〈于道邃傳〉
竺法義	年十三遇深公便問：「仁利是君子所行，孔丘何故罕言？」深曰：「物尠能行是故罕言。」深見其幼而穎悟，勸令出家。於是棲志法門，從深受學，遊刃眾典，尤善法華。	第四卷義解一〈竺法義傳〉
道安	理懷簡衷，多所博涉，內外群書，略皆遍睹。陰陽算數，亦皆能通。外涉群書，善爲文章。符堅敕學士，內外有疑，皆師於安。	第五卷義解二〈道安傳〉
竺法汰	汰弟子曇壹曇二，並博練經義，又善老易，風流趣好與慧遠齊名。曇二少卒，汰哭之慟曰：「天喪回也。」	第五卷義解二〈竺法汰傳〉
釋僧先	道安曰：「先舊格義，於理多違。」先曰：「且當分析〈逍遙〉，何容是非先達？」	第五卷義解二〈釋僧先傳〉
釋法遇	弱年好學，篤志墳典。而任性誇誕，謂傍若無人。後與安公相値，忽然信伏，遂投簪許道事安爲師。既沐玄化，悟解非常，折挫本心，謙虛成德。	第五卷義解二〈釋法遇傳〉
釋曇徽	年十二投道安出家。安尚其神采，且令讀書，二三年中學兼經史。十六方許剃髮，於是專務佛理，鏡測幽凝，未及立年，便能講說。雖志業高素而以恭推見重。	第五卷義解二〈釋曇徽傳〉

〔註1〕古者臣北面見君，故稱臣於人者曰北面。

釋道立	少出家，事安公爲師，善放光經，又以莊老三玄，微應佛理，頗亦屬意焉。	第五卷義解二〈釋道立傳〉
釋曇戒	居貧務學，遊心墳典。	第五卷義解二〈釋曇戒傳〉
帛道猷	少以篇牘著稱，性率素好丘壑，一吟一詠有濠上之風，與道壹經有講筵之遇。與壹書云：「始得悠游山林之下，縱心孔釋之書。觸興爲詩，陵峰采藥。」	第五卷義解二〈竺道壹傳〉
竺道壹	既博通內外，又律行清嚴。	第五卷義解二〈竺道壹傳〉
釋慧遠	1. 博綜六經，尤善莊老。性度弘博風鑒朗拔，雖宿儒英達莫不服其深致。 2. 嘗有客聽講，難實相義，往復移時，彌增疑昧。遠乃引《莊子》義爲連類，於是惑者曉然。是後安公特聽慧遠不廢俗書。	第六卷義解三〈釋慧遠傳〉
釋曇邕	從安公出家，安公既往，乃南投廬山事遠公爲師。內外經書，多所綜涉。志尚弘法，不憚疲苦。後爲遠入關致書羅什，凡爲使命十有餘年。	第六卷義解三〈釋曇邕傳〉
釋僧磬	通六經及三藏，律行清謹能匡振佛法。	第六卷義解三〈釋僧磬傳〉
釋道融	厥師愛其神采，先令外學。往村借《論語》竟不齎歸，於彼已誦，師更借本覆之不遺一字，既嗟而異之。於是恣其遊學，迄至立年，才解英絕，內外經書，暗游心府。	第六卷義解三〈釋道融傳〉
釋道恆	游刃佛理，多所兼通，學該內外，才思清敏。	第六卷義解三〈釋道恆傳〉
釋僧肇	家貧以傭書爲業，遂因繕寫，乃歷觀經史備盡墳籍。愛好玄微，每以《莊》《老》爲心要。嘗讀《老子》德章，乃嘆曰：「美則美矣，然期冥累之方，猶未盡善也。」	第六卷義解三〈釋僧肇傳〉
竺道生	生喟然嘆曰：「夫象以盡意，得意則象忘。言以詮理，入理則言息。若忘筌取魚，始可與言道矣。」林弟子法寶，亦學兼內外。	第七卷義解四〈竺道生傳〉
釋慧嚴	年十二爲諸生，博曉詩書。十六出家，又精鍊佛理，迄甫立年學洞群籍，風聲四遠，化洽殊邦。	第七卷義解四〈釋慧嚴傳〉
釋法智	幼有神理，年二十四往江陵，值雅公講，便議論數番，雅厝通無地。雅顧眄四眾曰：「小子斐然成章。」智笑曰：「乃變《風》、變《雅》作矣」於是聲布楚郢譽恰東吳，善《成實》及大小品。	第七卷義解四〈釋慧嚴傳〉

釋慧觀	觀既妙善佛理，探究《老》、《莊》。又精通十誦，博採諸部，故求道者日不空筵。	第七卷義解四〈釋慧觀傳〉
釋慧琳	善諸經及莊老，排諧好語笑，長於制作，故集有十卷。	第七卷義解四〈釋道淵傳〉
釋僧詮	少學燕齊遍學外典，弱冠方出家，復精鍊三藏，爲北土學者之宗。	第七卷義解四〈釋僧詮傳〉
釋僧含	幼而好學，篤志經史及天文算術。長通佛義數論兼明，尤善大涅槃，常講說不輟。	第七卷義解四〈釋僧含傳〉
釋曇諦	遊覽經籍，遇目斯記。晚入吳虎丘寺，講《禮》《易》《春秋》各七遍。《法華》《大品》《維摩》各十五遍。又善屬文翰，集有六卷，亦行於世。	第七卷義解四〈釋曇諦傳〉
釋道誾	誾學兼內外，尤善談吐。	第七卷義解四〈釋道汪傳〉
釋慧靜	解兼內外，偏善涅槃。	第七卷義解四〈釋慧靜傳〉
釋梵敏	少遊學關隴長歷彭泗，內外經書皆暗遊心曲。	第七卷義解四〈釋梵敏傳〉
釋僧瑾	1. 少善莊老及詩禮。 2. 善《三論》《維摩》，思益《毛詩》《莊》《老》等。	第七卷義解四〈釋僧瑾傳〉
釋曇度	善三藏及《春秋》《莊》《老》《易》。	第七卷義解四〈釋僧瑾傳〉
釋曇瑤	善《淨名》《十住》及《莊》《老》又工草隸。爲宋建平宣簡王宏所重也。	第七卷義解四〈釋法珍傳〉
釋玄趣	以學解見稱，趣博通眾經，並精內外。而尤善席上風軌可欣。	第八卷義解五〈釋道慧傳〉
釋道盛	幼而出家務學，善《涅槃》《維摩》兼通《周易》。	第八卷義解五〈釋道盛傳〉
釋弘充	少有志力，通莊老解經律。	第八卷義解五〈釋弘充傳〉
釋法瑗	1. 依道場慧觀爲師篤志大乘傍尋數論，外典墳素頗亦披覽。 2. 論議之隙時談《孝經》《喪服》。	第八卷義解五〈釋法瑗傳〉

釋玄暢	洞曉經律深入禪要，占記吉凶靡不誠驗。墳典子氏，多所該涉。至於世伎雜能罕不畢備。	第八卷義解五〈釋玄暢傳〉
釋僧慧	至年二十五，能講涅槃法華十住淨名雜心等，性強記不煩都講，而文句辯折宣暢如流。又善《莊》《老》，爲西學所師。	第八卷義解五〈釋僧慧傳〉
釋慧光	光幼而爽拔，博通內外，多所參知。	第八卷義解五〈釋法安傳〉
釋僧若	若與兄僧璿並善諸經及外書。若誦法華工草隸，後爲吳國僧正。	第八卷義解五〈釋智秀傳〉
釋僧盛	特精外典，爲群儒所憚。故學館諸生常以盛公相脅。	第八卷義解五〈釋僧盛傳〉
釋僧寶	寶又善三玄，爲貴游所重。	第八卷義解五〈釋寶亮傳〉
釋曇斐	其方等深經皆所綜達，老、莊、儒、墨，頗亦披覽。後東西稟訪，備窮經論之旨。	第八卷義解五〈釋曇斐傳〉
竺佛圖澄	1. 誦經數百萬言，善解文義，雖未讀此土儒史，而與諸學士論辯疑義，皆闇若符契無能屈者。 2. 妙解深經，旁通世論。	第九卷神異上〈竺佛圖澄傳〉
史宗	機捷無所拘滯，博達稽古，辯說玄儒。乃賦詩一首曰：「有欲苦不足，無欲亦無憂，未若清虛者，帶索披玄裘。浮遊一世間，汎若不繫舟，方當畢塵累，棲志且山丘。」	第十卷神異下〈史宗傳〉
釋僧從	學兼內外，精修五門。	第十一卷習禪〈釋僧從傳〉
釋僧璩	總銳眾經，尤明十誦，兼善史籍，頗制文藻。 璩既學兼內外，又律行無疪	第十一卷明律〈釋僧璩傳〉
釋僧富	富少孤居貧，而篤學不厭，採薪爲燭以照讀書，及至冠年，備盡經史。美姿容善談論。	第十二卷亡身〈僧富傳〉
釋曇遷	篤好玄儒，遊心佛義，善談《莊》《老》，並注十地又工正書。常布施題經，巧於轉讀，有無窮聲韻梵製，新奇特拔終古。	第十三卷經師〈釋曇遷傳〉
釋曇智	性風流，善舉止，能談《莊》《老》，經論書史多所綜涉。既有高亮之聲，雅好轉讀，雖依擬前宗而獨拔新異，高調清澈寫送有餘。	第十三卷經師〈釋曇智傳〉
釋道照	少善尺牘，博兼經史。	第十三卷唱導〈道照傳〉

釋慧璩	讀覽經論，涉獵書史。眾技多閑，而尤善唱導	第十三卷唱導〈慧璩傳〉
釋曇光	性意嗜五經、詩賦及算術卜筮，無不貫解。年將三十，喟然嘆曰：「吾從來所習皆是俗事，佛法深理未染一毫，豈剪落所宜也！」乃屏舊業，聽諸經論識悟過人，一聞便達。	第十三卷唱導〈釋曇光傳〉
釋慧芬	袁先問三乘、四諦之理，卻辯老、莊、儒、墨之要。芬既素善經書，又音吐流便，自旦至夕袁不能窮，於是敬以爲師。	第十三卷唱導〈釋慧芬傳〉

參考書目

壹、專　書

一、以下所引佛典皆以（日）高楠順次郎等編撰《大正新脩大藏經》，東京：大藏出版株式會社，1965 年再刊版，台北新文豐出版社，1983 年影印本為主。

1. 姚秦・佛陀耶舍共竺佛念譯《長阿含經》，大正藏第 1 卷，No1。
2. 西晉・白法祖譯：《佛般泥洹經》，《大正藏》，第 1 卷，No5。
3. 東晉・法顯譯：《大般涅槃經》，《大正藏》，第 1 卷，No7。
4. 西晉・支法度譯：《佛說善生子經》，《大正藏》，第 1 卷，No17。
5. 東晉・瞿曇僧伽提婆譯：《中阿含經》，《大正藏》，第 1 卷，No26。
6. 西晉・竺法護譯：《佛說尊上經》，《大正藏》，第 1 卷，No77。
7. 劉宋・求那跋陀羅譯：《蝎鴿經》，大正藏第 1 卷，No79。
8. 劉宋・求那跋陀羅譯：《雜阿含》，大正藏第 2 卷，No。
9. 後漢・安世高譯：《五陰譬喻經》，《大正藏》，第 2 卷，No105。
10. 東晉・竺曇無蘭譯：《佛說水沫所漂經》，《大正藏》，第 2 卷，No106。
11. 東晉・竺曇無蘭譯：《佛說戒德香經》，《大正藏》，第 2 卷，No116。
12. 西晉・竺法護譯：《說鴦掘摩經》，《大正藏》，第 2 卷，No118。
13. 劉宋・求那跋陀羅譯：《央掘魔羅經》，《大正藏》，第 2 卷，No120。
14. 姚秦・鳩摩羅什譯：《佛說放牛經》，《大正藏》，第 2 卷，No123。
15. 東晉・瞿曇僧伽提婆譯：《增一阿含經》，《大正藏》，第 2 卷，No125。
16. 劉宋・求那跋陀羅譯：《佛說四人出現世間經》，《大正藏》，第 2 卷，No127。
17. 西晉・竺法護譯：《佛說力士移山經》，《大正藏》，第 2 卷，No135。

18. 吳・康僧會譯：《六度集經》，《大正藏》，第 3 卷，No152。
19. 吳・支謙譯：《菩薩本緣經》，《大正藏》，第 3 卷，No153。
20. 北涼・曇無讖譯：《悲華經》，《大正藏》，第 3 卷，No157。
21. 東魏・瞿曇般若流支譯：《金色王經》，《大正藏》，第 3 卷，No162。
22. 吳・支謙譯：《佛説月明菩薩經》，《大正藏》，第 3 卷，No169。
23. 元魏・佛陀扇多譯：《銀色女經》，《大正藏》，第 3 卷，No179。
24. 西晉・竺法護譯：《佛説鹿母經》，《大正藏》，第 3 卷，No182。
25. 後漢・竺大力共康孟詳譯：《修行本起經》，《大正藏》，第 3 卷，No184。
26. 吳・支謙譯：《佛説太子瑞應本起經》，《大正藏》，第 3 卷，No185。
27. 西晉・竺法護譯：《佛説普曜經》，《大正藏》，第 3 卷，No186。
28. 劉宋・求那跋陀羅譯：《過去現在因果經》，《大正藏》，第 3 卷，No189。
29. 北涼・曇無讖譯：《佛所行讚》，《大正藏》，第 4 卷，No192。
30. 劉宋・釋寶雲譯：《佛本行經》，《大正藏》，第 4 卷，No193。
31. 西晉・竺法護譯：《佛五百弟子自説本起經》，《大正藏》，第 4 卷，No199。
32. 吳・支謙譯：《撰集百緣經》，《大正藏》，第 4 卷，No200。
33. 姚秦・鳩摩羅什譯：《大莊嚴論經》，《大正藏》，第 4 卷，No201。
34. 元魏・慧覺等譯：《賢愚經》，《大正藏》，第 4 卷，No202。
35. 元魏・吉迦夜共曇曜譯：《雜寶藏經》，《大正藏》，第 4 卷，No203。
36. 後漢・支婁迦讖譯：《雜譬喻經》，《大正藏》，第 4 卷，No204。
37. 吳・康僧會譯：《舊雜譬喻經》，《大正藏》，第 4 卷，No206。
38. 南齊・求那毘地譯：《百喻經》，《大正藏》，第 4 卷，No209。
39. 吳・維祇難等人譯：《法句經》，《大正藏》，第 4 卷，No210。
40. 西晉・法立共法炬譯：《法句譬喻經》，《大正藏》，第 4 卷，No211。
41. 姚秦・竺佛念譯：《出曜經》，《大正藏》，第 4 卷，No212。
42. 陳・月婆首那譯：《勝天王般若波羅蜜經》，《大正藏》，第 8 卷，No231。
43. 姚秦・鳩摩羅什譯：《金剛般若波羅蜜經》，《大正藏》，第 8 卷，No235。
44. 姚秦・鳩摩羅什譯：《仁王護國般若波羅蜜經》，《大正藏》，第 8 卷，No246。
45. 姚秦・鳩摩羅什譯：《妙法蓮華經》，《大正藏》，第 9 卷，No262。
46. 西晉・竺法護譯：《正法華經》，《大正藏》，第 9 卷，No263。
47. 劉宋・求那跋陀羅譯：《大法鼓經》，《大正藏》，第 9 卷，No270。
48. 劉宋・求那跋陀羅譯：《佛説菩薩行方便境界神通經化經》，《大正藏》，第 9 卷，No271。
49. 南齊・曇摩伽陀耶舍譯：《無量義經》，《大正藏》，第 9 卷，No276。

50. 劉宋·曇無蜜多譯:《佛說觀普賢菩薩行法經》,《大正藏》,第 9 卷,No277。
51. 東晉·佛馱跋陀羅譯:《大方廣佛華嚴經》,《大正藏》,第 9 卷,No278。
52. 吳·支謙譯:《佛說菩薩本業經》,《大正藏》,第 10 卷,No281。
53. 梁·僧伽婆羅譯:《佛說大乘十法經》,《大正藏》,第Ⅱ卷,No314。
54. 北涼·曇無讖譯:《大方廣三戒經》,《大正藏》,第Ⅱ卷,No311。
55. 曹魏·白延譯:《佛說須賴經》,《大正藏》,第 12 卷,No328。
56. 前涼·支施崙譯:《佛說須賴經》,《大正藏》,第 12 卷,No329。
57. 西晉·白法祖譯:《佛說菩薩修行經》,《大正藏》,第 12 卌,No330。
58. 北魏·毘目智仙共般若流支譯:《聖善住意天子所問經》,《大正藏》,第 12 卷,No341。
59. 西晉·竺法護譯:《彌勒菩薩所問本願經》,《大正藏》,第 12 卷,No349。
60. 劉宋·求那跋陀羅譯:《勝鬘師子吼一乘大方便方廣經》,《大正藏》,第 12 卷,No353。
61. 北魏·瞿曇般若流支譯:《毘耶娑問經》,《大正藏》,第 12 卷,No354。
62. 北魏·曇摩流支譯:《如來莊嚴智慧光明入一切佛境界經》,《大正藏》,第 12 卷,No357。
63. 梁·僧伽婆羅等人譯:《度一切諸佛境界智嚴經》,《大正藏》,第 12 卷,No358。
64. 曹魏·康僧鎧譯:《佛說無量壽經》,《大正藏》,第 12 卷,No360。
65. 後漢·支婁迦讖譯:《佛說無量清淨平等覺經》,《大正藏》,第 12 卷,No361。
66. 北涼·曇無讖譯:《大般涅槃經》,《大正藏》,第 12 卷,No374。
67. 東晉·法顯譯:《佛說大般泥洹經》,《大正藏》,第 12 卷,No376。
68. 西晉·竺法護譯:《佛說方等般泥洹經》,《大正藏》,第 12 卷,No378。
69. 北齊·那連提耶舍譯:《大悲經》,《大正藏》,第 12 卷,No380。
70. 姚秦·竺佛念譯:《菩薩從兜術天降神母胎說廣普經》,《大正藏》,第 12 卷,No384。
71. 姚秦·竺佛念譯:《中陰經》,《大正藏》,第 12 卷,No385。
72. 北涼·曇無讖譯:《大方等無想經》,《大正藏》,第 12 卷,No387。
73. 東晉·竺曇無蘭譯:《迦葉赴佛般涅槃經》,《大正藏》,第 12 卷,No393。
74. 北涼·曇無讖譯:《大方等大集經》,《大正藏》,第 13 卷,No397。
75. 劉宋·智嚴共寶雲譯:《無盡意菩薩經》,《大正藏》,第 13 卷,No397-12。
76. 北齊·那連耶舍譯:《大方等大集月藏經》,《大正藏》,第 13 卷,No397-15。
77. 北齊·那連耶舍譯:《大方等大集經須彌藏經》,《大正藏》,第 13 卷,

No397-16。

78. 西晉・竺法護譯：《大哀經》,《大正藏》，第 13 卷，No398。
79. 西晉・竺法護譯：《佛說無言童子經》,《大正藏》，第 13 卷，No401。
80. 姚秦・佛陀耶舍譯：《虛空藏菩薩經》,《大正藏》，第 13 卷，No405。
81. 劉宋・曇摩蜜多譯：《虛空藏菩薩神咒經》,《大正藏》，第 13 卷，No407。
82. 劉宋・功德直譯：《菩薩念佛三昧經》,《大正藏》，第 13 卷 414 號。
83. 後漢・支婁迦讖譯：《般舟三昧經》,《大正藏》，第 13 卷，No418。
84. 西晉・竺法護譯：《賢劫經》,《大正藏》，第 14 卷，No425。
85. 姚秦・鳩摩羅什譯：《佛說千佛因緣經》,《大正藏》，第 14 卷，No426。
86. 梁・僧伽婆羅譯：《八吉祥經》,《大正藏》，第 14 卷，No430。
87. 北魏・吉迦夜譯：《佛說稱揚諸佛功德經》,《大正藏》，第 14 卷，No434。
88. 西晉・竺法護譯：《佛說彌勒下生經》,《大正藏》，第 14 卷，No453。
89. 西晉・竺法護譯：《佛說文殊師利現寶藏經》,《大正藏》，第 14 卷，No461。
90. 梁・僧伽婆羅譯：《文殊師利問經》,《大正藏》，第 14 卷，No468。
91. 北魏・菩提流支譯：《佛說文殊師利巡行經》,《大正藏》，第 14 卷，No470。
92. 吳・支謙譯：《佛說維摩詰經》,《大正藏》，第 14 卷，No474。
93. 姚秦・鳩摩羅什譯：《佛說大方等頂王經》,《大正藏》，第 14 卷，No477。
94. 梁・月婆首那譯：《大乘頂王經》,《大正藏》，第 14 卷，No478。
95. 西晉・竺法護譯：《持人菩薩經》,《大正藏》，第 14 卷，No481。
96. 姚秦・鳩摩羅什譯：《持世經》,《大正藏》，第 14 卷，No482。
97. 姚秦・鳩摩羅什譯：《不思議光菩薩所說經》,《大正藏》，第 14 卷，No484。
98. 劉宋・求那跋陀羅譯：《佛說摩訶迦葉度貧母經》,《大正藏》，第 14 卷，No497。
99. 劉宋・沮渠京聲譯：《佛說淨飯王般涅槃經》,《大正藏》，第 14 卷，No512。
100. 西晉・竺法護譯：《佛說琉璃王經》,《大正藏》，第 14 卷，No513。
101. 西晉・支法度譯：《佛說逝童子經》,《大正藏》，第 14 卷，No527。
102. 北魏・法場譯：《辯意長者子經》,《大正藏》，第 14 卷，No544。
103. 西晉・竺法護譯：《佛說龍施菩薩本起經》,《大正藏》，第 14 卷 No558。
104. 劉宋・曇摩蜜多譯：《佛說轉女身經》,《大正藏》，第 14 卷 564 號。
105. 姚秦・曇摩耶舍譯：《樂瓔珞莊嚴方便品經》,《大正藏》，第 14 卷，No566。
106. 北魏・菩提流支譯：《差摩婆帝授記經》,《大正藏》，第 14 卷，No573。
107. 北魏・菩提流支譯：《佛說大方等修多羅王經》,《大正藏》，第 14 卷，No575。
108. 北魏・佛陀扇多譯：《佛說轉有經》,《大正藏》，第 14 卷，No576。

109. 北魏·瞿曇般若流支譯:《無垢優婆夷問經》,《大正藏》,第 14 卷,No578。
110. 姚秦·鳩摩羅什譯:《思益梵天所問經》,《大正藏》,第 15 卷,No586。
111. 北魏·菩提流支譯:《勝思惟梵天所問經》,《大正藏》,第 15 卷,No587。
112. 西晉·竺法護譯:《修行道地經》,《大正藏》,第 15 卷,No606。
113. 姚秦·鳩摩羅什譯:《禪祕要法經》,《大正藏》,第 15 卷,No613。
114. 姚秦·鳩摩羅什譯:《坐禪三昧經》,《大正藏》,第 15 卷,No614。
115. 姚秦·鳩摩羅什譯:《禪法要解》,《大正藏》,第 15 卷,No616。
116. 東晉·佛馱跋陀羅譯:《達摩多羅禪經》,《大正藏》,第 15 卷,No618。
117. 劉宋·沮渠京聲譯:《治禪病祕要法》,《大正藏》,第 15 卷,No620。
118. 後漢·安世高譯:《佛說自誓三昧經》,《大正藏》,第 15 卷,No622。
119. 西晉·竺法護譯:《佛說如來獨證自誓三昧經》,《大正藏》,第 15 卷,No623。
120. 西晉·竺法護譯:《文殊支利普超三昧經》,《大正藏》,第 15 卷,No627。
121. 西晉·竺法護譯:《佛說寶如來三昧經》,《大正藏》,第 15 卷,No635。
122. 東晉·祇多蜜譯:《佛說寶如來三昧經》,《大正藏》,第 15 卷,No637。
123. 北齊·那連提耶舍譯:《月燈三昧經》,《大正藏》,第 15 卷,No639。
124. 姚秦·鳩摩羅什譯:《諸法無行經》,《大正藏》,第 15 卷,No650。
125. 姚秦·鳩摩羅什譯:《佛藏經》,《大正藏》,第 15 卷,No653。
126. 姚秦·鳩摩羅什譯:《佛說華手經》,《大正藏》,第 16 卷,No657。
127. 梁·曼陀羅仙共僧伽婆羅譯:《大乘寶雲經》,《大正藏》,第 16 卷,No659。
128. 東晉·佛馱跋陀羅譯:《大方等如來藏經》,《大正藏》,第 16 卷,No666。
129. 劉宋·求那跋羅譯:《楞伽阿跋多羅寶經》,《大正藏》,第 16 卷,No670。
130. 北魏·菩提流支譯:《入楞伽經》,《大正藏》,第 16 卷,No671。
131. 北周·闍那耶舍譯:《大乘同性經》,《大正藏》,第 16 卷,No673。
132. 北魏·菩提流支譯:《深密解脫經》,《大正藏》,第 16 卷,No675。
133. 劉宋·求那跋羅譯:《相續解脫地波羅蜜了義經》,《大正藏》,第 16 卷,No678。
134. 北齊·那連提耶舍譯:《佛說施燈功德經》,《大正藏》,第 16 卷,No702。
135. 姚秦·鳩摩羅什譯:《燈指因緣經》,《大正藏》,第 16 卷,No703。
136. 北魏·瞿曇般若流支譯:《正法念處經》,《大正藏》,第 17 卷,No721。
137. 劉宋·僧伽跋摩譯:《分別業報略經》,《大正藏》,第 17 卷,No723。
138. 後漢·安世高譯:《佛說分別善惡所起經》,《大正藏》,第 17 卷,No729。
139. 東晉·竺曇無蘭譯:《五苦章句經》,《大正藏》,第 17 卷,No741。
140. 東晉·竺曇無蘭譯:《佛說自愛經》,《大正藏》,第 17 卷,No742。

141. 西秦・聖堅譯：《佛說除恐災患經》，《大正藏》，第 17 卷，No744。
142. 劉宋・求那跋羅譯：《佛說罪福報應經》，《大正藏》，第 17 卷，No747。
143. 劉宋・求那跋羅譯：《佛說輪轉五道罪福報應經》，《大正藏》，第 17 卷，No747。
144. 南齊・曇景譯：《佛說未曾有因緣經》，《大正藏》，第 17 卷，No754。
145. 北魏・菩提流支譯：《法集經》，《大正藏》，第 17 卷，No761。
146. 劉宋・慧簡譯：《貧窮老公經》，《大正藏》，第 17 卷，No797。
147. 劉宋・慧簡譯：《貧窮老公經》別本，《大正藏》，第 17 卷，No797。
148. 劉宋・沮渠京聲譯：《進學經》，《大正藏》，第 17 卷 798 號。
149. 西晉・竺法護譯：《佛說乳光佛經》，《大正藏》，第 17 卷，No809。
150. 西晉・竺法護譯：《諸佛要集經》，《大正藏》，第 17 卷，No810。
151. 西晉・竺法護譯：《佛說決定總持經》，《大正藏》，第 17 卷，No811。
152. 西晉・竺法護譯：《佛昇切利天爲母說法經》，《大正藏》，第 17 卷，No815。
153. 西晉・安法欽譯：《佛說道神足無極變化經》，《大正藏》，第 17 卷，No816。
154. 西晉・竺法護譯：《佛說大淨法門經》，《大正藏》，第 17 卷，No817。
155. 西秦・聖堅譯：《佛說演道俗業經》，《大正藏》，第 17 卷，No820。
156. 劉宋・曇摩蜜多譯：《佛說諸法勇王經》，《大正藏》，第 17 卷，No822。
157. 北魏・瞿曇般若流支譯：《佛說一切法高王經》，《大正藏》，第 17 卷，No823。
158. 北魏・菩提流支譯：《謗佛經》，《大正藏》，第 17 卷，No831。
159. 北魏・瞿曇般若流支譯：《第一義法勝經》，《大正藏》，第 17 卷，No833。
160. 北魏・佛陀扇多譯：《如來師子吼經》，《大正藏》，第 17 卷，No835。
161. 東晉・佛馱跋陀羅譯：《佛說出生無量門持經》，《大正藏》，第 19 卷，No1012。
162. 劉宋・功德直共玄暢譯：《無量門破魔陀羅尼經》，《大正藏》，第 19 卷，No1014。
163. 梁・僧伽婆羅譯：《舍利弗陀羅尼經》，《大正藏》，第 19 卷，No1016。
164. 劉宋・畺良耶舍譯：《佛說觀藥王藥上二菩薩經》，《大正藏》，第 20 卷，No1161。
165. 吳・竺律炎、支謙共譯：《摩登伽經》，《大正藏》，第 21 卷，No1300。
166. 北魏・曇曜譯：《大吉義神咒經》，《大正藏》，第 21 卷，No1335。
167. 北涼・法眾譯：《大方等陀羅尼經》，《大正藏》，第 21 卷，No1339。
168. 後秦・鳩摩羅什譯：《大智度論》，《大正藏》，第 25 卷，No1509。
169. 唐・玄奘譯：《阿毘達磨大毘婆沙論》，《大正藏》，第 27 卷，No1545。

170. 唐·玄奘譯：《阿毘達磨順正理論》，《大正藏》，第 29 卷，No1562。
171. 唐·玄奘譯：《瑜伽師地論》，《大正藏》，第 30 卷，No1579。
172. 唐·玄奘譯：《顯揚聖教論》，《大正藏》，第 31 卷，No1602。
173. 姚秦·鳩摩羅什譯：《成實論》，《大正藏》，第 32 卷，No1646。
174. 唐·良賁述：《仁王護國般若波羅蜜多經》，《大正藏》，第 33 卷，No1709。
175. 隋·智顗說：《妙華蓮華經玄義》，《大正藏》，第 33 卷，No1716。
176. 隋·吉藏撰：《法華義疏》，《大正藏》，第 34 卷，No1721。
177. 唐·窺基撰：《妙法蓮華經玄贊》，《大正藏》，第 34 卷，No1723。
178. 唐·澄觀述：《新譯華嚴經七處九會頌釋章》，《大正藏》，第 36 卷，No1738。
179. 隋·吉藏撰：《百論疏》，《大正藏》，第 42 卷，No1827。
180. 隋·慧遠撰：《大乘義章》，《大正藏》，第 44 卷，No1851。
181. 隋·費長房撰：《歷代三寶紀》，《大正藏》，第 49 卷，No2034。
182. 唐·道宣撰：《續高僧傳》，《大正藏》第 50 卷，No2060。
183. 唐·玄奘譯：《大唐西域記》，《大正藏》第 51 卷，No2087。
184. 唐·道宣撰：《廣弘明集》，《大正藏》第 52 卷，No2103。
185. 唐·道宣撰：《大唐內典錄》，《大正藏》第 55 卷，No2149。
186. 唐·智昇撰：《開元釋教錄》，《大正藏》第 55 卷，No2154。

二、清代以前之著作，依作者朝代先後順序排列

1. （梁）慧皎：《高僧傳》：台北市：中華書局，1992。
2. （梁）僧祐：《弘明集》：台北市：新文豐，1986。
3. （梁）鍾嶸著，徐達譯：《詩品》，台北市：地球，1994。
4. （北魏）楊衒之撰，張元濟校：《洛陽伽藍記校汪》，台北市：明文，1980。
5. （唐）道宣編：《廣弘明集》，台北：中華，1970。
6. （唐）柳宗元：《柳河東集》，台北市，台灣中華，1992。
7. （宋）贊寧，范祥雍注：《宋高僧傳》，台北市：中華書局，1987。
8. （宋）普潤大師編：《翻譯名義集》，台北：新文豐，1979。
9. （宋）胡仔：《苕溪漁隱叢話》，台北市：木鐸，1982。
10. （宋）釋道原：《景德傳燈錄》，台北市：新文豐，1990。
11. （宋）普濟：《五燈會元》，台北市：文津，1991。
12. （明）徐師曾：《詩體明辨序說》，台北市：大安，1998。
13. （明）張溥編：《漢魏六朝百三家集》，台北市：世界，1988。
14. （清）孫德謙：《六朝麗指》，台北市：新興，1963。

15. （清）嚴可均編：《全上古三代秦漢三國六朝文》，台北市：世界，1982。
16. （清）郭慶藩集釋：《莊子集釋》，台北市：華正，1982。
17. （清）清段玉裁：《說文解字注》，台北縣：漢京文化，1985。
18. （清）吳兆宜，穆克宏點校：《玉臺新詠箋注》，台北市：明文 1988。
19. （清）沈德潛著，王純父箋注：《古詩源》，台北市：華正，1992。

三、近代人著作依作者姓氏筆劃多寡排序

1. 丁敏等著：《佛學與文學——佛教文學與藝術學術研討會論文集（文學部份）》，台北市：法鼓文化，1998。
2. 丁成泉：《中國山水詩史》，台北市：文津出版社，1995。
3. 中國佛教協會編：《中國佛教百科全書》，上海：知識，1980～89。
4. 中國古典文學研究會主編：《文學與佛學關係》，台北市：台灣學生，1994。
5. 中國佛教協會：《中國佛教》，上海：東方，1996。
6. 中國歷代僧詩全集編委會：《中國歷代僧詩全集》（上、中、下），北京：當代中國，1997。
7. 方東美：《中國大乘佛學》，台北市：黎明，1991。
8. 王文顏：《佛典漢譯之研究》，台北市：天華，1984。
9. 王夢鷗：《古典文學論探索》，台北市：正中，1987。
10. 王運熙、楊明：《中國文學批評通史——魏晉南北朝卷》，上海：上海古籍，1989。
11. 王洪、方廣錩主編：《中國禪詩鑒賞辭典》，北京：中國人民大學出版社，1992 年 6 月。
12. 王雷泉主編：《中國大陸宗教文章索引》台北市：東初出版社，1995 年 10 月。
13. 王運熙、楊明合著：《中國文學批評通史一魏晉南北朝卷》，上海：古籍，1996。
14. 王國瓔：《中國山水詩研究》，台北市：聯經，1996。
15. 王葆玹：《玄學通論》，台北市：五南，1996。
16. 王玫：《中國山水詩史》，天津：天津人民，1996。
17. 王力堅：《由山水到宮體》，台北市：台灣商務，1997。
18. 王克非編著：《翻譯文化史論》，上海：外語教有，1997。
19. 王鎮遠：《兩晉南北朝詩選》，香港：中華書局，1998。
20. 北大中文系編：《魏晉南北朝文學史參考資料》，台北市：里仁書局，1992。
21. 田軍、馬奕、綠冰主編：《中國古代田園山水邊塞詩賞析集成》，北京：

光明日報，1991。
22. 牟宗三：《才性與玄理》，台北市：台灣學生，1985。
23. 牟宗三：《佛性與般若》，台北市：台灣學生，1989。
24. 朱義雲：《魏晉風氣與六朝文學》，台北市，文史哲，1980。
25. 朱光潛：《詩論》，台北市：德華，1981。
26. 朱謙之、任繼愈：《老子釋譯》，台北市：里仁，1985。
27. 朱大渭等：《魏晉南北朝社會生活史》，北京：中國社會科學，1998。
28. 呂徵：《中國佛學思想概論》，台北市：天華，1982。
29. 季羨林：《北較文學與民間文學》，北京：北京大學，1997。
30. 季羨林：《季羨林文集》第四卷《中印文化交流史》，江西：江西教育，1996。
31. 季羨林主編：《印度文學研究集刊》第三輯，上海：上海譯文，1997。
32. 李振興等注譯：《新譯顏氏家訓》，台北市：三民，1993。
33. 李澤厚：《美的歷程》，台北縣：谷風，1987。
34. 李澤厚：《中國古代思想史論》，台北：三民，1996。
35. 何啓民等著：《嵇康、王弼、葛洪、郭象、道安、慧遠、竺道生、寇謙之》(《中國歷代思想家》(六))，台北市：台灣商務印書館，1999。
36. 林文月：《山水與古典》，台北市：三民，1996。
37. 周振甫注：《文心雕龍注釋》，台北：里仁書局，1984。
38. 周建江：《北朝文學史》，北京：中國社會科學，1997。
39. 周慶華：《佛教與文學的系譜》，台北市：里仁書局，1999。
40. 吳汝均編：《佛教思想大辭典》，台北市：商務，1991。
41. 吳小如、章培恆、曹道衡等撰：《漢魏六朝詩鑒賞辭典》，上海：上海辭書出版社，1992年9月。
42. 吳戰壘：《中國詩學》，台北市：五南圖書，1993。
43. 吳先寧：《北朝文化特質與文學進程》，北京：東方，1997。
44. 祁志祥：《佛教美學》，上海：上海人民，1997。
45. 胡適：《白話文學史》，台北市：遠流，1986。
46. 胡遂：《中國佛學與文學》，湖南：岳麓，1998。
47. 洪順隆：《六朝詩論》，台北市：文津，1985。
48. 洪順隆主編：《中外六朝文學研究文獻目錄》台北市：漢學研究中心，1992。
49. 洪丕謨：《禪詩百說》，北京：中國友誼，1993。

50. 洪修平、吳永和著：《禪學與玄學》，台北市：揚智文化，1994。
51. 洪修平：《中國禪學思想史》，台北市：文津，1998。
52. 南京大學中語系主編：《魏晉南北朝文學論集》，1997。
53. 俞理明：《佛經文獻語言》，四川：巴蜀書社，1993。
54. 孫昌武：《唐代文學與佛教》，台北縣：谷風，1987。
55. 孫昌武：《佛教與中國文學》，台灣：東華，1989。
56. 孫昌武：《中國文學中的維摩與觀音》，北京：高等教育出版社，1996。
57. 孫昌武：《禪思與詩情》，北京：中華，1997 年。
58. 孫述圻：《六朝思想史》，江蘇：南京，1992。
59. 徐震堮：《世說新語校箋》，台北市：文史哲，1989。
60. 馬大品等編：《中國佛道詩歌總彙》，河北：中國書局，1993。
61. 唐翼明：《魏晉清談》，台北市：東大出版，1992。
62. 許抗生：《魏晉思想史》，台北市：桂冠，1992。
63. 郭朋：《中國佛教思想史》上卷，福建：人民出版社，1994。
64. 袁行霈：《中國詩歌藝術研究》，北京：北京大學，1996。
65. 章太炎：《太炎文錄》，台北市：文津，1956。
66. 梁啓超：《飲冰室文集》，台北市：中華，1972。
67. 梁啓超：《佛學研究十八篇》，台灣：中華書局，1985。
68. 陳新會：《中國佛教史籍概論》，台北市：三人行，1974。
69. 陳植鍔：《詩歌意象論——微觀詩史初探》，中國社會科學，1992。
70. 景蜀慧：《中國魏晉南北朝文學史》，北京：人民，1993。
71. 曹仕邦：《中國沙門外學研究——漢代至五代》，台北：東初，1994。
72. 曹道衡：《中古文學史論集》，台北市：紅葉，1996。
73. 曹道衡：《南朝文學與北朝文學研究》，江蘇：江蘇古籍，1999。
74. 陸侃如、馮沅君合著：《中國詩史》，北京：山東大學，1996。
75. 梅家玲：《漢魏六朝文學新論》，台北市：里仁，1997。
76. 陳允吉校點：《杜牧全集》，上海：古籍，1997。
77. 陳沛然：《佛家哲理通析》，台北市：東大出版，1999。
78. 張曼濤主編：《佛教與中國文化》，台北市：大乘，1978。
79. 張曼濤主編：《中國佛教史學史論集》，台北市：大乘文化出版社，1978，初版。
80. 張曼濤主編：《佛教與中國文化》，台北市：大乘文化出版社，1978，初版。

81. 張曼濤主編：《佛教人物史話》，台北市：大乘文化出版社，1978，初版。
82. 張仁青：《魏晉南北朝文學思想史》，台北市：文史哲，1978。
83. 張仁青：《六朝唯美文學》，台北市：文史哲，1980。
84. 張錫坤等著：《禪與中國文學》，吉林：吉林文史出版社，1992。
85. 張松如主編，趙敏俐著：《漢代詩歌史論》，吉林教育，1995。
86. 張伯偉：《禪與詩學》，台北：揚智，1995。
87. 張勇：《傅大士研究》，台北：法鼓文化，1999。
88. 張弘生：《中國佛教百科全書——詩偈卷》，台北縣：佛光，1999。
89. 逯欽立：《先秦漢魏晉南北朝詩》，台北市：木鐸，1983。
90. 彭楚衍編著：《歷代高僧故事》，台北市：圓明出版，1991。
91. 黄慶萱：《修辭學》，台北市：三民書局，1992。
92. 黄錦鋐註釋：《新譯莊子譯本》，台北市：三民，1994。
93. 黄河濤：《禪與中國藝術精神的嬗變》，北京：商務，1998。
94. 程業林：《詩與禪》，江西：江西人民出版社，2000。
95. 傅剛：《魏晉南北朝詩歌史論》，吉林：吉林教育，1995。
96. 湯用彤：《漢魏兩晉南北朝佛教史》，北京：北京大學，1997。
97. 葉慶炳：《中國文學史》，台北市：台灣學生，1990。
98. 葉潮：《文化視野中的詩歌》，成都：巴蜀，1997。
99. 葉太平：《中國文學之美學精神》，台北市：水牛，1998。
100. 楊家駱主編：《新校本三國志附索引》，台北市：鼎文，1990。
101. 楊家駱主編：《新校本宋書附索引》，台北市：鼎文，1990。
102. 楊家駱主編：《新校本南史附索引》，台北市：鼎文，1990。
103. 楊家駱主編：《新校本南齊書附索引》，台北市：鼎文，1990。
104. 楊家駱主編：《新校本後漢書并附編十三種》，台北市：鼎文，1990。
105. 楊家駱主編：《新校本晉書并附編六種》，台北市：鼎文，1990。
106. 楊家駱主編：《新校本梁書附索引》，台北市：鼎文，1990。
107. 楊家駱主編：《新校本梁書附索引》，台北市：鼎文，1990。
108. 楊耀坤：《中國魏晉南北朝宗教史》，北京：人民，1993。
109. 楊惠南：《佛教思想發展史論》，台北市：東大圖書，1997。
110. 楊曾文方廣錩編：《佛教與歷史文化》，北京：宗教文化，2001。
111. 管雄：《魏晉南北朝史論》，南京：南京大學，1998。
112. 慈怡法師主編：《佛教史年表》，高雄縣大樹鄉：佛光，1987。

113. 聖嚴法師著：《中國佛教史概說》，台北市：法鼓文化，1999。
114. 葛兆光：《禪宗與中國文化》，台北市：東華書局，1989。
115. 葛兆光：《七世紀前中國的知識、思想與信仰境界——中國思想史 第一卷》，上海，復旦大學，1999。
116. 董群著：《中國佛教百科全書——人物卷》，台北縣：佛光，1999。
117. 廖蔚卿：《六朝文論》，台北市：聯經，1985。
118. 劉師培：《中古文學史》，台北市：世界，1962。
119. 劉熙載：《藝概・賦概》，台北市：金楓，1986。
120. 劉貴傑：《竺道生思想之研究》，台北市：台灣商務，1990。
121. 劉大杰：《魏晉思想論》，上海：上海古籍，1988。
122. 劉大杰：《中國文學發展史》，台北：華正，1991。
123. 劉躍進：《門閥士族與永明文學》，北京：三聯書店，1996。
124. 劉貴傑：《廬山慧遠大師思想析論：初期中國佛教思想之轉折》，台北縣：圓明出版社，1996。
125. 鄭毓瑜：《六朝情境美學綜論》，台北市；台灣學生，1996。
126. 閻采平：《齊梁詩歌研究》，北京大學出版社，1994。
127. 蔣維喬：《佛學綱要》，台北市：天華，1990。
128. 蔣述卓：《山水美與宗教》，台北縣：稻鄉，1992。
129. 賴永海：《佛道詩禪》，台北市：佛光，1992。
130. 賴永海：《佛學與儒學》，台北市：揚智文化，1995。
131. 賴永海：《中國佛教文化論》，北京：中國青年，1999。
132. 錢志熙著：《魏晉詩歌藝術原論》，北京：北京大學，1993。
133. 龍晦：《靈塵化境——佛教文學》，四川：四川人民，1995。
134. 潘桂明等著：《中國佛教百科全書——歷史卷》，台北縣：佛光，1999。
135. 霍韜晦：《絕對與圓融》，台北：東大，1994。
136. 魏承恩：《中國佛教文化論稿》，上海：人民出版社，1991。
137. 顏崑陽：《六朝文學觀念叢論》，台北市：正中，1993。
138. 顏尚文：《梁武帝》，台北市：東大，1999。
139. 謝重光：《漢唐佛教社會史論》，台北：國際文化，1990。
140. 蕭滌非：《漢魏六朝樂府文學史》，台北市：長安，1981。
141. 蕭滌非：《漢魏晉南北朝隋詩鑒賞辭典》，山西：人民，1989。
142. 簡修煒等著：《六朝史稿》，上海：華東師大，1994。
143. 藍吉富編：《中華佛教百科全書》台北市：中華佛教百科文獻基金會，

1994。
144. 藍吉富：《佛教史料學》，台北市：東大，1997。
145. 羅根澤：《魏晉六朝文學批評史》，台北市：台灣商務，1996。
146. 羅宗強：《魏晉南北朝文學思想史》，北京：中華書局，1996。
147. 蘇淵雷等著：《佛學十講》，香港：中華書局，1998。
148. 釋永祥：《佛教文學對中國小說的影響》，高雄縣：佛光，1990。
149. 釋東初：《中印佛教交通史》，東初出版社，1991。
150. 饒宗頤等：《魏晉南北朝文學論集》，台北市：文史哲，1994。
151. 龔本棟釋義：《廣弘明集》，台北市：佛光，1998。
152. （日）小野玄妙：《佛教文學概論》，甲子社書房，大正十四年九月。
153. （日）塚本善隆：《支那佛教史研究・北魏篇》，清水弘文堂，1969。
154. （日）小野玄妙：《佛教經典總論》，台北市：新文豐，1983。
155. （日）中村元：《中國佛教發展史》，台北市：天華，1984。
156. （日）鎌田茂雄：《中國佛教通史》，高雄縣：佛光，1985。
157. （日）岡崎敬等著：《絲路與佛教文化》，台北市：業強，1987。
158. （日）加地哲定著，劉衛星譯：《中國佛教文學》，高雄縣：佛光，1993。
159. （日）野上俊靜等人所著：《中國佛教史概說》，台北市：台灣商務，1995。
160. （日）中村元著，釋見愍、陳信憲譯：《原始佛教——其思想與生活》，嘉義，香光書鄉，1995。
161. （日）水野弘元：《佛典成立史》，台北市：東大，1996。
162. （日）木村泰賢著，歐陽瀚存譯：《原始佛教思想論》，台北：商務，1999。
163. （荷）許里和，李四龍等譯：《佛教征服中國》，江蘇：江蘇人民，1998。

貳、學位論文（依作者姓氏筆劃多寡排序）

1. 丁敏：《佛教譬喻文學研究》，政治大學政治大學中文研究所博士論文，1990。
2. 李鮮熙：《寒山其人及其詩研究》，東吳大學中文研究所博士論文，1991。
3. 蔡榮婷：《唐代詩人與佛教關係之研究》，政治大學中文研究所博士論文，1992。
4. 張森富：《六朝文學與思想心靈境界之研究》，政治大學中文研究所博士論文，1998。
5. 彭雅玲：《唐代詩僧創作論研究》，政治大學中文研究所博士論文，1999年。
6. 林顯庭：《魏晉清談及其玄理研究》，東海大學中文研究所碩士論文，

1974。

7. 黃盛璟：《從《弘明集》看魏晉南北朝儒釋道三家的警應》，東吳大學中文研究所碩士論文，1984。
8. 邱敏捷：《袁宏道的佛教思想》，高雄師範大學國文研究所碩士論文，1989。
9. 李皇誼：《維摩詰經的文學特質與中國文學》，東海大學中文研究所碩士論文，1993。
10. 楊俊誠：《兩晉佛學之流傳與傳統文化之交流》，台灣師範大學國文研究所碩士論文，1991。
11. 羅文玲：《南朝詩歌與佛教關係之研究》，東海大學中文研究所碩士論文，1996。
12. 黃偉倫：《六朝玄言詩研究》，華梵東方人文思想研究所碩士論文，1998。
13. 王晴慧：《六朝譯佛典偈頌與詩歌之研究》，靜宜大學中文研究所碩士論文，1999。

參、期刊論文（依者姓氏筆劃多寡排序）

1. 丁敏〈當代中國佛教文學研究初步評介以台灣地區爲主〉，《佛學研究中心學報》第二期，233～280 頁。
2. 方立天〈南北朝禪學〉，《宗教學研究》，2000 年第 2 期。
3. 王力堅〈從學醒到迷誤——六朝文人生命意識對唯美詩歌創作的影響〉，《廣東社會科學》，1994，第五期。
4. 王力堅〈從六朝詩看中國古典詩歌結構的演進〉，《暨南學報》（哲學社會科學），1994。
5. 王力堅〈山水以形媚道——論東晉詩中的山水描寫〉，《學術交流》，1996，第三期。
6. 王力堅〈性靈、佛教、山水——南朝文學的新考察〉，《海南師範學院學報》（人文社會科學版），2000，第一期。
7. 王越群〈佛教初傳中國成功原因探析〉，《渭南師專學報》（社會科學版），1998，第四期。
8. 文智〈達摩祖師之研究〉，《佛教人物史話》，現代佛教學術叢刊第 49 冊。
9. 孔毅、李民〈魏晉玄學的衰弱及其與佛教的合流〉，《許昌師專學報》（社會科學版），1997，第二期。
10. 王晴慧〈試析六朝詩歌所蘊含之佛教文學特色〉，《修平人文社會學報》，2001 年 3 月。
11. 田哲益〈佛教對中國文學及藝術的貢獻〉，《中國語文》六十五卷三期，總號 387，1989 年 9 月。

12. 田哲益〈魏晉玄學與魏晉文學思潮的互動〉,《中華文化復興月刊》第十二期,1990。
13. 田博元〈廬山慧遠學風之研究〉,《佛教人物史話》,現代佛教學術叢刊第49冊。
14. 孔繁〈魏晉玄學、佛學和詩〉,《世界宗教研究》,1986年3月。
15. 李立信〈七言詩起源考〉,清華大學主辦《國科會人文計畫成果發表會論文集》,1996。
16. 林文月〈宮體詩人之寫實精神〉,見《中外文學》三卷三期,1974年8月。
17. 周健、張嘉軍〈東晉南北朝時期南北之間的佛教〉,《許昌師專學報》,1999,第四期。
18. 周伯戡〈廬山慧遠〉,《歷史月刊》第九期。
19. 洪修平〈論漢地佛教的方術神靈化、儒學化與老莊玄學化——從思想理論的層面看佛教中國化〉,《中華佛學學報》第十二期,1999年。
20. 洪修平〈從寶誌、傅大士看中土禪風之初成〉,《中國文化月刊》,1994年2月。
21. 孫昌武〈佛教的中國化與東晉名士名僧〉,《傳統文化與現代化》,1993年第4期。
22. 孫昌武〈支遁一袈裟下的文人〉,《中國文化》第十二期。
23. 孫昌武〈慧遠與蓮社傳說〉,《五台山研究》,2000年第3期。
24. 馬現誠〈佛教境界理論與古代文論意境說的形成〉,《學術論壇》,2000,第四期。
25. 陳道貴〈從佛教影響看晉宋之際山水審美意識——以廬山慧遠及其周圍爲中心〉,《安徽大學學報》(哲學社會科學版),2000。
26. 陳道貴〈東晉玄言詩與佛教關係略說〉,《湘潭師範學院學報》,2000年9月。
27. 湯用彤〈謝靈運事蹟年表〉,見《國學季刊》第三卷第一號,1932。
28. 黃永武〈魏晉玄學對詩的影響〉,見《幼獅月刊》四十八卷第三期,1978。
29. 黃新亮〈漢唐僧詩發展述略〉,《廣西師院學報》(哲學社會科學版),1995年第1期。
30. 張碧波、呂世瑋著〈中國古代文學家近佛原因初探〉,見《東北師大學報》,第三期,1988。
31. 張子開〈傅大士《法身頌》考〉,《宗教學研究》,1997年第4期。
32. 張子開〈《浮漚歌》考〉,《宗教學研究》,1996年第3期。
33. 張伯偉〈略論魏晉南北朝時期音樂與文學的關係〉,《文學評論》,1999

年第3期。

34. 普慧〈齊梁崇佛文人游寫佛寺之詩歌〉,《人文雜誌》2000年第5期。
35. 葉日光〈宮體詩形成之社會背景〉,見《中華學苑》第十期,1972年9月。
36. 賈占新〈論支遁〉,《河北大學學報》第24卷第3期,1999年9月。
37. 楊寶玉〈《百喻經》述要〉,《五台山研究》,2000年第2期。
38. 蒲慕州〈神仙與高僧——魏晉南北朝宗教心態試探〉,《漢學研究》八卷二期,總號16,1990年12月。
39. 劉貴傑〈玄學思想與般若思想之交融〉,《國立編譯館館刊》第一期,1980。
40. 儀平策〈中國詩僧現象的文化解讀〉,《山東大學學報》(哲學社會科學版),1994年第二期。
41. 蔡惠明〈佛經對漢語的影響〉,《香港佛教》,三八五期,1992年6月。
42. 蔣述卓〈論宗教藝術的世俗化傾向及其審美創造〉,《暨南學報》16卷第4期,1994年10月。
43. 盧明瑜〈六朝玄言詩小探〉,《中國文學研究》第三輯,1989。
44. 蔡日新〈從寶誌與善會看中國禪宗思想的源起〉,《內明》,1997年1月。
45. 劉果宗〈支道林在玄學盛興時代的地位〉,《佛教人物史話》,現代佛教學術叢刊第49冊。
46. 藍日昌〈傅翕宗教形像的麗史變遷〉,《弘光學報》33期,1999年4月。
47. 蘇淵雷〈論佛教在中國的演變及其對社會文化各方面的深刻影響〉(上、中、下),《華東師範大學學報》(哲學社會科學版),1983年4、5、6期。
48. (日)牧田諦亮〈寶誌和尚傳考〉,《中國佛教史學史論文集》,現代佛教學術叢刊第50冊。
49. (日)鐮田茂雄著、黃玉雄譯〈南朝四百八十寺〉,《五台山研究》,2000年第3期。

南朝詩歌與佛教關係之研究

羅文玲　著

作者簡介

羅文玲，東海大學中國文學文學博士，目前執教於明道大學中國文學系，主要研究領域為佛教與文學之關係，著有《六朝僧侶詩研究》，晚近則專注唐代文學與宗教關係之研究，曾發表〈宗教與詩歌——李商隱詩歌中的佛教色彩〉、〈王維詩歌中的佛教色彩〉等論文多篇。

提　要

本論文的研究，分上下兩編。

上編著重於南朝佛經翻譯的概況，以及文人涉入佛理的因緣。這部分的論述依據兩項原則：一是掌握譯經事業的重心問題，並且以重要譯經師為綱；二是時代先後為次序，綜合前人的研究成果，以佛教史的角度，來探討文人和佛教以及僧侶的情況。

第二章，「南朝文人以及君王與佛教的結緣」。此章主要是敘述南朝的佛教興盛，主要歸於南朝君王不遺餘力地倡佛教，由於這重因素，社會自然也會形成崇佛的風氣，這是南朝佛教隆盛的契機。由於佛教的興盛，文人亦普遍地接受佛法的熏陶。這一時期，文人在研習佛教教義的同時，亦禮佛、講經，並參與佛教的實踐躬行，如是，表現宗教生活及宣說佛理的詩作自然也會增加。

第三章，「兩晉至南朝佛經翻譯概況」。這一部份是以時代先後為骨幹，交織以重要經師，提綱挈領點明重要譯經師的特色及成就，並勾勒出各時代的譯經風貌，藉以呈現兩晉南朝佛典翻譯的概況。

第四章，「佛經弘傳與聲律說」。聲律說的提出，對於中國的韻文，有相當大的影響，尤其對近體格律詩影響更深。更細究之，聲律說的產生，與佛教「梵唄」和「轉讀」，有著密切的關係，此章側重於探討佛教傳入對聲律說的影響。下編的部份共分三章來敘述。

第五章，「南朝詩歌中所見佛典用語」。主要是由丁福保編纂《全漢三國晉南北朝詩》，逯欽立輯校《先秦漢魏晉南北朝詩》，以及唐朝道宣編《廣弘明集》中，選錄出與佛理相關的作品，分成二大類。一、僧侶作品：（一）純粹闡述佛理。（二）詠物、詠山水，兼述佛理者。二、文人作品：（一）主題純粹闡述佛理。（二）主題與佛寺、僧人有關，兼論佛理者。把這二大項原則訂出之後，再把相關的作品歸入，並且整理成四個附錄，如是就可以清楚地掌握南朝詩歌和佛教的關係。這是第五章探討的重心。

第六章，「漢魏偈頌與南朝的關係」。此章是以明治三十八年藏經院校訂訓點本的《大藏經》為主，就其中南朝所翻譯佛經的偈頌內容，作概略的歸納，分成說理、告誡、敘事、讚嘆，四部份來說明。並且就佛經偈頌與南朝詩之中的修辭

目次

序　言

莫聽穿林打葉聲，何妨吟嘯且徐行，竹杖芒鞋輕勝馬。

誰怕？一蓑煙雨任平生。

料峭春風吹酒醒，微冷。山頭斜照卻相迎。回首向來蕭瑟處，歸去，

也無風雨也無晴。——蘇軾〈定風波〉

回想這三年碩士班的學習，以及近一年的論文筆耕生活，覺得愈深入中國文學領域中，愈是感於自己亟需努力的地方實在很多，也愈覺得文學的浩瀚，一如佛經三藏十二部的廣博，是難以窮究的。當初著手做論文時，心中萬分惶恐，思及自己涉獵有限且思辨能力亦不佳，如何寫十萬字的論文呢？幸賴李立信老師的鼓勵，在每次的討論中皆不厭其煩指導，並給予我許多寶貴的經驗，讓論文得以順利完成。《中庸》云：「君子之道，譬如行遠必自邇，譬如登高必自卑」，所言甚是，雖然已完成碩士論文，卻深深覺得人生的學習才剛開始而已。

衷心感謝李立信老師的耐心指導，父母的栽培之恩，以及台中蓮社社教科師長的慈悲引導，還有默默地支持我爲我加油的社教科同學以及守護者博文兄，這些都是我所深深感念的。點點滴滴的恩澤，是我將永銘於方寸中，終生難忘的。

文玲

丙子年仲夏六月　于苗栗三義

第一章　緒　論

第一節　研究動機及方法

一、研究動機

佛教自東漢時代傳入中國〔註1〕，初傳之際，係依附於道術流傳於民間〔註2〕，故罕見名士儒者推崇佛法，更遑論儒釋之間的往來。至魏晉時代玄學興起，般若之學以「格義」〔註3〕解釋佛理，般若之學依附於玄學，佛法

〔註1〕佛法傳入中國，正史記載較詳者，爲《魏書・釋老志》:「漢武……開西域，遣張騫使大夏。還，傳其旁有身毒國，一名天竺，始聞有浮屠之教。哀帝元壽元年，博士弟子秦景憲受大月氏王使伊存口授浮屠經，中土聞之，未之信了也。後孝明帝夜夢金人，頂有白光，飛行殿庭，乃訪群臣，傳毅始以佛對。帝遣郎中蔡愔，博士弟子秦景等使於天竺，寫浮屠遺範。愔仍與沙門攝摩騰、竺法蘭東還洛陽，中國有沙門及跪拜之法，自此始也。」

〔註2〕《後漢書・楚王英傳》:「楚王尚黃老之微言，尚浮屠之仁祠。」浮屠與黃老是並祠的。康僧會《安般守意經序》:「有菩薩者安清字世高，……博學多識，貫綜神模，七正盈縮，風氣吉凶，山崩地動鍼脈諸術，睹色知病，鳥器鳴啻啼，無音不照。」安世高是漢朝譯經最多的大師，但《高僧傳》，謂其七曜五行，醫方異術，以至鳥獸之聲，無不綜達。這是佛教初傳之際，爲令眾生接受佛法的方法，即附庸於道術流傳民間。

〔註3〕《高僧傳・竺法雅傳》:「雅乃與康法朗等，以經中事數，擬配外書，爲生解之例，謂之格義。」即是用傳統思想文化的辭彙、概念來譯佛教的概念和用語。或援引傳統儒、道思想解釋佛經的道理。如「眞如」譯成「本無」、「涅槃」譯成「無爲」、「五戒」說成「五常」、「禪定」說成「守一」這即是格義。「外典、佛經、遞互講說」這是格義的方法。

與僧侶漸被文士接納，於是印度之佛法漸弘傳於中土。

湯用彤先生《漢魏兩晉南北朝佛教史》云：

> 自佛教傳入中國後，自漢至前魏，名士罕有推重佛教者。尊重僧人，更未之聞。西晉阮庾與孝龍爲友，而東晉名士崇奉林公，可謂空前。

又云：

> ……般若大行於世，而僧人立身行事又在在與清談者契合。夫般若理趣，同符老莊，而名僧風格，酷肖清流，宜佛教玄風，大振於華夏也。西晉支孝龍與阮庾等世稱八道，而東晉孫綽以七道人與七賢人相比擬，作道賢論。名人釋子共入一流，世風之變可知矣。〔註4〕

魏晉時代，佛學藉由玄學漸弘傳，文士與僧侶往還密切，經由僧侶的媒介，文人浸染佛理日深，至東晉時，已可見文士的佛教著述，〔註5〕和一些與佛教有關的詩歌〔註6〕。南北朝以後，儒釋交往，蔚爲風尚，到了唐代，佛學成爲唐代文化、思想的主流，廣泛地影響著唐代的文學和藝術。

佛教發展至唐代，以輝煌的姿態呈現，唐代正爲日正當中，南北朝時代則如旭日始升。全盛時代之前，必然潛藏許多契機，而這些也是引發我研究這題目的動機。

詩歌是言志之作，大多是詩人內心世界的呈現，而佛法對於詩歌領域的影響，主要在於作者的生命態度、人生觀、思想感情以及這些深層的思想情感呈現，而佛法對於詩歌領域的影響，主要在於作者的生命態度、人生觀、思想感情以及這些深層的思想情感呈現在作品的境界、情趣。大致言之，詩歌和佛教關係是密切的，由詩歌來看文人層面的佛教是很妥切的途徑。

希望藉由這篇論文的寫作，可以對南朝佛教弘傳的概況、譯經情形、文人與僧侶往來情形，作一宏觀的了解，並連繫佛教和文學之間的關係。

二、研究方法

本論文題爲《南朝詩歌與佛教關係之研究》，主旨藉由南朝詩歌中的佛典用語、和詩歌中引用佛理的部份，考察佛教弘傳與佛經翻譯對詩歌的影響。

全文共分七章，除緒論與結論外，共分五大部份，其重點有三：

〔註 4〕湯用彤《漢魏兩晉南北朝佛教史》上冊，第七章〈兩晉之名僧與名士〉。

〔註 5〕《廣弘明集》卷五，晉孫盛〈聖賢同軌老聃非大賢論〉。

〔註 6〕如王齊之〈念佛三昧詩〉四首，張翼〈答庾僧淵詩〉等。

（一）南朝的佛經翻譯概況，以及文人和佛教的關係，這是屬於外緣的問題。由正史、僧傳中，考察南朝佛教興盛的原因，及文人與佛教的關係。

（二）南齊沈約所倡「聲律說」，創永明體詩歌，爲近體格律詩的先驅，此與佛經轉讀和印度聲明密切相關，對南朝詩壇可謂是一大事，此爲本論文重點之一。

（三）以南朝詩歌爲對象，簡擇其中含有佛典用語或引用佛理的篇章來加以探討。並將佛經偈頌與南朝詩歌作比較，歸納二者的異同。此係由作品契入，以深明作品的思想、藝術特色與佛教之間的關連。

研究的素材，主要以逯欽立先生輯校《先秦漢魏晉南北朝詩》，〔註 7〕丁福保編纂《全漢三國晉南北朝詩》〔註 8〕爲主，再參考《弘明集》〔註 9〕與《廣弘明集》〔註 10〕所收集的作品，互相補充。至於僧侶和文人的敘述，則以《高僧傳》〔註 11〕和《續高僧傳》〔註 12〕爲依據，文人的介紹除僧傳外，亦參考正史的記載。

本論文研究，分成上下兩篇。上篇著重於佛經翻譯的概況，以及文人涉入佛理的因緣；這部份依據兩項原則：一是掌握譯經事業的重心問題，二是時代先後爲次序，綜合前人的研究成果，以佛教史角度，來探討文人和佛教、僧侶的關係。

下編的研究，主要係由——逯欽立輯校的詩集和丁福保編纂的詩集中，選錄出與佛理相關的作品，分成二大類。

一、僧侶作品，細分爲二

（一）主題係闡述佛理。

（二）主題與佛寺、僧人有關。

二、文人作品。細分爲二

（一）主題係闡述佛理。

（二）主題與佛寺、僧侶有關。

〔註 7〕《先秦漢魏晉南北朝詩》，逯欽立輯校，台北木鐸出版社，71 年 6 月。

〔註 8〕《全漢三國晉南北朝詩》，丁福保編篡，藝文印書館印行，72 年 6 月 4 版。

〔註 9〕《弘明集》，梁僧佑編，新文豐出版公司印行，75 年 3 月再版。

〔註 10〕《廣弘明集》，唐道宣編，台灣中華書局印行，59 年 4 月台 2 版。

〔註 11〕《高僧傳》，梁慧皎撰，《佛教大藏經》七十四冊，佛教出版社。

〔註 12〕《續高僧傳》，唐道宣撰，《佛教大藏經》七十四冊，佛教出版社。

把這二項大原則訂出以後，再把相關的作品歸入；如此可以觀察出佛教與詩歌的關係。

藉由上、下編的論述，可以兼顧外緣因素和詩歌本身，亦可以對南朝詩歌與佛教之間的連繫，有明確的概念。

至於第六章，以明治三十八年日本藏經院校訂訓點本的《大藏經》爲主，就其中南朝翻譯佛經的偈頌內容，作一概略介紹，並整理出附錄，以便於掌握南朝所譯出的經典數量與經名。再者就偈頌與南朝詩歌之間作一簡略的探討，希望在這之間可以對佛教與南朝詩歌，找到之間的關連，與進一步的認識。

第二節　南朝文壇的佛教色彩

一、「南朝」的定義

唐・李延壽作《南史》與《北史》後，「南北朝」名稱始定。自此一般文學史所謂的「南朝」，多採李氏界說，即指宋、南齊、梁、陳四代而言，凡一百六十九年。

然中原淪陷，胡漢對立的局面，實肇於晉「永嘉之禍」，所以就政治形勢觀之，南朝宜自東晉元帝大光元年（318），迄於陳後主禎明二年（589），共計二百七十二年。〔註13〕

本論文，採文學史的界定，即「南朝」一詞，特指宋、南齊、梁、陳四代而言。

二、南朝文壇的佛教色彩

魏晉以來，社會持續漢末的動蕩不安，人民備受迫害，統治者也朝不保夕，對政治和戰爭的恐懼，對人生失望的情緒，瀰漫整個社會，人們需要心

〔註13〕自永嘉之禍以後，西晉政權與士族即移至江南，司馬睿建都於建業，稱元帝，自此以後，宋、齊、梁、陳四代也建都於建業（今之南京市）。從東晉元帝建武元年（317）至隋文帝開皇九年（589）滅陳，前後二百七十二年，從東晉，經宋、齊、梁、陳，皆建都於建業，故就政治情勢來看，南朝宜起自東晉。（以上敘述參考王仲犖《魏晉南北朝史》）

靈的寄託，中國傳統的儒學與道教，都無法滿足這一社會需求，但佛教卻可勝任，於是受大眾普遍信受，由於所弘傳的思想，講對現實世界的苦難，應逆來順受，有助於安撫人民的反抗情緒，因此統治者競相提倡佛教，〔註 14〕弘傳佛法的僧人如道安、僧肇、竺道生等，又注意將佛教的世界觀和修行，儘量契合中國傳統文化和心理，使佛教走上中國化道路，成爲當時社會的中心思潮，且在文人和百姓之間廣泛弘傳。

魏晉以來，中國文學在佛教思想和佛教文學的影響下，呈現了嶄新的風貌。無論是文體、意境、主題、體裁，還是在創作理論上，都呈現出與先秦、兩漢文學不同的風貌，劉熙載曾云：「文章蹊徑好尙，自《莊》、《列》出而一變，佛書入中國又一變。」〔註 15〕佛經的輸入，推動了中國文學的變化和發展，主要是形式和內容兩方面的重大變化。

（一）直接影響

傳統的中國文學皆是講現實人生，重倫理道德，很少有想像的空間，就如同《論語》所載：「子不語怪力亂神。」雖有《山海經》的誇誕神妙，或曰《山海經》「蓋古文巫書也」，〔註 16〕但是這些故事，都是在初民的理想和願望的過程中，在現實生活的基礎上通過豐富的幻想創造出來，至《楚辭》亦然。

但佛教文學則富恢宏的想像力，提到三十三天〔註 17〕、十八層地獄、三千大千世界〔註 18〕的寬廣世界，佛法超越時空，時間是以阿僧祇劫〔註 19〕爲單位，空間則言三千大千世界，不只講現世，亦講前世、來世，這爲缺乏想像力的中

〔註 14〕東晉時代，偏安江左，統治者倡佛者，如：習鑿齒〈致道安書〉：唯肅祖明皇帝實天降德，始欽斯道。手畫如來之容，口味三昧之旨。《高逸沙門傳》曰：晉元明二帝遊心虛玄，託情道味，以賓友禮待法師。王公庾公傾心側席，好同臭味也。據《晉書》記載，東晉明帝、哀帝、簡文、孝武皆崇信佛法。至南朝則更盛矣。

〔註 15〕劉熙載《藝概》卷一，〈文概〉。

〔註 16〕劉大杰《中國文學發展史》，第一章〈殷商文學與神話故事〉。

〔註 17〕三十三天，梵語是忉利天，是欲界的第二天，在須彌山頂上，中央爲帝釋天，四方各有八天，故合成三十三天也。

〔註 18〕大千世界，謂以一千個中千世界，則成大千世界。此大千世界中，共有百億日月，百億須彌山，百億四天下，百億四天王天，百億三十三天，百億夜摩天，百億兜率天，等等，所覆蓋的世界，總爲第禪天所覆。是名大千世界。

〔註 19〕阿僧祇劫，指無數劫也。劫者，年時名，一阿僧祇，凡一千萬萬萬萬萬萬萬兆。阿僧祇爲數之極。（以上註 17、18、19 係參照丁福保編《佛學大辭典》）

國文學帶來新的意境，注入新的生命力。

由六朝志怪小說開始，出現了對地獄冥界的描寫，如《幽明錄》、《冥祥記》，把地獄的陰森恐怖、地府閻羅王、刑具，皆具體生動描述出來。在佛教傳入以前，中國雖也有類似的概念，但這些概念是比較模糊而支離的。根據文獻資料，由先秦至漢，先民以爲人死後所歸的地方有「黃泉」〔註 20〕、「幽都」〔註 21〕、「幽冥」、「蒿里」、「泰山」等，其各別的詳細內容不同，但所指的對象及功能，基本上是一致的；即指人死後，歸往收容安息之地，與先世人生的善惡行爲似乎沒有關係。

但自佛教輪迴轉生、善惡報應的觀念傳入，即給予六朝以後的小說注入新的思想，從六朝小說開始，因果報應、輪迴轉生也成爲小說表現的主題。〔註 22〕

（二）間接影響

從詩文的意境到文體的演變，在魏晉南北朝的時代，就已有了新的氣象。就詩歌方面而言，馬鳴的《佛所行讚》帶來了長篇敘事詩的典範，梁啓超先生曾提出，〈孔雀東南飛〉可能受《佛所行讚》等翻譯佛經的影響。〔註 23〕

中國舊詩，大致可以分古詩和近體詩。古詩在格律上較自由，但近體詩則嚴格地講究平仄和聲調。近體詩講究格律可追溯至南齊沈約、謝朓等人倡導的永明體。

《南史・陸厥傳》：

> 永明時盛爲文章，吳興沈約、陳郡謝朓、瑯琊王融以氣類相推轂。汝南周顒善識聲類，約等之皆宮商，將平上去入四聲，以此制韻，有平韻、上尾、蜂腰、鶴膝，五字之中音韻悉異，兩句之內角徵不同，不可增減，世呼爲「永明體」。

〔註 20〕《左傳》隱公二年傳：「而誓之曰：『不及黃泉無相見也。』」

〔註 21〕《楚辭・招魂》：「魂兮歸來，君無下此幽都些。土伯九約，其角觺觺些。」

〔註 22〕（一）因果報應類，如

《宣驗記》——「劉遺民」、「安荀」、「史雋」、「孫祚」、「鄭鮮」等。

《冥祥記》——「滕普」、「劉琛之」、「慧遠」、「曇遠」、「釋慧進」等。

《幽明錄》——「王凝之」、「黃祖」、「謝盛」、「桂陽郡老翁」等。

（二）輪迴轉生類。

《幽明錄》—— 如「舒禮」、「索盧貞」、「瑯琊人姓王忌名」。

《冥祥記》——「趙泰」、「支法衡」、「李清」、「慧達」、「唐遵」、「釋曇典」、「程道惠」、「僧規」等。

〔註 23〕《飲冰室文集》，四十一〈印度與中國文化之親屬的關係〉。

「永明體」，即是利用聲韻研究的成果，制出人爲的音律，而此四聲說和佛經的梵唄和轉讀有密切的關係，此將於第四章詳細討論。

漢譯佛經的偈頌，其形式雖類似詩歌是齊言的，或四言、或五言、或七言，但是偈頌既不押韻，而且也不是以抒情言志爲主，這和傳統詩歌是迥然不同的。偈頌的內容多以議論、說理，或是讚嘆爲主，在篇幅上亦率多長篇。

隨著佛經的翻譯與弘傳，南朝的詩歌在內容上增加說理的成份，同時也出現了讚佛的詩歌，如宋初大詩人謝靈運作〈和范光祿祇洹像讚〉三首、〈維摩詰經中十譬讚〉八首、〈和從弟惠連無量壽頌〉；齊王融〈法樂辭〉十二章等。再者，南朝詩歌中也引用佛經中的語詞和典故，這些情形，都與佛經的流傳廣遠以及偈頌有關，這些問題在第五章、第六章中，都將深入探討之，而佛經偈頌與南朝詩歌之間，亦有些關連性，將一併於第六章討論之。

第二章　南朝君王及文人與佛教的結緣

佛教初傳之際，係通過兩種途徑，一是靠民間弘傳，一是靠佛典的傳譯。初傳之際，佛經翻譯是由外來僧侶擔任，且經典翻譯甚少，又與道德牽合附冊，難以顯其真貌，中國人將其視爲神仙道術，常以「黃老」與「浮屠」並稱，亦常以佛老並祀。〔註1〕漢世以降，佛法之傳佈，或附庸於道術，或依附於玄學，至東晉之時，道安省察到佛學與玄學是迥然不同的學問，故反對「格義」。〔註2〕且當時由於佛典不斷譯出，經義日明，世人逐漸明白佛教和一般俗理之差異多矣，於是佛教逐漸脫離道術、玄學而趨於獨立。

自晉至南北朝，佛教弘傳日漸廣遠，這時在文壇上佛教教義和信仰被文人們所接受和宣揚。

晉朝的文人和佛教已有密切關係，西晉竺法護譯經，譯文水準較高，原因之一就是得到中國文人聶承遠、聶道眞父子、陳士倫、孫伯虎、虞世雅等人的幫助〔註3〕，這是開文人和僧侶往來的風氣。

到了東晉，文人和佛教僧侶往來更盛，如何尚之〈答宋文帝贊揚佛教事〉文中提到：〔註4〕

> 渡江以來，則王導、周顗，宰輔之冠蓋；王濛、謝尚，人倫之羽儀；郗超、王坦、王恭、王謐，或號絕倫，或稱獨步，韶氣貞情，又爲

〔註1〕《後漢書》，卷四十二〈楚王英傳〉：「楚王誦黃老之微言，尚浮屠之仁祠，宜齋戒三月與神爲誓。」《後漢書》卷七〈桓帝紀〉：「前史稱桓帝好音樂，善琴笙，飾芳林，考濯龍之宮，設華蓋以祀浮屠、老子，斯正所謂聽神。」

〔註2〕慧皎《高僧傳》，卷五〈僧光傳〉：「安曰：先舊格義，於理多違」。

〔註3〕慧皎《高僧傳》，卷一〈竺曇摩羅刹傳〉（又名竺法護）。

〔註4〕《弘明集》，卷十一〈答宋文帝贊揚佛教事〉。

> 物表。郭文、謝敷、戴逵等，皆置心天人之際，抗身煙霞之間。亡高祖兄弟，以清識軌世；王元琳昆季，以才華冠朝。其中范汪、孫綽、張玄、殷覬略數十人，靡非時俊。

這裡舉出士大夫與佛教的關係，已日趨普遍。

南北朝時代，由於長期的政治分裂，導致南北二地的佛教各異其趣。義學與實踐兼重是佛教的特質，然此時南北二地各有偏執，北朝側重禪定、戒律之修持；南朝則重義理與文字，〔註5〕故佛教與文學的關係也以南朝爲主，且和文人的關係亦密切。宋元嘉年間，以謝靈運爲代表；南齊竟陵王當政時，有沈約、王筠等人；梁武帝時，則有徐陵、江總等人，將分別於本章中敘述。

第一節　南朝君王與佛教

南朝時期，古都建康成爲全國政治、經濟和文化的中心。史載：「自江左以來，年逾二百以來，文物之盛，獨美於茲」〔註6〕，文人事業的蓬勃發展，先有宋文帝元嘉十五年，於建康雞籠山立四學：儒學，主持人雷次宗；玄學，主持人何尚之；史學，主持人何承天；文學謝元主持。至齊梁時期，興儒學，設博士，文物繁盛，濟濟洋洋。〔註7〕

南朝時期的建康，佛教有三個興盛時期：一是劉宋元嘉之世，一是南齊竟陵王時期，另一是梁武帝蕭衍在位時，這也是南朝佛教的全盛期。今就依朝代更迭，敘述君王與佛教的關係。

一、劉宋的君王與佛教

劉宋以元嘉年間佛法最盛。宋文帝雅重文教，思弘儒術，立四學，當中雷次宗係慧遠大師的弟子，何尚之則是贊揚佛教者，〔註8〕當時的宰輔，王弘、彭城王義康、范泰、何尚之，皆是當時的名士，均信佛之士，當時謝靈運和顏延之，也列於朝廷。

宋文帝對佛教的社會作用有深刻認識，他曾與何尚之討論佛教事，宋文

〔註5〕《中國佛教通史》，鎌田茂雄著，關世謙譯，佛光出版社出版。

〔註6〕《南史》卷七。

〔註7〕《南史》卷七。

〔註8〕何尚之曾作〈答宋文帝贊揚佛教事〉，他相當推重佛法。

帝云：〔註 9〕

吾少不讀經，比復無暇，三世因果，未辨致懷，而復不敢立異者，正以達及卿輩坩秀率皆敬信故也。范泰、謝靈運每云：「六經典文，本在濟俗爲治耳，必求性靈眞奥，豈得不以佛經爲指南耶。」顏延年之折達性，宗少文之難黑白論，明佛法汪汪，尤爲名理，並足開奬人意，若使率土之濱皆純此化，則吾坐致太平，夫復何事。

由這裡可以看到宋文帝肯定佛教有助於帝王的統治，也有益於社會的安定，文帝的認識是頗正確且深刻的，而何尚之的闡述則更加深刻，何尚之云：〔註 10〕

百家之鄉，十人持五戒，則十人淳謹矣。千室之邑，百人修十善，則百人和厚矣。傳此風訓，以遍宇内，編户千萬，則仁人百萬矣。此舉戒善之全具者耳。若持一戒一善，悉計爲數者，抑將十有二三矣。夫能行一善，則去一惡，一惡既去，則息一刑，一刑息於家，則萬刑息於國，四百之獄，何足難錯，雅頌之興，理宜倍速，即陛下所謂坐致太平者也。

經過何尚之的闡述，把佛教的教化作用，有助於國家社會安定的力量，更明確的陳述。佛教講三世因果，今生的苦難，是前生作惡的果報，而欲得善果，在今生應遍植善因。佛法亦教人要持戒修善，持戒則可獲得清涼和解脫，幸免於災禍，這對於百姓而言，如同甘露滋潤，予生活一份希望，也自然使社會安定了。

文帝重視佛教，元嘉年間僧侶皆受到尊重，其中以慧琳最典型。慧琳兼善佛學和儒學，早年爲廬陵王義眞所知，曾著〈均善論〉〔註 11〕，當時僧人謂其貶抑佛教，欲加以擯斥，幸得文帝賞識〔註 12〕，史載：「舊僧謂其貶黜釋氏，欲加擯斥，文帝見論賞之，元嘉中，參遂政要，朝廷大事皆與議焉。賓客輻湊，門車常有數十輛，四方贈賂相系，勢傾一時。」。〔註 13〕孔覬曾往見慧琳，見其賓客塡咽，皆暄涼而已，曾感嘆曰：「遂有黑衣宰相，可謂

〔註 9〕《弘明集》卷十一，何尚之〈答宋文帝贊揚佛教事〉。

〔註 10〕同上。

〔註 11〕〈均善論〉，又作〈白黑論〉，慧琳設白學先生與黑學道士之問答，論孔釋之異同，於佛義則譏其剖析渺茫，去事實甚遠，謂釋教與孔教雖同歸而實殊途。

〔註 12〕《弘明集》卷三，何承天〈與宗居士書〉：「治城慧琳道人作白黑論，乃爲眾僧所排擯，賴蒙值明主善救，得免波羅夷耳。」

〔註 13〕《宋書》卷九十七〈蠻夷天竺傳〉。

冠履失所矣。」，〔註 14〕古時僧侶身著黑衣，故稱「黑衣宰相」，可以見慧琳受文帝的重視。

佛法既受當時君王提倡，以致寺廟之建造，和僧眾也隨之增加。元嘉年間，建康城中造寺見於記載的十五所〔註 15〕，其不見於記載的更多。

劉宋時代，孝武帝、明帝皆信奉佛教，由於未有特別顯著事蹟，故略之，僅舉出文帝以明劉宋時弘傳之狀況。至於劉宋諸王，如臨川王義慶、彭城王義康、南譙王義宣、臨川王道規、建安王休仁皆崇奉佛教。慧皎《高僧傳》:「宋武帝曾於內殿齋，照初夜略敘，『百年迅速遷滅，俄傾苦樂參差，必由因召，如來慈應六道，陛下撫矜一切』帝言善，久之，齋竟別　三萬，臨川王道規從受五戒，奉爲門師。」〔註 16〕

由於宮中帝王信佛，皇子幼時即受耳濡目染，亦信奉佛法，臨川王道規是一個例子，及年稍長，更染士大夫信佛之風，如宋臨川王義慶愛好文義，晚年奉養沙門〔註 17〕，即是信佛的表現。

二、南齊的君王與佛教

南齊時代崇佛風氣亦十分盛行，《高僧傳》載:「齊太祖創業之始，及世祖製圖之日，皆建立招提，傍求義士，以柔耆素有聞，故徵書歲及，文宣諸王再三招請，乃更出京師，止於定林寺。」。〔註 18〕南齊高帝蕭道成、武帝蕭賾皆崇重佛教，在他們即皇帝位時，皆建立佛寺，以傍求文士。〔註 19〕「齊世合寺二千一十五所，……僧尼三萬二千五百人。」，〔註 20〕由佛寺修建的數量多達二千多所，顯見當時佛教興盛之狀況，亦可以想見當時社會對佛法的皈依。〔註 21〕

〔註 14〕同上。

〔註 15〕《建康實錄》載，竹林、清園、嚴林、永豐、南林、竹園、上定林及延壽八寺。《景定建康志》有能仁一寺。《至正金陵新志》有崇福、善居二寺。《高僧傳》有宋熙、天竺二寺。以上寺廟皆是劉宋元嘉年間建立的。

〔註 16〕《高僧傳》卷十三〈釋道照傳〉。

〔註 17〕《南史》卷十三〈臨川烈武王道規傳〉。

〔註 18〕《高僧傳》卷八〈釋僧柔傳〉。

〔註 19〕據《南齊書》所載，高帝建立正覺寺和建元寺，武帝則建立禪靈寺。

〔註 20〕《廣弘明集》辯正論。

〔註 21〕佛寺屬於「住持三寶」之一，信奉佛法者，欲興福造，多半會出資建寺，以表示對佛法的崇敬，故寺廟數量增加，亦可以知道崇佛風氣之盛。

南齊諸王中，竟陵王蕭子良篤信佛教，重視義理，影響也最大。

永明五年，竟陵王在建康雞籠山建西邸，「招致名僧，講語梵唄，造經唄新聲，道俗之盛，江左未之有也。」，〔註22〕當時西邸成了名僧文士會集之所，當時有的「竟陵八友」，蕭衍、沈約、蕭琛、范雲、任昉、陸倕皆以文學齊聚西邸。竟陵王也常與文惠太子，共招致名僧講說佛法，受禮敬的僧侶頗多，梁慧皎《高僧傳》有記載者：

〈僧柔傳〉：

> 柔耆素有聞，故徵書歲及，及文宣諸王再三招請，乃更出京師，止於定林寺，躬爲元匠，四遠欽服人神贊美，文惠文宣，並伏膺入室。〔註23〕

〈慧基傳〉：

> 司徒文宣王欽風募德，致書慇懃，訪以法華宗旨，基乃著法華義疏，凡有三卷。

〈慧次傳〉：

> 文惠文宣悉敬以師禮四事供給。

〈法安傳〉：

> 講涅槃維摩十地成實論，相繼不絕，司徒文宣王及張融、何胤、劉繪、劉獻等，並稟服文義期爲法友。

還有法度、寶誌、法獻、僧祐、智稱、道禪、法護、僧旻、智藏等，〔註24〕齊梁二代的名僧，泰半皆與竟陵文宣王有關，可謂「道俗之盛，江左未之有也」〔註25〕

《南齊書》載：

> 又與文惠太子同好釋氏，甚相友悌，子良敬信尤篤，數於邸園營齋戒，大集朝臣眾僧，至於賦食行水，或躬親其事，世頗以爲失宰相體。勸人爲善，未曾厭倦，以此終致虛名。〔註26〕

〔註22〕《南齊書》卷四十〈竟陵王子良傳〉。

〔註23〕定林寺係宋文帝時所建，爲建康的第一大廟，當時聚集許多名僧，《高僧傳》記載的名僧有僧遠、僧慧、僧柔、法通等。

〔註24〕這些僧侶皆與竟陵文宣王的往來，今僅列舉四位。

〔註25〕此言引自《南齊書·竟陵王子良傳》。

〔註26〕據陳寅恪〈四聲三問〉一文，永明七年，竟陵王集善聲沙門於京邸，造梵唄新聲，爲當時考文審音之大事。四聲說成立於永明之世，與此有關。

子良信奉佛教頗重視修行，運用佛法的道理於生活中，也渡化他人，不疲不厭。他的思想可由〈淨住子淨行法門〉〔註27〕這篇著述中得見，這篇文章是勸人行善之作，由釋道宣〈統略淨住子淨行法門序〉〔註28〕，可明蕭子良的深信佛法與行誼：

> 言淨住者，即布薩之翻名，布薩天言淨住，人語或云增進，亦稱長養通道。及俗俱稟修行，所謂淨身口意，如戒而住，故曰淨住也。子者，紹繼爲義，以三皈七眾，制御情塵，善根增長，紹續佛種，故曰淨住子。

琅琊王融也爲這篇文章作頌，當時並「開筵廣第，盛集英髦，躬處元座，談敘宗致」〔註29〕，其旨意無非是令眾人「制御情塵，善根增長」，〔註30〕可見子良重視修行。史載其文：「所著內外文筆數十卷，雖無文采，多是勸戒」。〔註31〕

子良一生弘法護教，對佛經義理也極力提倡，據《出三藏記集》載，其所留下弘法文章有十六帙，一百一十六卷，〔註32〕他曾注《優婆塞戒》三卷、注《遺教經》一卷，著《維摩義略》、《雜義記》。亦曾抄寫《維摩經》、《妙法蓮華經》、《般舟三昧經》、《無量義經》、《十地經》、《華嚴經》、《大泥洹經》、《觀世音經》、《金剛般若經》等共十七部經典。

南齊時代，崇奉佛教除竟陵王子良之外，文惠太子、豫章王嶷及其子子範、子顯、臨川王映、長沙王晃、晉安王子懋、始安王遙光等皆信奉佛教。〔註33〕南齊一代，崇佛風氣是相當興盛的。

三、梁代的君王與佛法

在歷代的帝王中，梁武帝爲最崇奉佛法者，他在位四十八年，幾乎以佛治國，故南朝提倡佛教，以梁武帝時爲全盛時代。〔註34〕

〔註27〕《南齊書》卷四十〈竟陵王子良傳〉。蕭子良自稱淨住子，作〈淨住子淨行法門〉共三十一條，收錄於《廣弘明集》卷三十二，台灣中華書局印行。

〔註28〕見《廣弘明集》卷三十二。

〔註29〕《南齊書》卷四十〈竟陵王子良傳〉。

〔註30〕同上。

〔註31〕同上。

〔註32〕梁僧佑《出三藏記集》卷十二，〈齊太宰竟陵文宣王法輯錄序〉。

〔註33〕《南齊書》卷四十。

〔註34〕梁代自西元502至549年，共四十八年，梁武帝蕭衍既是開國君主，同時梁代也亡於武帝之手。

梁武帝在南齊時，曾在竟陵王子良雞籠山西邸，與沈約、謝朓、王融、蕭琛、范雲、任昉、陸倕等文士相往還，曾有「竟陵八友」之稱，也同時與寶誌、寶亮、慧約、法雲、僧佑等僧侶往來〔註35〕，故結下與佛教的因緣。

武帝原係道教世家，由於居雞籠山西邸這段因緣，而捨道歸佛，在天監三年四月八日率道俗二萬人於重雲殿作〈捨道發願文〉曰：

> 弟子經遲迷荒，耽事老子，歷葉相承，染此邪法，習因善發，棄迷知返，今捨舊醫，歸憑正覺，願使未來世中，童男出家，廣弘經教，化度含識，同共成佛，寧在正法之中，長淪惡道，不樂依老子教暫得生天。〔註36〕

他發表這篇文章，除了自身奉行外，也是要求公卿百官乃至平民百姓皆信奉佛教。實際上就是運用政治力量，大弘佛法，梁武帝提倡佛教，在位期間幾乎以佛化治國，大致有如下的行誼：

（一）創建佛寺，塑佛雕像

據《南史》記載，梁代佛寺達五百座之多。〔註 37〕梁武帝親自賜建大愛敬寺、智度寺、新林寺、仙窟、光宅、解脫、開善、同泰等寺院，且多雄偉巍峨。《南史》載：

> 衍崇信佛道，於建業起同泰寺，又於故宅立光宅寺，於鍾山立大愛敬寺，兼營長干二寺，皆窮工極巧，殫竭財力，百姓苦之。〔註38〕

梁武帝除建造佛寺之外，還造寺廟中的金、銀佛像與石佛像，如光宅寺鑄造丈八彌陀銅像，同泰寺的十方金銀像，且還在在剡溪造彌勒石像。僧傳載，武帝遣僧佑監造此佛像，從天監十二年開鑿，至天監十五年完成，「坐軀高五丈，立形十丈，龕前架三層台，又造門閣殿堂，並立眾基業，以充供養。」〔註39〕

（二）重視戒律，斷除酒肉

《慧約傳》載：

> 天監十八己亥，四月八日，天子發弘誓心受菩薩戒，乃幸等覺殿，

〔註35〕見《南史》卷六〈梁本記上〉。

〔註36〕《廣弘明集》卷四〈梁武帝捨事道法詔〉。

〔註37〕《南史》卷七十〈郭祖深傳〉：「都下佛寺五百餘所，窮極宏麗，僧尼十餘萬，資產豐沃。」

〔註38〕《魏書・蕭衍傳》。

〔註39〕《高僧傳》卷十三〈釋僧護傳〉。

降凋王輦，屈萬乘之尊，申在三之敬，暫屏袞服恭受田衣，宣度淨儀曲躬誠肅，于時日月貞華天地融朗，……皇儲以下爰至王姬，道俗士庶，咸希度脫，弟子著籍者凡四萬八千人。〔註 40〕

梁武帝親受菩薩戒，亦十分重視戒律，他曾命令超為僧正，〔註 41〕撰《出要律儀》共十四卷，《法超傳》載：

武帝又以律部繁廣臨事難究，聽覽餘遍遍戒檢，附世結交，撰為一十四卷，號曰出要律儀。〔註 42〕

武帝並分發境內，通令照行。

武帝又依據《涅槃經·四相品》等大乘經文，親撰〈斷酒肉文〉四篇〔註 43〕，反覆闡明斷除酒肉的必要性和重要性。在〈與周捨論斷肉敕〉中，他強調「眾生所以不可殺生，凡一眾生，與八萬尸蟲，經亦說有八十萬億尸蟲，若斷一眾生命，即是斷八萬尸蟲命。」以大悲心勸令僧侶遵守斷酒肉，從而改變漢代以來漢僧食三淨肉的習慣，使素食與戒酒成為漢僧的優良傳統。

（三）講注經典，延僧注疏

據史載，梁武帝在第一次捨身後，經常舉行數萬人的法會，自己高升法座，為僧俗宣講《大般涅槃經》、《摩訶般若波羅蜜經》、《金字三慧經》等，提倡佛學，盛極一時。《南史》載：「大通三年冬十月乙酉上幸同泰寺，升法座為四部眾說涅槃經。」，同年「十一月乙未，上幸同泰寺升法座，為四部眾說般若經。」，〔註 44〕次年「二月癸未，幸同泰寺設四部大會，升法會，發金字般若經題。」。〔註 45〕梁武帝於大通五年講《般若經》時，「皇太子、王侯以下，侍中司空袁昂等六百九十八人，其僧正僧令等義學僧鎮座一千人，……其餘僧尼及優婆塞、優婆夷，男冠道士、女冠道士、白衣居士、波斯國使、于闐國使、北館歸化人，講肆所班，供帳所設，三十一萬九千六百四十二人。」

〔註 40〕《續高僧傳》卷六〈釋慧約傳〉。

〔註 41〕僧正即僧官，是由國家在僧侶中遴選任命，以管制監督佛教僧團為目的，統領僧尼而執行法務。南北朝時代的僧官，分為北朝系統的沙門統，和南朝系統的僧正，僧正的起源是姚秦之世，以僧䂮為僧主。（《大宋僧史略》卷十）

〔註 42〕《續高僧傳》卷二十一〈釋法超傳〉。

〔註 43〕收錄於《廣弘明集》卷三十。

〔註 44〕均引自《南史》卷七〈梁本記〉中。文中「四部眾」，包含出家的比丘與比丘尼，和在家的優婆塞與優婆夷，即是佛之四眾弟子。

〔註 45〕同上。

〔註 46〕。武帝升法座講經的盛況，和當時社會崇信佛法的狀況，可由這幾段記載中顯而易見，武帝對佛法的歸信和深入，也可從他升法座講經說法的行爲顯見之，梁武帝的舉止，在古今君王中是相當罕見的。

梁武帝博覽經書，對佛法的見地也獨到，他曾寫了很多重要的佛教論文，史載：「制《涅槃》、《大品》、《淨名》、《三慧》諸經義記數百卷。」。〔註 47〕具體言之，即《制旨大涅槃講疏》一百零一卷，《制旨大集經講疏》十六卷，《大品經注》五十卷，《發般若經題論義並問答》十二卷。另僧佑《出三藏記集》還收錄十六種著述，〔註 48〕但這些著述和注經都已散佚，今存者唯《弘明集》和《廣弘明集》中收錄的〈立神明成佛義記〉、〈敕答臣下神滅論〉〔註49〕、〈爲亮法師製涅槃經疏序〉、〈斷酒肉文〉、〈摩訶般若懺文〉、〈金剛般若懺文〉、〈淨業賦〉、〈孝思賦〉、〈述三教詩〉、〈和太子懺悔詩〉。〔註50〕

梁武帝還請名僧撰注疏，如命寶亮撰《涅槃疏》，命建元、法朗撰《涅槃經注》，又延請僧旻編《眾經要鈔》八十八卷，請智藏集眾經義理爲《義林》，命寶唱撰集佛教傳入以來道俗人士有關佛理的著述，成《續法門論》七十卷。武　帝還三次敕編有關佛經目錄，最後一次由僧佑編《出三藏記集》，是我國年代較古且較完善的經錄。

武帝不遺餘力的提倡佛教，爲佛教奠定了穩固的基礎，是隋唐佛教輝煌燦爛的一大契機。

四、陳代的君王與佛教

湯用彤云：

> 陳氏一代，首以中國多難故，南京僧寺誅焚略盡，帝王人民雖略事

〔註46〕《廣弘明集》卷二十二，蕭子顯〈御講摩訶般若經序〉。

〔註47〕此文於《南史・武帝本紀》，《梁書・武帝紀》中均有記載。

〔註48〕《出三藏記集》卷十二，關於武帝著述目錄有：〈皇帝後堂建講記〉、〈皇帝後堂八關齋造十種燈記〉、〈皇帝六調制護記〉、〈皇帝敕撰經義記〉、〈皇帝敕淨名上出入記〉、〈皇帝天監五年四月八日樂遊大會記〉、〈皇帝後堂誌上起建講記〉、〈皇帝興誌上往復並序誌〉、〈皇帝後堂講法華誌上論難〉、〈皇帝造光宅寺豎刹大會記并臨川王啓事并敕答〉、〈皇帝敕諸僧抄經撰一翻胡音造戮立藏等記〉、〈皇帝造十無盡藏記〉、〈皇帝遣詣僧詣外國尋禪經記〉共十六種，惜今已亡佚。

〔註49〕以上二文收錄於《弘明集》。

〔註50〕以上八種著述見《廣弘明集》。

修復，然仍不如梁時之盛，帝王獎掖名僧常有所聞，其行事仍祖梁武之遺規。〔註51〕

陳朝的國祚雖短促，僅三十三年，但當政皇帝多崇信佛教。陳武帝即位時，即「詔出佛牙於杜姥宅，集四部設無遮大會，高祖親出闕前禮拜。」〔註52〕，次年，陳武帝還捨身大莊嚴寺，史載；「辛酉輿駕幸大莊嚴寺捨身，壬戌群臣表請還宮。」〔註53〕，同年亦在大莊嚴寺對「發金光明經題」，且登台講經說法，陳武帝的行誼大致仍追隨梁武帝，其它帝王亦然。〔註54〕

《廣弘明集》中，收錄陳代帝王的懺文，如宣帝〈勝天王般若懺文〉，文帝作〈妙法蓮華經懺文〉、〈金光明懺文〉、〈大通方廣懺文〉、〈虛空藏菩薩懺文〉、〈方等陀羅尼齋文〉、〈藥師齋懺文〉、〈娑羅齋懺文〉、〈無礙會捨身懺文〉。〔註55〕但陳代帝王的著述和梁武帝相較，相去實遠，至若對佛教的貢獻亦不如前代。

總而言之，南朝的帝王多半是信佛者，且提倡佛教不遺餘力，由於這重因素，社會上自然也會有崇佛的風氣，「上有所好，下必效焉」，這是促使南朝佛教隆盛的契機，亦是最重要的因素。

第二節　南朝文人和佛教的結緣

《弘明集》載：

渡江以來，則王導、周顗，宰輔之冠蓋；王濛、謝尚，人倫之羽儀；郗超、王坦、王恭、王謐，或號絕倫，或稱獨步，韶氣貞情，又爲物表。郭文、謝敷、戴逵等，皆置心天人之際，抗身煙霞之間，亡高祖兄弟，以清識軌世；王元琳昆季，以才華冠朝。其餘范汪、孫綽、張玄、殷顗略數十人，靡非時俊。〔註56〕

這裡舉出東晉時代士大夫崇佛的情況，已是非常的普遍。

自晉至南北朝，是佛教流傳中國且逐漸中國化的時期，此時在文壇上佛

〔註51〕湯用彤《漢魏兩晉南北朝佛教史》，第十三章〈佛教之南統〉。
〔註52〕《陳書》卷二〈高祖本紀〉下。
〔註53〕同上。
〔註54〕陳朝帝王中，武帝、文帝和後主皆曾捨身佛寺。
〔註55〕《廣弘明集》卷三十六。
〔註56〕《弘明集》卷十一，何尚之〈答宋文帝贊揚佛教事〉。

教教義和信仰被文人接受與宣揚，文人和僧侶往來的情況非常普遍，文人們的佛教信仰是佛教深入傳播的表現，文人的信仰對佛教傳播起了推動作用，同時也對文學領域影響頗大。

何以文人信仰佛教對文學領域影響頗大？佛教初傳入中國時，從東漢初至魏晉時期，主要對社會生活各個領域，在日常生活和政治領域中發揮著日益重要的作用，但對文學領域影響甚微，由當時文學作品甚少關於佛理和佛教色彩可見。〔註 57〕到了南朝，君王對佛教的提倡和譯經水準的提高，以及南朝文風鼎盛等因素，佛教和文學漸有比較密切的關係。

大陸學者張碧波、呂世瑋在〈中國古代文學家近佛原因初探〉一文中認爲：〔註 58〕

> 謝靈運的出現是中國文學史上劃時代的大事，他不僅是山水詩的鼻祖，也是把佛教和文學成功的結合在一起的開拓者，……在謝靈運之前，佛教和文學仍是「兩股道上跑的車」，偶有「秋波」，亦因無恰當的契合點而難以眞正通融。是謝靈運對大自然的觀照中，發現了佛教體驗和審美體驗的共性，並成功地將統一於他內心的這兩種體驗表現在詩的文學形式之中。

南朝文人在詩歌中融入佛理，除謝靈運外，南齊沈約，陳徐陵、江總也是頗有特色的文人，將分述於後。至若受慧遠遺風影響，南朝宋初文人，如何尚之、謝靈運、雷次宗皆與慧遠有關，是故在進入文人與僧侶交遊這主題之前，宜先對慧師大師序以簡要的介紹，如此方能對南朝文人與僧侶的交遊有較爲完整的了解。

謝靈運〈廬山慧遠法師誄〉：〔註 59〕

> 道存一致，故異化同暉；德合理妙，故殊方齊致。昔釋安公振玄風於關右，法師嗣末流於江左，聞風而悅，四海同歸，爾乃懷仁山林，隱居求志，於是眾僧雲集勤修淨行，同餐法風，栖遲道門，可謂五百之季，仰紹舍衛之風，〔註 60〕廬山之㠣，俯傳靈鷲之旨，〔註 61〕洋洋乎

〔註 57〕有關於佛理的著作以詩爲例，魏晉時甚少，根據逯欽立《先秦漢魏晉南北朝詩》中所收錄，三國時代未見佛理之作，至兩晉，約有十位文人以佛理入詩。

〔註 58〕張碧波、呂世瑋著：〈中國古代文學家近佛原因初探〉，東北師大學報，1988 年第 3 期。

〔註 59〕唐道宣卷二十六。

〔註 60〕舍衛是梵語，華言聞物亦云豐德，以其具四德故也，一具財寶德，二妙五欲

未曾聞也。

慧遠大師在東晉末年，以佛教領袖身份活動於士大夫之間。慧遠自卜居廬山後，即與弟子居東林寺弘揚佛法，當時許多僧侶和文士，皆受慧遠德風所感召，紛紛至東林寺追隨慧遠，據〈慧遠傳〉載：〔註62〕

率眾行道昏曉不絕，釋迦餘化於斯復興，既而謹律息心之士，絕塵清信之賓，並不期而至，望風遙集。

廬山成了東南佛教傳播的中心，亦成爲名人逸士嚮往的聖地。據僧傳，當時有彭城劉遺民、豫章雷次宗、雁門周續之、新蔡畢穎之、南陽宗炳以及張萊民、季碩等，遺棄世俗的榮華，跟隨慧遠大師。〔註63〕

元興元年，慧遠與宗炳、張野、周續之、雷次宗、劉遺民等在廬山般若台精舍無量壽佛像前，「建齋立誓，共期西方」。〔註64〕慧遠命劉遺民著文申其意，其文云:「法師釋慧遠，眞感幽奧，宿懷特發，延命同息貞信之士百有二十三人，集於廬山之陰般若台精舍阿彌陀佛像前，率以香華敬薦而誓焉。」，〔註65〕慧遠這一行動，令許多文士由佛法的欽慕，轉而信奉佛教，不僅思想上接受，在行爲上也躬自力行。

慧遠隱居廬山三十多年，影不出山，跡不入俗，每送客皆以虎溪爲界。但是他的聲譽卓著，影響廣泛，誠如謝靈運所云:「法師嗣末流於江左，聞風而悅，四海同歸。」，〔註66〕東晉末年至南朝初年，受慧遠教化者實多，劉宋初年文士與佛教關係密切，與慧遠之遺風息息相關也。

劉宋承東晉遺風，士大夫普遍崇信佛教，孫昌武《佛教與中國文學》一書中，提到有兩個客觀原因促使統治階級對佛教的提倡：〔註67〕

一、東晉末孫恩、盧循領導的農民起義利用了天師道，自然在佛道的較量，佛教受統治階級歡迎。

二、宋武帝劉裕稱帝前鎭壓的桓玄是反佛的，而劉裕得到了佛教的

德，三饒多聞德，四豐解脱德。

〔註61〕靈鷲是華言，梵語者闍窟，《大智度論》云:「竹木精舍在耆闍窟山中，其地平坦嚴淨，勝於餘處，佛曾於中説法，故有精舍。」

〔註62〕《高僧傳》卷六〈釋慧遠傳〉。

〔註63〕同上。

〔註64〕同上。

〔註65〕同上。

〔註66〕《廣弘明集》卷十〈廬山慧遠法師誄〉。

〔註67〕《佛教與中國文學》，孫昌武著，東華書局。

支持。

統治者對佛教的提倡，對佛教弘傳助益很大，如鳥之雙翼。南朝佛教興盛，君主的贊助有著非常大的影響。〔註68〕

宋文帝元嘉年間，朝政以文治爲主，文帝重儒術，立四學，雷次宗主儒學，何尚之主玄學，何承天主史學，謝元主文學。其中雷次宗是慧遠弟子，何尚之崇佛，謝元亦出身奉佛的家庭。佛學雖不入官學，但承道安、慧遠遺風，佛學也有相當的地位，許多文人在創作中表現出濃厚的佛教色彩。

南朝文人和佛教關係較爲密切者，以謝靈運、顏延之、沈約等較具代表性〔註69〕。南朝士族中，信奉佛教的也不少，廬江何氏、汝南周氏、瑯琊王氏、吳郡張氏、陸氏、陳郡謝氏皆信奉佛教。

《南史》謂：

> 何氏自晉司空充，宋司空尚之奉佛法，並建立塔寺，至敬容又舍宅東爲伽藍，趨權者因助財造構，敬容並不拒，故寺堂宇頗爲宏麗，時輕薄者因呼爲「眾造寺」。〔註70〕

廬江何氏，自東晉司空何充到劉宋司空何尚之，世代皆信佛。何尚之在答宋文帝之問中，對佛教的社會作用已有深刻的認識，〔註71〕何尚之孫何點也深信佛法。史載：

> 點門世信佛，從弟遁以東籬門園居之，……招攜勝侶，及名德桑門，清言賦詠，優游自得。〔註72〕

何點弟何胤也信奉佛教，曾注《百論》、《十二門論》各一卷。〔註73〕

吳郡陸氏，亦爲望族。宋明帝時陸澄，曾撰《法論》，收集漢末以來關於佛教的著作，共一百零三卷，分十六帙〔註74〕。據《續高僧傳》：

> 太常卿吳郡陸惠曉，左氏尚書陸澄，深相待接。〔註75〕

陸澄與陸惠曉均器重僧若。惠曉子陸倕，因文才出眾，深受梁武帝器重，曾

〔註68〕詳見第一節。

〔註69〕這些文人於生活或作品之中，都有著濃厚的佛教色彩，在南朝的文人之中也是爲人所熟悉的。

〔註70〕《南史》卷三十〈何尚之附敬容傳〉。

〔註71〕《弘明集》卷十一，何尚之〈答宋文帝贊揚佛教事〉。

〔註72〕《南史》卷三十〈何尚之附何點傳〉。

〔註73〕《南史》卷三十〈何尚之附何胤傳〉。

〔註74〕梁僧佑《出三藏記集》卷十二〈宋明帝敕中書侍郎陸澄撰法論目錄序〉。

〔註75〕《續高僧傳》卷五〈釋僧若傳〉。

作〈和昭明太子鍾山解講〉，〔註 76〕且曾爲慧初禪師製墓碑，〔註 77〕對名僧旻也十分崇敬，〈僧旻傳〉：

> 吳郡陸倕，博學自居，名位通顯，早崇禮敬，是亦密相器重。時爲太子中庶，儐從到房，是稱疾不見，倕欣然曰：「此誠弟子所望也。」，人皆推倕之愛名德也。〔註 78〕

由此可知，陸倕與佛教徒之間的往來，不只限於文字上的因緣，亦有交遊往來。梁武帝時御史中丞吳郡陸杲，史載：「素信佛法，持戒甚精，著沙門傳三十卷。」〔註 79。〕釋法通隱息鍾阜，陸杲與陳郡謝舉、尋陽張孝秀並策步山門，稟其戒法〔註 80〕，且陸杲曾奉答〈梁武帝神滅敕〉〔註 81〕，可知陸杲與佛教之間關係其密切。

汝南周氏信奉佛教者，以周顒爲典型。據史載：「帝所爲慘毒之事，顒不敢顯諫，輒誦經中因緣罪福事，帝亦爲之小止。」〔註 82〕。宋明帝時，周顒常在殿內，爲明帝爲慘毒之事，即誦佛經中因緣罪福報應之事，以提醒明帝，由於宋明帝也信佛，故可以起一些作用，據僧傳載周顒此舉與僧瑾的勸告有關〔註 83〕。周顒與僧侶往來甚爲密切，如〈慧基傳〉載：「周顒蒞剡請基講說，顒既有學功特深佛理，及見基訪覈日有新異。」又〈曇斐傳〉：「吳國張融，汝南周顒，顒子捨等，並結知交之狎焉。」；〔註 84〕又〈釋法護傳〉：「齊竟陵王，總校玄釋，定其虛實，仍於法雲寺建豎義齋，以護爲標領……，中書侍郎周顒，並虛心禮待未嘗廢也。」；又〈釋法雲傳〉：「齊中書周顒、琅琊王融、彭城劉繪、東莞徐孝嗣等，一代名貴，並投莫逆之交。」〔註 85〕

由上述《高僧傳》與《續高僧傳》的記載可知，周顒與僧侶的交往是非常密切的。周顒本人對佛理亦精通，《南史》載：「顒音辭辯麗，長於佛理，

〔註 76〕《廣弘明集》卷三十九。

〔註 77〕《續高僧傳》卷五〈慧勝傳〉。

〔註 78〕《續高僧傳》卷五〈釋僧旻傳〉。

〔註 79〕《南史》卷四十八〈陸杲傳〉。

〔註 80〕《高僧傳》卷八〈釋法通傳〉。

〔註 81〕《弘明集》卷十。

〔註 82〕《南齊書》卷四十一〈周顒傳〉。

〔註 83〕《高僧傳》卷七〈釋僧瑾傳〉：「瑾嘗謂顒曰：『陛下比日所行殊非人君舉動，俗事諷諫無所獲益，妙理深談彌爲奢緩，唯三世若報最近切情，檀越儻因機候，正當陳此而已。』」

〔註 84〕〈慧基傳〉〈曇斐傳〉均見於《高僧傳》卷八。

〔註 85〕〈釋法護傳〉〈釋法雲傳〉見於《續高僧傳》卷五。

著三宗論，言空假義。西涼州智林道人，讀顒書，深相讚美。」〔註 86〕。除此之外，周顒生活簡素，「清貧寡欲，終日長蔬，雖有妻子，獨處山舍。」〔註 87〕，這般的生活可謂是典型的佛教居士，也可見周顒對佛教的歸信。

陳郡謝氏，東晉時與佛教的關係即頗爲深遠。至宋初的謝靈運更深信佛教，年十五即從慧遠法師遊，〈廬山慧遠法師誄〉:「予志學之年希門之末。」〔註88〕，其自幼受學於佛學大師，及長與慧琳友善，同爲劉義眞的入幕之賓；任永嘉郡守時，又與法勗、僧維徜徉山水之間；待罷官移籍會稽，則與曇隆、法流等涵泳於自然，共研佛理〔註 89〕，靈運和僧侶的往來是非常密切的。慧遠大法去逝後，「謝靈運爲造碑文，銘其遺德〔註 90〕。

謝靈運與范泰常言:「六經典文本在濟俗爲治，必求靈性眞奧，豈得不以佛經爲指南耶。」〔註 91〕。靈運曾著〈辯宗論〉，闡明道生的頓悟之義，嘗注《金剛般若》〔註 92〕，與慧嚴、慧觀等修改《大般涅槃經》，這些皆可說明他對佛學的義理有相當的修養。

謝靈運詩中也常引用佛理，如：〔註 93〕

> 情用賞爲美，事昧竟誰辯，觀此遺物慮，一悟得所遣。(〈從斤竹澗越嶺溪行〉)
>
> 恬如既已交，繕性自此出。(〈登永嘉綠嶂山〉)

至若〈石壁立招提精舍〉、〈過瞿溪山飯僧〉等篇，則是通篇言佛理，如：

> 敬擬靈鷲山，尚想祇洹軌，絕溜飛庭前，高林映窗裡。禪室栖空觀，講宇析妙理。(〈石壁立招提精舍〉)
>
> 望嶺眷靈鷲，延心念淨土，若乘四等觀，永拔三界苦。(〈登石室飯僧〉)

這些詩皆顯而易見是闡述佛理。

據〈僧睿傳〉載：「陳郡謝靈運好佛理，殊俗之音，多所達解，乃諮睿以

〔註 86〕《南史》卷三十四〈周顒傳〉。
〔註 87〕同上。
〔註 88〕釋道宣《廣弘明集》。
〔註 89〕關於謝靈運的傳記，《南史》與《宋書》均有記載。
〔註 90〕《高僧傳》卷六〈釋慧遠傳〉。
〔註 91〕《高僧傳》卷七〈釋慧嚴傳〉。
〔註 92〕《廣弘明集》卷二十五〈金剛般若經集註序〉。
〔註 93〕謝靈運的詩見逯欽立《先秦漢魏晉南北朝詩》。

經中諸字並象音異旨，於是著〈十四音訓敘〉，條例梵漢，昭然可了，使文字有據焉。」〔註 94〕謝靈運不僅和僧侶往來密切，對佛教也有很大的貢獻。

南朝士族文人與佛教有關者，當然不只上述數家，文人大多長於儒學和玄學，他們與佛教僧侶的密切交往及對佛教義理的研究，對促進佛學與中國文化的融合有著積極的作用。

和謝靈運共稱的顏延之，也是劉宋初的代表人物，他也傾心於佛教，與名僧慧靜、慧彥等結交。他的佛學造詣主要表現於論佛文章中，何尚之〈答宋文帝贊揚佛教事〉引文帝言：「顏延之之析〈達性〉，宋少文難〈白黑〉，論明佛法汪汪，尤爲名理並足，開獎人意。」，〔註 95〕可見其議論文字水準頗高。今存顏延之之論佛文字主要有〈釋何衡陽達性論〉、〈重釋〉、〈又釋〉三篇，他維護佛教觀點，宣揚「施報之道」，對慧琳〈白黑論〉，何承天〈達性論〉加以辯駁。

〈慧嚴傳〉云：「顏延之著〈離識觀〉及〈論檢〉。帝命嚴辯其異同，往復終日，帝笑曰：『公等今日，無愧支、許。』」〔註 96〕支遁與許詢，二人講經辯難是極佳的，而顏延之的論辯亦佳。史載：「席上使問續之三義，續之雅仗詞辯，延之每析以簡要，既連挫續之，上又使還自敷釋，言約理暢，莫不稱善。」，〔註 97〕由此段記載，可見顏延之的佛學素養，是相當深厚的。

沈約也篤信佛教，精通內典，他著有《四聲》一卷，與周顒等人參照佛經轉讀與印度明，總結出四聲八病，創永明體詩，關於這一部份將於第四章中討論。

在這個時期，由於佛教的發展，以及君王的信奉佛法，文人們已廣泛地接受並信奉佛教。這一時期，文人在研習佛教教義的同時，許多人還禮佛、講經，並參與佛教信仰的實踐躬行。如是，表現宗教生活的作品也多，大致而言，佛教已漸漸與文人生活相結合。

〔註 94〕《高僧傳》、〈慧睿傳〉。
〔註 95〕《弘明集》卷十一，何尚之〈答宋文帝贊揚佛教事〉。
〔註 96〕《高僧傳》卷七〈慧嚴傳〉。
〔註 97〕《宋書》卷七十三〈顏延之傳〉。

第三章　兩晉至南朝佛典翻譯概況

佛教在中國的弘傳，有二方面，一方面是靠僧團弘傳外；另一方面則必須靠佛典的翻譯與流通。中國文人接受佛教的薰染，佛經的翻譯與弘傳更有直接關係。魏晉之後，佛教廣泛而深入地流傳到文人之中，文人研習佛典漸成風氣。對於具有悠久傳統的中國而言，佛經的義理，恢宏的想像力以及佛經文學的表現，較僧侶的宗教宣傳更具吸引力，是故佛典對於中國文人的影響亦相對深刻。

梁啓超先生云：

> 凡一民族之文化，其容納性愈富者，其增展力愈強，此定理也。我民族對於外來文化之容納性，惟佛學輸入時代最能發揮，故不惟思想界發生莫大變化，即文學界亦然，其顯跡可得而言也。〔註1〕

自漢明帝永平年間，派使者前往西域求法，〔註2〕佛教開始傳入中國，從此經過一千多年來的吸收與消融，使佛教對於整個中國文化有巨大的交融，這過程中佛典的翻譯佔有極重要的地位。

佛經翻譯是中國翻譯事業的開始。

中國佛經的翻譯，以東漢桓帝初年安世高在洛陽翻釋《安般守意經》等

〔註 1〕見梁啓超《佛學研究十八篇》。

〔註 2〕佛法初入中國，相傳起於東漢明帝，《魏書・釋老志》:「帝遣郎中蔡愔，博士弟子秦景等使天竺，寫浮屠遺範，愔仍與沙門攝摩騰、竺法蘭東還洛陽，中國有沙門及跪拜之法，自此始也。」

三十九部爲始〔註3〕。至東晉南北朝隋唐爲極盛時代，宋元以後，雖也有過譯經，但都只是補闕的工作，實在是微不足道〔註4〕。

從東漢至唐的六百多年間，譯經的大師輩出，譯經事業更加蓬勃，歷代的高僧傳皆以譯經篇居首，《宋高僧傳》卷三，以譯經師的語文能力爲標準，將歷代譯經分爲三期：

一、初則梵客華僧，聽言揣意，方圓共鑿，金石難和，碗配世界，擺名三昧，咫尺千里覿面難通。

二、次則彼曉漢談，我知梵說，十得八九，時有差違，至若怒目看世尊，彼岸度無極矣。

三、後則猛顯親往，奘空兩通，器請師子之膏，鵝得水中之乳，內豎對文王之問，揚雄得紀代之文，印印皆同，聲聲不別，斯爲之大備矣。

梁啓超依上述觀點，亦分爲三期，他在〈翻譯文學與佛典〉一文中提到：〔註5〕

第一、外國人主譯期，以安世高、支婁迦讖爲代表。

第二、中外人共譯期，以鳩摩羅什、覺賢、眞諦爲代表。

第三、本國人主譯期，以玄奘、義淨爲代表。

按梁啓超所舉的代表人物，安世高、支婁迦讖屬東漢桓靈年間；鳩摩羅什、覺賢、眞諦屬南北朝，玄奘與義淨則屬唐代。

以下將分節敘述兩晉及南朝的佛經翻譯，〔註6〕因時代斷限與譯經特色非完全一致，故本論文是以時代先後爲骨幹，交織以重要譯師，提綱契領點明重要譯經師的特色、成就，以及各時代的譯經風貌，藉以呈現兩晉南朝佛典與翻譯的概況。

〔註 3〕《佛祖統記》三十五：「（明帝永平）十一年，勑洛陽城西雍門外立白馬寺，攝摩騰始譯四十二章經。」佛家一般採信此一記載，認爲《四十二章經》是我國最早的佛經翻譯作品。梁啓超《佛學研究十八篇》以爲《四十二章經》的譯者「其中不能於漢代譯家中求之，只能向三國兩晉著作家求之。」，推翻《佛祖統記》的說法，本文採梁氏說法。

〔註 4〕佛經至唐代大部份已經譯出，宋元以後幾無佛學，依梁啓超〈中國佛法興衰沿革說略〉所言，內部原因是禪宗盛行，諸派皆絕，棒喝之人，吾輩無標準，測其深淺；外部之原因，則儒者方剽竊佛理自立門户，是故佛學幾亡也。

〔註 5〕見梁啓超《佛經研究十八篇》，台灣中華書局印行。

〔註 6〕兩晉，包含西晉與東晉，但東晉時代，政權移至南方，至於北方，先後有符秦、姚秦、前涼、北涼，這些譯經師皆以東晉統稱之。

第一節　兩晉的佛典翻譯概況

關於佛典翻譯的分期，若依宋贊寧《宋高僧傳》，大約可以分成：〔註7〕

一、探索時期，由東晉至西晉。

二、興盛時期，由東晉至隋。

三、成熟時期，唐代。

梁啓超〈佛典之翻譯〉一文云：佛典翻譯，可略分爲三期：

自東漢至西晉，則第一期也。東晉南北朝爲譯經事業之第二期。

自唐貞觀至貞元，爲翻譯事業之第三期〔註8〕。

五老舊侶〈佛經翻譯制度考〉一文中記載：

中國佛教的翻譯事業，自後漢至元代歷一千二百多年，從譯經事業發展的過程說，可分爲四個時代。〔註9〕一、自原始時代，自佛教傳來以後，經過後漢，三國而至西晉。

二、自西晉經東晉至羅什以前。

三、自羅什以後，經眞諦，到玄奘時代。

四、衰頽時代。

此一節主要係敘述兩晉的翻譯事業，上述幾種對佛經翻譯的分期，今此節採贊寧的分法，則西晉屬於第一期探索時期，東晉係歸之第二期興盛時期。此文寫作係以時代先後爲主軸，再交織以重要譯經師，以突顯各個時代的翻譯概況。東晉時代介紹至鳩摩羅什，至若慧遠已把譯場移至南方，故一併於南朝的佛典翻譯這一節討論。

一、西晉的佛典翻譯

西晉的譯經，據《開元釋教錄》卷二云：「西晉凡經四帝五十二年，緇素一十二人，所出經或集失譯諸經，總三百三十三部，合五百九十卷」其中竺法護一人單獨譯出一百七十五部三百五十四卷，超過總數一半以上。〔註 10〕

〔註 7〕此分期，除依宋贊寧《宋高僧傳》外，還參照魏承恩《中國佛教文化論稿》第二章〈漢文大藏經與佛經翻譯〉一文。

〔註 8〕梁啓超對於譯經史的分期，有兩種不同的分期，分別見〈翻譯文學與佛典〉、〈佛典之翻譯〉二文，均收入《佛經研究十八篇》一書中。

〔註 9〕見《佛典翻譯史論》，現代佛教學術叢刊，大乘文化出版社。

〔註10〕據《開元釋教錄》卷二載，西晉一代共譯出經典三百三十三部，五百九十卷，而就竺法護一人即譯一百七十五部三百五十四卷。其次聶道眞二十四

可見其於譯經史的重要性，也是最具代表性的，自他以後，東晉開始譯經事業又進入另一個新境界。

竺法護，梵名是達摩羅刹，係月支人後裔，世居敦煌，「時人咸謂敦煌菩薩也」。他博覽六經涉獵諸子百家，曾遍遊西域，通曉西域各國三十六種語言，回國後「唯以弘通爲業，終身寫譯，勞不告倦。」。〔註 11〕

他是西行求法有去有回的第一人，《高僧傳》卷一譯經篇上〈竺法護傳〉記載其求法與譯經的貢獻：

> 是時晉武之世，寺廟圖像雖崇京邑，而方等深經蘊於蔥外，護乃慨然發憤，志弘大道，遂隨師至西域，遊歷諸國，外國異言三十六種，書亦如之，護皆遍學，貫綜詁訓，音義字體，無不備識。遂大譯梵經，還歸中夏，自敦煌至長安，沿路傳譯寫爲晉文，所獲覽即正法華光讃等，一自六十五部。孜孜所務，唯以弘通爲業，終身寫譯勞不告勧，經法所以廣流中華者，護之力也。

竺法護在譯經史上的最大貢獻，是他譯經種類繁多，涉及《寶積》、《華嚴》、《般若》、《法華》、《涅槃》等經類均有譯本，西晉一代所通行的大乘經典，幾乎皆出於竺法護之手，爲大乘佛教在中國廣泛弘揚開拓了新的局面。道安〈漸備經敘〉云：「護公，菩薩人也，尋其餘音遺迹，使人仰之彌遠，夫諸方等無生諸三昧經，類多此公所出，眞眾生之冥梯。」。道安法師也非常推崇竺法護的譯本，曾云：「護公所出，若審得此公手目，綱領必正，凡所譯經雖不辯妙婉顯，而宏達欣暢，特善無生，依慧不文，朴則近本。」〔註 12〕可以見得竺法護在佛教界地位之崇高。

在竺法護譯經時，有許多助手爲他執筆及詳校。時有聶承遠、于道眞父子、竺法首、陳士倫、孫伯虎、虞世雅等。《高僧傳》卷一：「時有清信士聶承遠，明解有才篤志務法，護公出經多參正文句，超日明經初譯，頗多繁重，承遠刪定，得今行二卷。」聶承遠父子，除承旨筆錄外，還常常參正文句，並在助譯過程中累積經驗，竺法護過世之後，繼續譯經，可說是竺法護精神的延長。〔註 13〕

部三十六卷；白法祖一十六部十八卷；其它竺法蘭、釋法炬等皆只是一、二部而已，竺法護一人所譯經典實超過一半以上。

〔註 11〕見《高僧傳》卷一譯經篇〈竺法護傳〉。

〔註 12〕同上。

〔註 13〕關於竺法護的介紹，主要係根據《高僧傳》卷一譯經篇〈竺法護傳〉。

西晉時期，仍屬於佛經初傳的探索期，這時期譯經未有周詳的譯經計劃，而且所譯經典大多數篇幅僅有一、二卷，係零品斷簡，不成系統，由於譯師以西域人居多，不甚精通漢語，助譯的漢人又不通胡語，通易造成錯誤，故贊寧《宋高僧傳》云：「梵客華僧，聽言揣意，方圓共鑿，金石難拓，盌配世間，擺明三昧，咫尺千里，覿面難通。」譯本質量仍是辭不達意。

二、東晉的佛典翻譯〔註 14〕

東晉的佛教興盛，有二大重要因素——佛典翻譯的進展和高僧的出現。

據智昇《開元釋教錄》列三國兩晉譯經人數爲三十八人，譯出佛經七百零二部，共一千四百九十三卷，而東晉時代佛典的翻譯，有許多超越前代的成就。

（一）早期佛教基本經典《阿含經》和藏中的論藏《阿毗曇》的創譯

曇摩難在西元 364～368，譯成《中阿含經》，《增一阿含經》，這是大部《阿含》的創譯，經道安考證，寫成〈增一阿含經序〉。僧伽提婆和僧伽羅叉重譯《中阿含經》，校改《增一阿含經》這就是現在的經本。〔註 15〕

（二）譯經大師鳩摩羅什的出現，和重要大乘經論的譯出。

羅什大師於譯經的十二年中，譯出經籍七十四部，其中有《大品般若》、《小品般若》、《金剛經》、《首楞嚴三昧經》、《大智度論》、《百論》、《十二門論》、《成實論》，對佛教義學發生巨大影響。〔註 16〕

（三）三藏中律藏典籍的譯出。

東晉時代先後譯出《十誦律》五十八卷，《四分律》六十卷，以及大眾所傳《摩訶僧祗律》四十卷，其中《四分律》成爲唐代律宗基本經典。〔註 17〕

以上就是東晉時代大致譯經狀況概述之，承接西晉的譯經，今以時代先後爲次序，將重要譯經師的成就和貢獻略加敘述，以掌握東晉的譯經事業。

（一）道　安

至東晉時代譯經的規模日趨擴大，由一、二人對譯的形式開始轉向多人合作、集體翻譯，這方面的首創之功當推東晉高僧道安。

〔註 14〕此「東晉」，實包含符秦、姚秦、北涼等。
〔註 15〕此段文字敘述係參考孫述圻《六朝思想史》，第四章〈六朝前期的格義佛教〉。
〔註 16〕同上。
〔註 17〕同上。

道安，永嘉六年生於常山扶柳縣，十二歲出家，後受業於佛圖澄，他學識淵博，一生皆弘揚佛教，研究佛學，而且成就卓著，此列舉道安對翻譯佛經的貢獻，可分為幾方面來說：〔註 18〕

1. 整理佛經，撰集佛經目錄

自漢末以來，經三國、西晉，佛經的大量翻譯，流傳的佛經日益繁多，有一經異名異譯，也有未標明譯者和年代，這些現象皆造成閱經者和研究者極大障礙。道安法師，在襄陽時即大量收集整理佛經，編撰《綜理眾經目錄》，這是中國最最有系統的佛經目錄。《高僧傳》卷五〈道安傳〉:「自漢魏迄晉譯經稍多，而傳經之人名字弗說，後人追尋莫測年代，安乃總集名目表其時人，詮品新舊撰為經錄，眾經有據，實由其功。」

《綜理眾經目錄》早已散失，但其大部份還保存在梁僧佑編的《出三藏記集》裡，從中仍可見其原貌。《出三藏記集》分書分成：「一撰緣記，二詮名錄，三總經序，四述列傳。」等四大單元，其中第二單元完全根據安錄增補擴充而成。〔註 19〕後世的經錄，都在道安經錄的基礎上發展而成，僧佑的《出三藏記集》即是如此。

2. 組織譯經道場

道安於東晉孝武帝太元四年入長安，直到圓寂，共達六年之久，這期間他主持譯場，且積極參與譯經工作，這項工作獲得符堅的鼎力支持，符堅的武威太守兼秘書郎趙政為檀越，全力支持道安的譯經，同時也親自參與譯經工作。〔註 20〕

道安譯場的譯經，主要是小乘經典，參加之僧人，主要有竺佛念、竺佛護、慧高、道安的同學法和及弟子僧磐、僧睿、僧導等，其中以竺佛念最突出。《高僧傳》云：〔註 21〕「諷習眾經粗涉外典，其蒼雅詁訓尤所明達，少好遊方備觀風俗，家世西河，洞曉方語，華戎音義，莫不兼解……，自世高支

〔註 18〕此分類主要依《高僧傳》卷五義解篇〈釋道安傳〉為主，再參考楊耀坤《中國魏晉南北朝宗教史》，建立綱目。

〔註 19〕據《出三藏記集》中卷，目錄有七部份，其中四部份是〈新集安公古譯經錄第一〉、〈新集安公失譯總錄第二〉、〈新集安公涼土異經錄第三〉、〈新集安公關中譯經錄第四〉。下卷第五也有〈新集安公疑經錄第二〉、〈新集安公注經及雜經志錄第四〉。

〔註 20〕此文根據《高僧傳》卷五〈竺佛念傳〉。

〔註 21〕《高僧傳》卷一譯經篇〈竺佛念傳〉。

謙以後，莫踰於念，在符姚二氏，爲譯人之宗，故關中僧眾咸共嘉焉。」，在道安的譯場中，許多重要經典，幾乎皆由他擔任傳譯的工作。

《高僧傳》云：「初安篤志經典，務在宣法，所請外國沙門僧伽跋澄，曇摩難提，及僧伽提婆等，譯出眾經百萬餘言。」由於道安法師不懂梵文，所以必得聘請外國沙門擔任主譯工作。至於道安本人則擔任校定的工作，〈釋道安傳〉云：「常與沙門法和，詮定音字，詳覈文旨，新出眾經，於是獲正。」他校定一部新經之後，皆會寫一篇序文記其緣起，今皆存於《出三藏記集》中。

道安是兩晉時期傑出的高僧，他對當時流行的大小經典皆有精研，且其徒眾很多，並主張「教化之體，宜令廣佈」，〔註22〕兩次分散徒眾，使之遍布大江南北，這對佛教的傳播普及，起了很大影響。且其聲譽亦遠播，鳩摩羅什聞知道安，譽之「東方聖人，恒遙而禮之」。東晉孫綽稱道安「博物多才，通經明理」，〔註 23〕道安圓寂後，復贊之曰：「物有廣瞻，人固多宰，淵淵釋安，專能兼倍，飛聲汧隴，馳名淮海，形雖草化，猶若常在。」〔註 24〕可見道安譯經和主持譯場，在當時是備受敬重的。

（二）鳩摩羅什

符秦以道安法師主持之譯場爲中心，姚秦則以鳩摩羅什所主持之譯場爲中心，他繼承道安法師的遺澤，爲佛教的譯經事業開創了空前的盛況，他是佛教四大譯師之一。〔註 25〕鳩摩羅什，天竺人，其後移居龜茲，七歲時隨母出家，後遊歷西域沙勒、莎車諸國遍參名師，學通大小乘，且兼通五明之學。〔註 26〕每年羅什於西域升座說法之時，西域「諸王皆長跪座側，令什踐而登焉。」羅什「道震西域，聲被東國」。〔註27〕在長安的道安早已聞知，以是勸符堅西迎羅什，但是東來過程備極艱辛，直至姚秦弘始三年（西元 401），姚興對羅什十分尊重，「待以國師之禮，甚見優寵」，〔註 28〕請其住於長安逍遙園西明閣，羅什便在長安開展譯經事業，直到弘始十五年圓寂。

如果沒有姚興的鼎力支持佛教，如何能促使關中彌漫濃厚的佛教氣習，

〔註22〕《高僧傳》卷五義解篇〈釋道安傳〉。

〔註23〕孫綽《名德沙門論》（係於《高僧傳》卷五〈釋道安傳〉中）。

〔註24〕《高僧傳》卷五〈釋道安傳〉。

〔註25〕四大譯經是鳩摩羅什、眞諦、玄奘、不空。

〔註26〕五明之學，指的是聲明、因明、醫方明、工巧明、内明五種學問。

〔註27〕《高僧傳》卷二〈鳩摩羅什傳〉。

〔註28〕同上。

名僧雲集。同時長安經過符秦道安法師和趙政的建設，已成譯經重鎮，而且道安法師留下訓練有素的譯經人才，如法和、慧常、竺佛念、僧䂮、僧導、僧叡等，這些人才後來皆至羅什門下，成爲優秀譯經集團，故「羅什時法會之盛，實得力於安公。」。〔註29〕由於政治的環境和道安建立的基礎，使羅什的譯經成就非凡。今分述如下：

1. 譯經態度的審慎

羅什在翻譯文體上改變過去「直譯」，重質的方式，而運用達意的「意譯」，〔註30〕使中土誦習者易於接受。他的翻譯除了求不失原意之外，還注意保存原本的語趣。在文字方面，他採取「胡音失者，正之以天竺，秦名謬者，定之以字義。」，〔註31〕因而訂正不少舊譯本的錯誤。至於佛經的義理上，羅什採取「以論釋經」的方法，過去譯經由於受語言上隔閡影響，〔註32〕未必能把教理明白顯現出來，甚至有誤譯的情形，中國人則運用「格義」或「合本」的方式，〔註33〕但透過「格義」，是老莊思想的佛法，運用「合本」，亦犯積非成是的毛病。羅什爲除此二種失譯狀況，於是把印度的「論部」譯出，以論來印證經文，如是就可以更正確譯出經義，如以《大智度論》解釋《大品般若經》的部份，僧叡《大智度論序》云：「經本既定，乃出此釋論。」又〈大智度論記〉云：「法師略之，取其要，足以開釋文意而已」，其用意即是要澄清世人對經文的誤解，以折服大眾。

2. 譯場設立和譯經成就

羅什的譯經事業基本是承繼道安所創的舊規，由朝廷全力支持，加以擴充，成爲國立譯場的開端。《高僧傳》：「興使沙門僧䂮、僧遷、法欽、道流、道恆、道標、道叡、僧肇等八百餘人，諮受什旨。」，〔註34〕當時長安眾僧雲集，他們既精教理，兼善文辭，執筆承旨，各展所長，故能相得益彰。他從弘始四年到

〔註29〕湯用彤《漢魏兩晉南北朝佛教史》第十章。

〔註30〕關於意譯、直譯二者之別，將於第三節中說明。

〔註31〕《出三藏記集》卷八〈大品經序〉。

〔註32〕過去譯師以西域僧人或天竺人爲主，皆不諳漢語，必須經過口述，再請人筆受，易造成錯誤。

〔註33〕「合本會譯」，首創於支謙，即原文脫落，以注文和本文混雜。「格義」是指佛教徒援引老莊玄學思想解釋佛經的做法，這種方法創始於晉初竺法雅。〈竺法雅傳〉：「雅乃與康法朗等，以經中事數，擬配外書，爲生解之例，謂之格義。」

〔註34〕《高僧傳》卷二〈鳩摩羅什傳〉。

十五年，前後十一年，譯出《大品般若經》、《妙法蓮華經》、《維摩詰經》、《阿彌陀經》、《金剛經》等大乘經典，《百論》、《中論》、《十二門論》、《大智度論》、《成實論》等論〔註 35〕，系統地介紹大乘佛法與龍樹中觀學說〔註 36〕，《開元釋教錄》記載有七十四部三百八十四卷。

由於他通梵、漢語文，態度謹慎，譯經「手執胡本，口宣秦言，兩釋異音，交辯大旨」，「胡音失者，正之以天竺；秦名謬者，定之以字義；不可變者，即而書之」，〔註 37〕其譯經文質統一，正確也具文采，使誦習者易於接受，擴大了佛教的影響，至於內容及譯經技巧上，羅什可謂開拓了佛經翻譯史的新紀元。〔註 38〕

第二節　南朝的佛典翻譯

西晉以後，由於淝水之戰失敗，政治分立，司馬氏政權南渡，北方歷經符秦、姚秦、北涼、北魏，在譯經事業皆曾有輝煌成就。釋道安、鳩摩羅什、皆居重要地位，大概情形已見上節敘述。

至於南方，隨著政權南移，許多僧侶隨之南下，使江南的譯經事業興盛。之後，由於南朝君主的提倡，經過宋、齊、梁、陳四朝，均有譯本譯出。今擬自東晉政權南渡以後，至宋、齊、梁、陳，系統地介紹南方的翻譯事業，故慧遠、僧伽提婆、覺賢皆於此節一併討論。〔註 39〕

一、東晉時代南方的譯經

東晉時代南方的譯經事業，慧遠是重要人物，他是道安的弟子，道安於襄陽把徒眾分散後，慧遠即南渡，後卜居廬山，一住三十年。他始住龍象精舍，

〔註 35〕《中論》、《百論》、《十二門論》發展至隋唐成爲三論宗；《成實論》則形成成實學派。

〔註 36〕此龍樹中觀學說，係指《大智度論》的翻譯，此論係中觀學派創始人龍樹所著，透徹地闡發般若性空的思想，並對《大品般若》作了系統的解說與論證。

〔註 37〕《出三藏記集》僧睿〈大品般若經序〉。

〔註 38〕漢譯本佛典有所謂舊經、新經的區別，第一次新經出現在姚秦時代，以鳩摩羅什所出者爲新譯，而稱其前的譯本爲舊譯。

〔註 39〕淝水之戰後，南北政權分立，北方以符秦、姚秦、北涼、北魏爲主，至於南方以司馬政權爲主，後再經宋、齊、梁、陳四代。慧遠南渡至廬山，是南方佛教的開端，也影響日後南朝的佛教。

東林寺建成之後，慧遠偕弟子居東林寺弘揚佛法，「率眾行道，昏曉不覺，釋迦餘化於斯復興，既而謹律息心之士，覺塵親信之賓，並不期而至，望風遙集。」〔註40〕廬山成了東南佛教傳揚的中心，名人逸士嚮往的聖地。「彭城劉遺民，豫章雷次宗，雁門周續之，新蔡畢穎之，南陽宗炳張榮民季碩等，並棄世遺榮依遠遊止。」〔註41〕

元興元年，慧遠及宗炳、張野、周續之、雷次宗、劉遺民等在廬山之陰般若雲台精舍，無量壽佛像前，「建像立寺共朝西方」。〈慧遠傳〉:「法師釋慧遠，貞感幽奧，宿懷特發，乃延命同志息心，貞信之士百有二十三人，集於廬山之陰般若台精舍，阿彌陀佛像前，率以香華敬薦而誓焉。」〔註42〕慧遠這一行動，人們稱之爲結白蓮社，將它視爲中國淨土宗的起源。〔註43〕

慧遠至廬山後，感到佛經多有未備，禪法無聞，律法殘缺，便派法淨、法領等到西域尋經，帶回一些梵本，得以傳譯。一些外國僧侶也雲集廬山，如僧伽提婆，前秦時到達長安，曾參加道安譯場，於晉孝武帝太元十六年至廬山，慧遠便請他譯出《阿毗曇心論》與《三法定論》〔註44〕，這是毗曇學在南方宏揚的開端〔註45〕。

鳩摩羅什到長安，慧遠致書問候，兩位大師往返酬答，互相切磋佛學。慧遠亦遣人至長安，迎覺賢禪師到廬山，以使覺賢所傳之學能在江南傳播，後來覺賢到建康，譯出《大方廣佛華嚴經》，對後世佛教義學的發展影響甚大〔註46〕。

慧遠對佛教，有許多建設性的貢獻，其功績不在道安之下，廬山東林寺，幾乎成爲南北佛教重地，他雖足不出山，言行卻風行朝野。就譯經而言，他雖不懂梵文，但在譯經史上卻佔重要地位。湯用彤云：「提婆之毗曇，覺賢之禪法，羅什之三論，三者東晉佛學之大業，爲之宣提且得廣於南方者，具由遠公之毅力。」〔註47〕

謝靈運〈廬山慧遠法師誄〉云：〔註48〕

〔註40〕《高僧傳》義解篇〈慧遠傳〉。

〔註41〕同上。

〔註42〕此文雖出自《高僧傳》卷六〈慧遠傳〉，但這段文字是慧遠大師命劉遺民所作。

〔註43〕由於慧遠此一行動，淨土宗視其爲第一代祖師。

〔註44〕僧伽提婆譯《阿毗曇心論》、《三法度序》，此二文見《出三藏記集》卷十。

〔註45〕毗曇即指論藏，阿毗達磨藏，梵語阿毗達磨，亦名阿毗曇，華言論。

〔註46〕《高僧傳》卷二〈伏馱跋陀羅傳〉。

〔註47〕湯用彤《漢魏兩晉南北朝佛教史》十一章〈釋慧遠〉。

〔註48〕《廣弘明集》卷二十六。

昔安公振玄風於關右，法師嗣末流於江左，聞風而悅，四海同歸爾。乃懷仁山林，隱居求志，於是眾僧雲集，勤修淨行，同餐法風，栖遲道門，可謂五季仰紹舍衛之風，廬山之俯傳靈鷲之旨，洋洋乎未曾聞也。

江南譯經雖可遠溯至三國的康僧會、支謙，但譯經的昌盛，則在東晉末年，這和慧遠的提倡有關，僧伽提婆傳授毗曇，和佛陀跋陀羅譯經授禪，都和慧遠有關。〔註49〕

僧伽提婆，「罽賓人，入道修學遠求明師，學通三藏，大善阿毗曇心，洞其纖旨，常誦三法度論晝夜諮味，以爲入道之府也。」〔註50〕他精通毗曇文字，符秦時代在關中譯出阿昆曇十六卷〔註51〕，後於東晉孝武帝太元年至江南，譯出經典五部一百一十八卷，其中《阿毗曇心論》、《三法度論》係在廬山受慧遠之請翻譯，慧遠並爲之作序。〔註52〕

提婆之後又東遊京都，「晉朝王公及風流名士莫不造席致敬」〔註53〕，東亭侯瑯琊王珣對其禮敬，請其重譯《中阿含》、《增阿含》等，而由道慈、道祖爲之筆受〔註54〕，道慈有〈中阿含經序〉，記其出經始末〔註55〕。而僧伽提婆的譯經大致皆和慧遠大師有關。

佛陀跋陀羅，譯名覺賢〔註56〕，他在長安遭擯斥時，慧遠曾致書姚秦君王，欲迎其入廬山譯經。之後他曾譯出《出生無量門持經》、《達摩多羅禪經》（又名《修行方便禪經》），慧遠曾作序紀其事〔註57〕。之後他又到京師，在道場寺譯出許多經典。

〔註49〕〈慧遠傳〉云：「初經流江東，多有未備，禪法無聞，律藏殘闕，遠慨其道缺，乃令弟子法淨法領等遠尋眾經，踰越沙雪，曠歲方返，皆獲梵本，得以傳譯。」，江南律藏和禪法得以弘傳，乃慧遠派第子西行尋經方得，且如佛馱跋陀羅所譯《華嚴經》六十卷，也是慧遠弟子攜回梵本，故湯用彤云：「提婆之毗曇，覺賢之禪法，羅什之三論，三者東晉佛學大業，爲之宣揚且待廣於南方者，俱由遠公之毅力。」

〔註50〕《高僧傳》卷一譯經篇〈僧伽提婆傳〉。

〔註51〕見《開元釋教錄》。

〔註52〕見註44。

〔註53〕見《高僧傳》卷一〈僧伽提婆傳〉。

〔註54〕道慈、道祖二人係慧遠大師弟子。

〔註55〕《出三藏記集》卷九。

〔註56〕文中凡對佛馱跋陀羅的敘述，皆以覺賢稱之。

〔註57〕收於《出三藏記集》卷九。

《高僧傳》卷二〈覺賢傳〉云：「先是沙門支法領，於于闐得華嚴前分三萬六千，未有宣譯，至義熙十四年，吳郡內史孟顗、右衛將軍諸叔度即請賢爲譯將。乃手執梵文，共沙門法業，慧嚴等百餘人，於道場譯出，詮定文旨，會通華戎，妙得經意，故道場寺猶有華嚴堂焉。」《華嚴經》的梵本，係由法領攜回，而法領之西行求法，則是奉慧遠之命〔註58〕。自法領帶回《華嚴經》梵本，覺賢則在道場寺譯出《大方廣佛華嚴經》六十卷。他曾與法顯共譯僧祇律四十卷，六卷《泥洹經》等重要經典。當時僧侶慧觀、智嚴、寶雲，也皆同在建業，蔚爲東晉時南方譯經弘法的中心。

二、南朝的譯經事業

南朝的譯經，在中國佛教史佔有重要地位，道宣律師云：「宋、齊、梁等朝，地分圻裂，華夷參政，翻譯並出，至於廣部傳俗，絕後超前，即見敷揚，聯耀惟遠。」〔註59〕，南朝的譯經以宋、陳兩朝最重要。〔註60〕

劉宋的譯經，以求那跋陀羅所譯最多。〔註61〕

求那跋陀羅，係中天竺人，長於大乘學，世號爲「摩訶衍」，宋太祖元嘉十二年到達廣州，刺史車朗表聞，宋太祖便派人前去迎接至京師，並派名僧慧嚴、慧觀迎於新亭，受到帝王和許多名士欽仰，「初住祇洹寺，俄而太祖延請深加崇敬，瑯琊顏延之通才碩學，束帶造門，於是京師遠近冠蓋相望，大將軍彭城王義康，丞相南譙王義宣，並師事焉。」〔註62〕

後從僧眾之請，在祇洹寺譯《雜阿含經》，於東安寺譯《法鼓經》，在丹陽郡譯《勝鬘經》、《楞伽經》。自宋太祖元嘉中開始譯經，經宋孝武帝，至宋明帝泰始元年去逝，皆陸續從事譯經工作，其譯經範圍甚廣，包含大小乘經典、戒律和禪學。

求那跋陀羅所譯經典中，有些經典影響甚大，如《楞伽經》是法相宗的重要經典之一，亦是禪學傳受的依據，也是後來禪宗的宗經。至於《雜阿含

〔註58〕《高僧傳》卷六〈慧遠傳〉：「初經流江東，多有未備，禪法無聞，律藏殘闕，乃令弟子法淨法領等遠尋眾經，踰越沙雪，曠歲方返，皆獲梵本，得以傳譯。」

〔註59〕道宣《大唐內典錄》卷一〈歷代眾經傳譯所從錄〉。

〔註60〕由於君王提倡之故，南朝之宋、陳二代譯經最多。

〔註61〕據《大唐內典錄》卷四〈宋朝傳譯佛經錄〉，求那跋陀羅共譯七十七部一百一十六卷。

〔註62〕《高僧傳》卷三〈佛馱跋陀羅傳〉。

經》之一〔註63〕，也是當中最重要的。求那跋陀羅「對法相典籍，特所著眼，蓋是時印度承無著世親之後，法相之學漸盛，遂流入我國也。」〔註64〕

宋初譯經，還有漢地僧人智嚴、寶雲等，宋文帝元嘉年間，智嚴曾與寶雲共譯《普昭經》、《廣博嚴淨經》、《四天王經》等。後寶雲於六合山寺譯《佛本行贊經》，《高僧傳》載：「晚出諸經多雲所治定，華戎兼通音訓允正，雲之所定眾咸信服。」〔註65〕。據記載寶雲共譯《付法藏經》、《新無量壽經》、《佛所行贊經》、《淨度三昧經》等四部十五卷；智嚴共譯《普昭經》、《無盡意菩薩經》、《阿那含經》等共十四部。〔註66〕

梁陳之際來華的眞諦，是南朝重要的譯師，他亦是中國四大譯師之一。〔註67〕

眞諦，原名拘那羅陀〔註68〕，他於梁武帝年間使臣張氾從扶南國請來華，於太清二年抵建業，但適逢侯景之亂，被迫東行，住富春縣令宅中，和寶惊等二十人組織譯場。大寶三年（552）回到建業，其後又輾轉江西、福建、廣東等地。眞諦在華二十三年，雖因世亂，流離各方，但他隨方傳譯未曾中止，後譯出《十七地論》、《決定藏論》、《中邊分別論》等瑜伽學派典籍；和《俱舍論》、《俱舍釋論》、《大乘起信論》、《如實論》等如來藏系統的論著，共六十四部，合二百七十八卷。〔註69〕

眞諦所傳瑜伽學派的思想和唐玄奘是同屬印度無著、世親的系統。眞諦的不少譯本，玄奘都重新譯過，但不盡相同，這是由於兩家所依據的支系不同。

眞諦所傳播的瑜伽學說，由於當時建康守舊派人士的反對，沒有起多大的影響。直至眞諦逝世之後，其弟子傳播《攝論》之學，於是《攝論》學傳遍南北，和北方《地論》學並駕，對中國佛教影響深遠。

〔註63〕其他三部《阿含經》是——東晉僧伽提婆釋《中阿含經》、符秦曇摩難提譯《增一阿含經》、後秦佛陀耶舍釋《長阿含經》。

〔註64〕湯用彤《漢魏兩晉南北朝佛教史》，第十二章〈傳譯求法與南北朝之佛教〉。

〔註65〕《高僧傳》卷三譯經篇〈釋寶雲傳〉。

〔註66〕見《大唐內典錄》。

〔註67〕四大譯師是鳩摩羅什、眞諦、玄奘、不空。

〔註68〕眞諦的傳記見《續高僧傳》卷一〈拘那羅陀傳〉。

〔註69〕關於眞諦譯經的數量，《續高僧傳》記六十四部二百七十八卷；《大唐內典錄》記四十八部二百三十二卷；《開元釋教錄》定三十八部一百一十八卷。

第三節　佛典翻譯與其文學表現

佛法弘傳我邦，適逢動亂之世〔註 70〕，政治不安，人心惶惶，故佛法便於宣化。而佛法得以源遠流長，則「傳譯之功尚矣」〔註 71〕，是故《高僧傳》、《續高僧傳》、《宋高僧傳》，皆以〈譯經篇〉居首。

中國文人接受佛教，主要是通過閱讀漢譯佛典，明代高僧蓮池大師《竹窗隨筆》一書云：「佛經者，所謂至辭無文也，而與世人較文，是陽春與百卉爭顏也。」這是站在宗教方面立論，故略其文學的意趣。近人梁啓超〈翻譯文學與佛典〉一文〔註 72〕，論翻譯文學影響於一般文學有三：

一、國語實質之擴大；

二、語體及文法之擴大；

三、文學情趣之發展。

其中第三項云：

> 吾輩讀佛典，無論何人，初展卷必生一異感，覺其文體與他書迥然殊異，其最顯著者：
>
> （一）普通文章中所用「之乎者也矣焉哉」等字，佛典一概不用。
>
> （二）既不用駢文家之駢詞儷句，亦不採古文家之繩墨格調。
>
> （三）倒裝句法極多。
>
> （四）提挈句法極多。
>
> （五）一句中或一段落中含解釋語。
>
> （六）多覆牒前文語。
>
> （七）有聯綴十餘字乃至數十字而成之名詞：一名詞中含形容格的名詞無數。
>
> （八）同格的語句，鋪排敘列，動至數十。
>
> （九）一篇之中，散文詩歌交錯。
>
> （十）其詩歌之譯本爲無韻的。

依贊寧的分期，在唐玄奘以前，即探索期和興盛期時，翻譯佛經的主譯者多半是西域或天竺的僧侶，這些外來僧侶的漢語不甚通暢，必須請漢人作筆受，而有時筆受者未必可以完全掌握佛經的意旨，而且經過口述之後，再記錄下

〔註 70〕佛法傳入中國適逢哀帝時，當時政治混亂，有王莽篡漢，人民生活十分貧苦。

〔註 71〕慧皎《高僧傳》譯經篇論曰。

〔註 72〕梁啓超《佛學研究十八篇》。

來的文字，也不一定通達流暢。

有時外來僧侶會以其語法來表達，這樣和中國語法相去甚遠，而筆受的中國人對主譯者的文字語詞加以潤飾以後，是故使佛經呈現出迴然不同的風貌。

梁啓超於〈文學情趣之發展〉云：

> 試細檢藏中馬鳴著述：其佛本行贊，實一首三萬餘言之長歌，今譯本雖不用韻，然吾輩讀之，猶覺其與孔雀東南飛等古樂府相彷彿。其大乘莊嚴論，則直是「儒林外史式」之一部小說，其原料皆採自四阿含，而經彼點綴之後，能令讀者肉飛神動。馬鳴以後成立之大乘經典，盡汲其流，皆以極壯闊之文瀾，演極微妙之教理。若華嚴、涅槃、般若等，其猶著也。此等富於文學性之經典，復經譯家宗匠以極優美之國語爲之迻寫，社會上人人嗜譯，不信解教理者，亦靡不心醉於詞績。〔註73〕

梁啓超的意見，可謂鞭辟入裏，頗能掌握翻譯佛典和文學之間的要意。因爲佛典翻譯和中國文學二者之間涵蓋的範圍非常廣泛，今僅就佛典翻譯中音譯和意譯問題試加以探討。

「音譯」和「意譯」的意義

佛典的翻譯，其譯經的水準的和翻譯的方式是息息相關的，本章前二節提到佛經的翻譯，大致可分成三期，而每一期的情形皆不相同，譯經師的態度亦異。若以譯經師對語言詞句的要求的不一來看，可分音譯和意譯二法。

《法句經序》云：〔註74〕

> 諸佛典興皆在天竺，天竺語言與漢異音，云其書爲天書，語爲天語，名物不同，傳實不易。往昔藍調安侯世高、都尉弗調，譯胡爲漢，審得其體，斯以難繼。始者維祇難出自天竺，以黄武三年來通正昌，僕從受此五百本，請其同道竺將炎爲譯，將炎雖善天竺語，未備曉漢，其所傳言所得胡語，或以意出音，近於質直。僕初嫌其辭不雅，維祇難曰：「佛言依其文不用飾，取其法以不嚴其傳，經者當令易曉，勿失厥義，是則爲善。」座中咸曰：老氏稱「美言不信，信言不美」仲尼亦云：「書不盡言，言不盡意。」明聖人意深遂無極。今傳胡意，

〔註73〕見梁啓超《佛學研究十八篇》中〈翻譯文學與佛典〉一文。
〔註74〕《出三藏記集》卷七〈法句經序〉。

> 實宜經達。是以自竭受譯人口，因循本旨，不加文飾，譯所不解，則闕不傳，故有脱失，多不出者，然此辭朴而旨深，文約而義博。

這裡所提到需要翻譯的，係因語言文字「名物不同」，是故「傳實不易」。雖然如此，仍希望可以傳實，故主張「依其義不用飾」、「因循本旨，不加文飾」，這就是直譯。

在翻譯佛經的初期，即大致由東漢經三國至西晉，當時的譯經師都是西域人或天竺人，他們不嫺漢語，有些對佛經義理的了解也有限，於是請中國人擔任筆受。由他們口述大意，然後再由中國人寫成文字，如此必然會有問題產生。誠如《宋高僧傳》云：「初則梵客華僧，聽言揣意，方圓共鑿，金石難和，宛配世間，拽名三昧，咫尺千里，覿面難通。」〔註 75〕這種以言揣意的方法，表達上難以正確，翻譯上的困難是可想而知的。

東晉道安是主張直譯的，在他的譯場中，其所監譯的經本，必須「案本而傳，不令有損言遊字，時改倒句，餘盡實錄。」他曾言：

> 昔未出經者，多嫌梵言方質，改適今俗，此所不取。何者，傳梵爲秦，以不閑方言，求知辭趣耳，何嫌文質？文質是時，幸勿易之。經之巧質有來自矣；唯傳事不盡，乃譯人之咎耳。〔註 76〕

道安法師對於翻譯，非常重視合於原文原意，即「不失本」，他曾提出「三不易」的譯經原則：〔註 77〕

> 三達之心，覆面所演，聖必因俗，時俗有易，而刪雅古以適今俗，一不易也。愚智天隔，聖人叵階，乃欲以千歲之上微言，傳使合百王之下末俗，二不易也。阿難出經，去佛未久，尊大迦葉令五百六通，迭察迭書，今離千年而以近意量裁，彼阿羅漢乃兢兢若此，此生死人而平平若此，豈不知法者勇乎，斯三不易也。

由上述文字可以略知，道安法師是對於翻譯佛經的態度是相當謹慎的。

當然，「直譯」是力求合於原文原意，似乎是理想的譯法，但是不同的國度，其文字和文法是差異懸殊的，所以完全直譯是行不通的，故鳩摩羅什大師主張「意譯」。《高僧傳》卷二云：〔註 78〕

〔註 75〕贊寧《宋高僧傳》卷三。

〔註 76〕《出三藏記集》卷十〈鞞婆沙序〉。

〔註 77〕《出三藏記集》卷八〈摩訶鉢羅波羅密經抄序〉。

〔註 78〕《高僧傳》卷二〈鳩摩羅什傳〉。

什每為僧叡論西方辭體，商略同異，云「天竺國俗，甚重文制，其宮商體韻，以入絃為善。凡覲國王，必有贊德，見佛之儀，以歌嘆為貴，經中偈頌，皆其式也。但改梵為秦，失其藻蔚，雖得大意，殊隔文體，有似嚼飯與人，非徒失味，乃令嘔噦也？

鳩摩羅什主「意譯」，他本人深通梵語，兼嫻漢語，加上其態度十分謹慎，對原文亦非常忠實。

《大品經序》云：

手執梵本，口宣秦言，兩釋異音，交辯文旨……，與諸宿舊義業沙門釋慧恭，僧䂮、僧遷、寶度、慧精、法欽、道流、僧叡、道恢、道恆、道樹、道悰等五百餘人，詳其義旨，審其文中，然後書之。……胡音失者，正之以天竺，秦名謬者，定以字義，不可變者，即而書之，是以異名蔚然，胡音殆半，斯實匠者之公謹，筆受之重慎也。

道安主張「直譯」，鳩摩羅什則注重「意譯」，至慧遠則提出「折中說」，他曾說：

自昔漢興，逮及有晉，道俗名賢，並參懷聖典，其中弘通佛教者，傳譯甚眾，或文過其意，或理勝其辭。以此考彼，殆兼先興，後來賢哲，若能參通晉胡，善譯方言，幸復詳其大歸，以裁厥中焉。〔註79〕

這裡提到「文過其意」是意譯的流失，亦造成佛典的眞正意旨被隱沒；至於「理過其辭」，這是直譯的疏失，由於二者皆有疏失，故慧遠提出：

簡繁理穢，以詳其中，令質文有黠，義無所越。

如是可以解決「意譯」和「直譯」之失，但是這仍非完善之法，必須等到唐玄奘提出「五不翻」法則，〔註80〕才可謂對「直譯」「意譯」的問題提出完善的折衷方案。

〔註79〕《出三藏記集》卷十〈三法度序〉。

〔註80〕玄奘「五不翻」即秘密故不翻、含多義故不翻、此方無故不翻、順古故不翻、生善故不翻。

第四章　佛教弘傳與聲律說的關係

第一節　聲律說的溯源

文學之表現端賴於語言文字，而追溯語言文字之本源不外乎聲音，聲音實爲表現文學美感的要素。所謂美化的聲音必須具有音樂性的諧和，即必須藉節奏以表現，而聲律又爲節奏之主魂。聲律的運用，有助於情感的表現、意象的聯想、文章節奏的優美，故聲律與文學二者是合一的。中國文字爲一字一音，運用於文章中，最易表現出聲韻的曼妙。自古以來，各類文體相繼產生，各種聲律說也先後提出，雖呈現出不同的特點，然皆根據韻的異同、相重疊、相呼應，以表現其節奏，而求音聲之和諧。

《文心雕龍》〈知音篇〉：

> 將閱文情，先標六觀：一觀位體，二觀置辭，三觀通變，四觀奇止，五觀事義，六觀宮商。

〈練字篇〉亦云：

> 諷誦則績在宮商。

宮商爲調聲協律，亦即文章之聲律節奏，是知文學作品之美感，除見於辭采，更有藉資於聲音；其形式美之構成，音律和諧實爲第一要件。

一、由文學史角度探討

所謂美化的聲音必具音樂之和諧，這種和諧藉由節奏表現，節奏表現於文學中者，即謂之聲律。

大抵最初之聲律，皆指自然音律；在古代詩樂未分之時，詩之音律即存於樂中，詩樂分開之後，詩文聲律僅存於詞句中。《尚書・舜典》云：「詩言志，歌永言，聲依永，律和聲。」《禮記・樂記》亦云：「凡音之起，由人心生也。人心之動，物使之然也。感於物而動，故形於聲；聲相應，故生變；變成方，謂之音。」可見在上古時代，文學聲律的興起，是緣於人類情感的流靈，「歌詠所興，宜自生民始也。」，〔註 1〕故《詩經・大序》曰：「詩者，志之所之也，在心爲志，發言爲詩。情動於中，而形於言；言之不足，故嗟嘆之；嗟嘆之不足，故永歌之；永歌之不足，不知手之舞之，足之蹈之也。情發於聲，聲成文韻之音。」以《詩經》爲例，押韻形式已甚嚴密，而其音調和諧，已合於聲律。但這是屬於自然的聲律。

中國文字的特性，爲孤立與單音，因其孤立，故宜於講對偶；因其爲單音，故宜於務音律。文學講求音律，受佛經轉讀的影響極大。慧皎《高僧傳》卷十三云：〔註 2〕

> 始有魏陳思王曹植，深愛聲律，屬意經音，既通般遮之瑞響，又感魚山之神製；於是刪製瑞應本起，以爲學者之宗。傳聲則三千有餘，在契則四十有二。

又云：〔註 3〕

> 昔諸天讚唄，皆以韻入弦管，五眾既與俗違，故宜以聲曲爲妙。原夫梵唄之起，亦肇自陳思，始著太子頌及睒頌等，因爲之製聲，吐納抑揚，並法神授。

曹植深愛音律，作文亦爲文製聲，在他的集子中，有些作品即暗合律詩平仄，且音韻和諧，如〈浮萍篇〉：「浮萍寄清水，隨風東西流，結發辭嚴親，來爲君子仇。」〔註 4〕在《法苑珠林》亦記載關於曹植與梵音之事跡。〔註 5〕

> 植每讀佛經，則流連嗟玩，以爲至道之宗極也。遂則轉贊七聲升降曲折之響，世之諷誦，或憲章焉。嘗遊魚山，忽聞空中梵天之響，清雅哀婉，其聲動心，觸動良久，而侍御皆聞。植深感神，彌悟法應，乃摹其聲節，寫爲梵唄，撰文制音，傳爲後式，梵聲顯世，始於此焉。

〔註 1〕引自《宋書・謝靈運傳論》。
〔註 2〕慧皎《高僧傳》卷十三〈經師論〉。
〔註 3〕同上。
〔註 4〕逯欽立《先秦漢魏晉南北朝詩・魏詩》。
〔註 5〕唐・道世《法苑琳林》卷四十九〈贊嘆部〉。

由《高僧傳》卷十三的資料，和《法苑珠林》的記載，知曹植傳聲三千有餘，研究梵唄之音律，亦可謂聲律說之倡導者。

繼曹植而談聲律之說的是晉之陸機，其《文賦》云：

> 其爲物也多姿，其爲體也屢遷，其會意也尚巧，其遣言也貴妍。暨音聲之迭代。若五色之相宣；雖逝止之無常，固崎錡而難便。苟達變而識次，猶開流以納泉。如失機而後會，恒操末以續顛。謬玄黃以秩敘，故淟涊而不鮮。

這段是說文章立意尚巧，用辭貴美，而音韻尤當和諧。文章聲律配合和諧，猶如彩繡五色鮮明相映一般。至若音韻變化無常，固然雖以用文辭加以妥貼的安排，但如果懂得它們的變化，則下筆流暢，猶如開流納泉。反之，若不能掌握的恰到好處，那麼寫出來的文章，就如同配錯了顏色、顛倒顏色次序的綵繡一樣，顯得污濁而不鮮明。陸機主張詩文之聲調貴乎「錯綜」、「變化」而有「秩序」的和諧之道，然其時聲律之學初興，尚未嫻協調音律之定術。

南朝宋文帝時，范曄繼承陸機的理論再予以發展。《宋書・范曄傳》云：〔註 6〕

> 性別宮商，識清濁，斯自然也。觀古今文人，多不了此處，縱有會此者，不必從根本中來。年少中，謝莊最有其分，手筆差於文，不拘於韻故也。吾思乃無定方，特能濟艱難，適輕重。

范曄以音樂的宮商，清濁來比擬文學的聲律，他認爲宮商、清濁皆是自然的聲律，據范文瀾《文心雕龍・聲律篇注》:「觀蔚宗此辭，似調音之術，已得於胸懷，特深自祕重，未肯告人。左礙而尋右，末滯而詩前，即所謂濟艱難，適輕重矣。」〔註 7〕但是范曄終未能闡明具體之聲律，由其行文中知「性別宮商，識清濁」指的即是自然之音律也。

且范曄通習音樂，似已通曉調聲協律之術，如〈獄中與諸甥姪書〉:〔註 8〕

> 至於音樂，聽功不及自揮，但所精非雅聲，爲可恨。然至於一絕處，亦復何異邪？其中體趣，言之不盡。弦外之意，虛響之音，不知所從而來。雖少許處，而旨態無極。亦嘗以授人，士庶中未有一豪似者。此永不傳矣。

〔註 6〕見《宋書》卷六十九〈范曄傳〉，又《後漢書》題爲自序。

〔註 7〕范文瀾《文心雕龍》。

〔註 8〕《宋書》卷六十九〈范曄傳〉。

這裡雖指演奏的音樂而言，但文學之聲律與音樂亦有關，故范曄既通音樂，則能別音之宮商，識音之清濁，但音樂既是「弦外之意，虛響之音，不知所從何來」，則於文學之聲律，似乎亦難悟一具體之規律，然而范曄能辨別音之宮商，識聲之清濁，已較曹植、陸機進步。其所作〈獄中與諸甥姪書〉雖然僅僅言及宮商，未明言四聲，然其時代距沈約已不遠，惜其早逝，未能提出更深入的理論。

前述之聲律溯源，皆爲知其然而不知其所以然的「自然聲調」，事實上自然聲調存在於文字本身的發音，以及因文章的意境情趣所引發的情感，其所產生的抑揚頓挫節奏感。而沈約所昃出的人爲聲律說之前，事實上是經過很長一段時間的發展與蘊釀的。

二、佛教傳入和「聲律說」的提出

齊梁時代，文風崇尚雕琢，和它雕琢聲律是密不可分的。而聲律上的雕琢，亦是齊梁文風在形式上的重要時特徵。《梁書‧庾肩吾傳》云：

> 齊永明中，文士王融、謝朓、沈約文章始用四聲，以爲新變。至是轉拘聲韻，彌尚麗靡，復逾于往時。

永明聲律說的興起及昌明，和佛經的翻譯與轉讀應是有關的。〔註9〕

《高僧傳》卷十三：

> 天竺方俗，凡是歌詠法言皆稱爲唄，至於此土，詠經則稱爲轉讀，歌贊則號爲梵唄。〔註10〕

轉讀者，在使經文可向大眾宣讀，這是佛教徒於翻譯佛經之外，另一宣傳教義的方法，故讀經不僅誦其字句，且詠歌以傳其節奏。這也說明天竺的梵唄到中國以後發生了變化，分化成二種，一種是詠經，主要是詠佛經的散文體；一種是梵唄，主要是歌贊經中偈頌。〔註11〕

何以會分化成轉讀和梵唄兩途呢？

《高僧傳‧經師論》云：

> 良由梵音重復，漢語單奇，若用梵音以詠漢語，則聲繁而偈迫，若用漢曲以詠梵文，則韻短而辭長。

〔註9〕陳寅恪先生〈四聲三問〉，《清華學報》九卷3期。

〔註10〕梁慧皎《高僧傳‧釋慧忍傳》。

〔註11〕梁慧皎《高僧傳經師論》。

由於漢語與梵文的語音體系不同，即漢語是一字一音，而梵語是以字母拼合而成，是故造成二者的差別。於是有「譯文者眾，傳聲者寡」〔註12〕的情況。在宋、齊以前，就已存在誦經與梵唄兩種形式，誦經一般流行於漢地的僧人中，至於梵唄則流行於西域僧人或在漢地出生懂梵文的僧人之中。東晉道安法師，是漢地出家人，由於不懂漢語，故「每至講說，唯敘大意，轉讀而已。」〔註13〕而他對於梵唄是不通的。因爲上述的因緣，使梵唄至宋齊時逐漸消失。

爲了要恢復梵聲，使傳譯佛經聲文並得，宋、齊時的僧人掀起分辨梵漢之音的轉讀高潮。《高僧傳》卷十三記載，建康一帶僧人，如釋僧饒「偏以音聲著稱」、「少俱爲梵唄長齋，時轉讀亦有名於當世」；〔註14〕釋道慧「素行清負博涉經典，特稟自然之聲，故偏好轉讀」；〔註15〕釋智宗「博學多聞尤長轉讀」〔註16〕，建康的白馬寺尤擅長轉讀，幾位擅長轉讀的僧人，如上述幾位，皆卒于宋孝武大明年間，距永明不過二、三十年，當埘文人也多和懂轉讀的僧人交往，他們向僧人學習佛教義理的同時，也向他們學習轉讀的聲律，且運用到口語與文學中去，因而促成永明聲律說的產生。

《高僧傳》卷七：「陳郡謝靈運篤好佛理，殊俗之音，多所達解。」〔註17〕卷十三〈釋曇遷傳〉：「巧於轉讀，有無窮聲韻。彭城王義康、范曄、王曇首並皆遊狎。」還有周顒父子以及張融與釋曇斐、釋法慧結爲知音。〔註18〕《續高僧傳》卷六記載沈約與慧約法師的交往，「少傅沈約，隆昌中外任，攜乎同行，在郡惟以靜漠自娛，禪誦爲樂。」，〔註19〕且二人文章往復相繼晷漏。這些道俗才學在當時也把聲律運用到清談與文學中去。

《南齊書．劉繪傳》載：

> 永明末，京邑人士盛爲文章談議，皆集竟陵西邸。繪爲後進領袖，機悟多能。時張融、周顒並有言工，融音旨緩韻，顒辭致綺捷，繪之言吐，又頓挫有風氣。時人爲之語曰：「劉繪貼宅，別開一門」，

〔註12〕《高僧傳》卷五義解篇〈釋道安傳〉。
〔註13〕《高僧傳》卷十三法師篇〈釋僧饒傳〉。
〔註14〕《高僧傳》卷十三法師篇〈釋僧慧傳〉。
〔註15〕《高僧傳》卷十三法師篇〈釋智宗傳〉。
〔註16〕《高僧傳》卷七義解篇〈釋慧叡傳〉。
〔註17〕《高僧傳》卷八〈釋雲斐傳〉，《高僧傳》卷十三論法篇〈釋法慧傳〉。
〔註18〕《高僧傳》卷六，〈釋慧約傳〉。
〔註19〕《南齊書．劉繪傳》。

言在二家之中也。〔註20〕

〈周顒傳〉載：

顒音辭辨麗，出言不窮，宮商朱紫，發口成句。

每賓友會同，顒虛席晤語，辭韻如流，聽者忘倦。〔註21〕

永明就是在這樣的背景下和諸多人的努力下發明創造的，而一旦運用于文學，自必助長了當時雕琢藻繪的文風。

第二節　永明「聲律說」的提出

佛教傳入和永明聲律說之提出，有著密切的關係，由於受佛經「轉讀」的影響，不僅使四聲得以成立，並且對中國文學與聲韻的發展，皆有幫助，關於四聲成立的經過，陳寅恪先生於〈四聲三問〉中提到：

中國入聲，較易分別，平上去三聲，乃摹擬當時「轉讀」佛經之三聲而成。「轉讀」佛經之三聲，出於印度古時聲明論之三聲也，〔註22〕於是創爲四聲之説。撰作聲譜，借「轉讀」佛經之聲調，應用於中國之美化文，四聲乃盛行。永明七年二月二十日，竟陵王子良大集沙門於京邸，造梵唄新聲，爲當時考文審音一大事，故四聲之成立，適值永明之世，而周顒、沈約爲此新學說之代表人也。〔註23〕

上文對四聲的成立，陳氏認爲是受佛經「轉讀」的影響，這部份亦曾在上一節討論過。在討論永明聲律說這個主題之前，宜先對「轉讀」和「梵唄」有所了解。

一、「轉讀」與「梵唄」

《續高僧傳》卷三十云：〔註24〕

梵者，淨也。寔惟天音，色界諸天來覲佛者，皆陳讚頌，經有其事

〔註20〕《南齊書・周顒傳》。

〔註21〕聲明，是五明之一，聲即聲教，明即明了，謂世間文章語言文字，皆悉明了通達，故曰聲明。（五明，即聲明、因明、醫方明、工巧明、內明）出處。

〔註22〕見《清華學報》第九卷第2期。

〔註23〕道宣《續高僧傳》卷三十〈雜科聲德篇論〉。

〔註24〕《三藏法數》，無錫丁福保藏版，228頁。

祖而習之，故存本因詔聲爲梵。

所謂「梵唄」，係源自於印度。在印度稱爲「天音」，相傳色界諸天下凡觀佛時，皆要陳述讚頌，故稱爲「梵唄」。據《三藏法數》載，〔註 25〕大梵天王所之聲，即是梵音，具五種清淨之音——正直音、和雅音、清徹音、深滿音、周遍遠聞音。

梵唄傳入中國後，遂成爲佛教僧侶讚唱的風氣，此讚唄傳誦日久，與印度之音調不同，各地音調也不盡相同，這主要是各地方語言不同，自然就形成南腔北調，誠如《續高僧集》所載：〔註 26〕

然彼天音未必同此，故東川諸梵，聲唱尤多……故知神州一境聲類既各不同，印度之與諸蕃，詠頌居然自別。

至於「轉讀」，乃是一種正確的音調與節奏，去朗誦佛經的經文，此亦是宣揚佛教的方法。「轉讀」佛經，不僅誦讀其字母，也必須傳達其優美的節奏與音韻。

慧皎《高僧傳》云：〔註 27〕

自大教東流，乃譯文者眾，而傳聲蓋寡，良由梵音重複，漢語單奇，若用梵音以詠漢語，則聲繁而偈迫，若用漢曲以詠梵文，則韻短而辭長。

這是說明漢語爲單音並不適合傳達梵音之美，那麼該如何調適呢？慧皎又論曰：〔註 28〕

若能精達經旨，洞曉音律，三位七聲，次而無亂，五言四句，契而莫爽，其間起擲蕩舉，平折放殺，游飛卻轉，反疊嬌哢，動韻則流靡無窮，張喉則變態無盡。

是故，想掌握「轉讀」必須通達經旨，和洞曉音律。在精達經旨的基礎上，洞曉音律就顯得更重要了，若可以洞曉音律，掌握音的節奏，則可令梵音之美傳達出來，即「聽聲可以娛耳，聽語可以開襟。若然可謂梵音深妙，令人樂聞者也。」〔註 29〕

因此，魏晉時期，有人從事於聲韻的研究，如曹魏李登曾作《聲類》十

〔註 25〕唐道宣《續高僧傳》卷三十〈雜科聲德篇論〉。
〔註 26〕梁・慧皎《高僧傳》卷十三〈經師篇論〉。
〔註 27〕同上。
〔註 28〕同上。
〔註 29〕《聲類》今已散佚。

卷〔註 30〕《魏書・江式傳》:「晉世呂靜曾仿聲韻，作韻集五卷，曰宮、商、角、徵、羽、各爲一篇。」另孫炎曾作《爾雅音義》，初步地創立反切，清・趙翼提出:「今按《隋書・經籍志》，晉有張諒撰《四聲韻略》二十八卷，則四聲實起晉人。」〔註 31〕而至齊、梁聲韻的研究，大爲盛行，劉善經有《四聲指歸》、沈約有《四聲譜》、夏候詠有《四聲韻略》十三卷，四聲的觀念，至此明晰，這和佛經「轉讀」似有關係，因爲中國語音不適宜佛經的轉讀與歌讚，欲轉讀佛經必須參照梵語的拼音，而求漢語適宜與轉變，於是而有二字反切，聲音分析，以及四聲得成立。

二、永明聲律說

《南齊書・文學傳》云：〔註 32〕

> 永明末盛爲文章，吳興沈約、陳郡謝朓、瑯琊王融，以氣類相推轂；汝南周顒善識聲韻，爲文皆用宮商，以平上去入爲四聲，以此制韻，不可增減，世呼爲「永明體」。

在南齊永明年間，沈約等人將詩歌聲律問題加以討論，並且明確地指出，詩人在創作中應注意運用四聲的調合來構成詩歌的旋律美。「永明體」也即是借助於文字審音的成果，來完成文辭上人爲的音律。

聲律的興起，一則發揚光大魏晉駢麗文章的體裁，二則開拓律詩的蹊徑。齊、梁之際，沈約以學術界與文壇領袖的身份，不遺餘力地提倡聲律，其所論聲律，見於沈約所作《宋書・謝靈運傳論》云：〔註 33〕

> 若夫敷衽論心，商榷前藻，工拙之數，如有可言。夫五色相宣，八音協暢，由乎玄黃律呂，各適物宜。欲其宮羽相變，低昂舛節，若前有浮聲，則後須切響。一簡之內，音韻盡殊；兩句之中，輕重悉異。妙達此旨，始可言文。

夫五色相宣，由於玄黃適宜；八音協調，乃因律呂合度，皆以調和所致也，爲文也必須本著調和之原則，使聲律宮羽相變，低昂舛節。此即永明聲律論所揭示的要旨，所謂「宮羽相變，低昂舛節」的主張，就是韻律之調和、平

〔註 30〕趙翼《陔餘叢考》卷十九〈四聲不起于沈約說〉。

〔註 31〕見《南齊書》卷三十三〈陸厥傳〉，在《南史・陸厥傳》也有此一記載，只是文字不盡相同。

〔註 32〕《宋書》卷六十七〈謝靈運傳〉。

〔註 33〕出《西京雜記》。

仄之相間，以收詩文聲調抑揚頓挫之節奏，造成一種聽覺上之美感，南朝唯美文學之風行，受沈約聲律論之影響甚大。

沈約的聲律說，要旨有四，今略作敘述，以進一步明白之：

（一）宮羽相變，低昂舛節

這是沈約聲律論的總原則。所謂「宮羽」，非指中國音樂中的宮、商、角、徵、羽，而是從中國五音音律中體會出來聲調的高昂低下，「宮羽」只是一種借喻，借用五音喻指平上、去、入，語音聲調的平仄。

從漢至六朝，一些文學家亦運用這種借喻，如司馬相如論賦：「一經一緯，一宮一商。」〔註34〕劉宋范曄云：「性別宮商，識清濁。」；〔註35〕沈約云：「欲使宮羽相變，低昂錯節」。〔註36〕這裡宮商、宮羽雖然說法不一，實指一事，即語音聲調的平仄。

（二）前有浮聲，後須切響

據《文心雕龍・聲律篇》云：〔註37〕

> 凡聲有飛沈，響有雙疊，雙聲隔字而每舛，疊韻雜句而必睽，沈則響發而斷，飛則聲颺不還，並轆轤交往逆鱗相比。迂其際會，則往蹇來連，其爲疾病，亦文家之吃也。

所謂「浮聲」，指聲之飛也，即「飛則聲颺不還」；所謂「切響」，指聲之沈也，即「沈則響發如斷」。行文必須平仄錯綜而用；若前是平之浮聲，則後須有仄濁之切響。如劉勰所云：「古之佩玉，左宮右徵，以節其步，聲不失序，音以律文，其可忽哉！」〔註38〕聲律之調節文章，就如同古時君子佩玉飾，左發宮聲，右鳴徵音，以調節其步驅一般。是故文字平仄清濁的妥切配合，實不可忽視。

（三）一簡之內，音韻盡殊

「音韻」指的是聲母與韻母，「音」是字之發聲，亦即聲母；「韻」指字之收聲，亦即韻母。《文心雕龍・聲律篇》云：「雙聲隔字而每舛，疊韻雜句

〔註34〕《宋書》卷六十九〈范曄傳〉。
〔註35〕出《宋書》卷六十七〈謝靈運傳論〉。
〔註36〕《文心雕龍》卷七〈聲律篇〉。
〔註37〕同上。
〔註38〕同上。

而必睽。」〔註 39〕雙聲、疊韻是我國文字的特色，二字聲母相同曰雙聲，二字韻母相同曰疊韻，一句之中，除正用雙聲、疊韻外，不可用同聲母或同韻母的字。

（四）兩句之中，輕重悉異

此言兩句之內，輕重須錯綜為用，才能產生音調與美感。《南史・陸厥傳》云：「五字之中，輕重悉異」，〔註 40〕乃指一句之中，輕重亦須錯綜，《文鏡祕府論》南卷論文意：「夫文章，若五字並輕，則脫略無所止泊處；若五字並重，則文章暗濁。事須輕相間，仍須以聲律之。」所論的觀點和《南史・陸厥傳》是相同的，且有較沈約更嚴格些。

以上是沈約於《宋書・謝靈運傳論》中，提到聲律論的四點要旨。自沈約倡導聲律說之後，一時文人皆競相景從，蔚為齊、梁之時代風氣，如陳郡謝朓、瑯琊王融、汝南周顒等，為文皆用宮商，以氣類相推轂，於是蔚然成風，遂得「永明體」之號也。

聲律說的興起，對於中國的韻文，起了積極作用，亦具有一定的貢獻，劉勰於《文心雕龍・聲律篇》也說明聲律為文學中相當重要的因素，敘述詳盡，值得我們作參考。《梁書・庾肩吾傳》云：「齊永明中，文士王融、謝朓、沈約，文章始用四聲，以為新變，至是轉拘聲韻，彌尚麗靡，復踰於往時。」自晉代以來盛行的詞藻雕琢之風，再加上聲律的片面追求，因此文學更趨於技巧與形式的華麗。事實上，南朝文學的改變，聲律說是有一定影響的，而細究之，聲律說的產生和佛教傳入中國，實有密切的關係。

〔註 39〕《南史・陸厥傳》。

〔註 40〕缺內文

第五章　南朝詩歌中所見的佛典用語

《南史・文學傳》云：

> 自中原鼎沸，五馬南渡，綴文之士，無乏於時。降及元康，其流彌盛，蓋由時主儒雅篤好文章，故才秀之士，煥乎雲集。武帝每所臨幸，輒命群臣賦詩，其文盛者，賜賦以金帛，是以縉紳之士，咸知自勵。

《南史・宋文帝本紀》亦云：

> 上好儒雅，又命丹陽尹何尚之立玄學，何承天立史學，司徒參軍謝元立文學。各聚門徒，多就業者，江左風俗，於斯爲美，後言政化，稱元嘉焉。

南朝君王、王侯對於文學皆有所喜好，且對於獎掖才士，以及推動文風更是不遺餘力〔註1〕，上有所好，下必效焉，是故南朝文人的詩作成就非凡。

南朝的詩歌內容相當豐富，或歌功述德、或感時嘆逝、或悼亡傷別、或遊仙談玄、或企隱慕賢、或模山範水、或詠物擬古、或閨怨麗情，既承古調，復創新聲。其中實以遊仙、玄言、田園、山水、詠物、豔情六者爲詩材的主流。〔註2〕

其中玄言詩這一類，文學史依其內容分成二大類型：一爲易經、莊老之闡揚，二爲佛家哲學之傳述。《世說新語・文學篇》簡文帝稱許掾云：「玄度

〔註 1〕除上述記載，如《宋書》所記：南平王休鑠、建平王弘、廬陵王義眞；《南齊書》所記：竟陵王子良、鄱陽王鏘、江夏王鋒、衡陽王鈞；《梁書》所記：昭明太子、簡文帝、元帝等政治領導者，皆是「篤好文章」、「獎勵文學」之士。

〔註 2〕此係採王次澄《南朝詩研究》之說。

五言詩，可謂妙絕時人。」注引《續晉陽秋》曰：「詢有才藻，善屬文，自司馬相如、王褒、揚雄諸賢，世尚賦頌，皆體則《詩》、《騷》，傍綜百家之言。及至建安，而詩章大盛，逮乎西朝之末，潘、陸之徒雖時有質文，而宗歸不異也。正始中，王弼、何晏好莊老玄勝之談，而世遂貴焉。至過江，佛理尤盛，故郭璞五言始會合道家之言而韻之，詢及太原孫綽轉相祖尙，又加以三世之辭，而詩、騷之體盡矣。詢、綽並爲一時文宗，自此作者悉體之。至義熙中，謝混始改。」〔註 3〕

由此可知，當時談道的內容，初以周易、老莊爲主，後益以「佛理三世之辭」。湯用彤云：「東漢之世，佛教乃附方術以推行，屬道術之支流附庸而已，即就桓靈之後，譯經大盛，然多存胡音，不事文飾，固不爲經師學者所齒。三國而後，形勢始變，佛理與三玄並行矣。」〔註 4〕

今此章所要討論的是佛理詩的部份，南朝自劉宋以後，佛教盛行，君主與貴族莫不禮佛，且廣爲宣揚，於是以闡述佛理的詩歌日多，但是檢視歷來的文學史，大多忽略了這一部份。今欲藉由此章來深入佛教的弘傳對南朝文人和僧侶詩作造成的影響。

第一節　僧侶的詩歌作品

佛教以外來文化的姿態傳入中國之後，與中國傳統的儒、道文化接觸，經歷了依附、衝突到互相融和的過程，這樣的過程也是佛教中國化的過程。佛教所以能夠爲中國傳統文化接納，實由於中華民族對外來文化具有兼容並包的寬闊胸懷，也是因爲佛教文化本身內涵豐富，具有中國文化本身所缺乏的內容，可以對傳統的中國文化發揮補充作用。

佛教宏揚於中土，主要靠著兩種途徑：一是靠著佛典的翻譯與流通；另一個則是靠僧侶的宏揚傳教。梁朝僧佑編《弘明集》，其作序曰：

> 佑以末學，志深弘護，靜言浮俗，憤慨于心，遂以藥疾微間，山棲餘暇，撰古今之明篇，總道俗之雅論。其有刻意剪邪，建言衛法，製無大小，莫不畢采。又前代勝士，書記文述，有益三寶，亦皆編錄，類聚區分，列爲十四卷。夫道以人弘，教以文明，弘道明教，

〔註 3〕《世說新語箋疏》，余嘉錫箋疏，上海古籍出版社。
〔註 4〕湯用彤《漢魏兩晉南北朝佛教史》。

故謂之弘明集。〔註5〕

所謂「人能弘道，非道弘人」，僧侶在佛教弘傳的過程中扮演著非常重要的角色，或傳度經法，或教授禪道，或以異跡化人，或以神力救人。梁慧皎《高僧傳》，將漢明帝起至梁朝天監年，共四百五十三載，僧侶四百餘人，依其德業，開出十例：「一曰譯經，二曰義解，三曰神異，四曰習禪，五曰明律，六曰遺身，七曰誦經，八曰興福，九曰經師，十曰唱導。」，其中特別提到「然法流東土，蓋由傳譯之勳，或踰越沙險，或泛漾洪波，皆忘形殉道，委命弘法，震旦開明一焉是賴，茲德可崇，故列之篇首。至若慧解開神，則道兼萬億。通感適化，則彊暴以綏情；念安禪則功德森茂；弘贊毗尼，則禁行清潔；忘形遺體，則矜吝革心；歌頌法言，則幽顯含慶；樹興福善，則遺像可傳。凡此八科，並以軌跡不同，化洽殊異，而皆德效四依，功在三業，故爲群經之所稱美，眾聖之所褒述。」〔註6〕

由此可知，僧侶在弘法護教上，實在是万不可沒，「推道藉人，弘道由教，而弘道釋教莫尚高僧」。〔註 7〕據僧傳記載，僧侶除通達佛理外，對於世間的儒道亦都有所涉獵，在東晉以後，已經可以見到僧侶的文學作品，如逯欽立《先秦漢魏晉南北朝詩》卷二十釋氏卷，共收錄了十五位僧侶的作品，合三十四首，這是單就晉朝而言。〔註 8〕作品數量雖不算多（見附表一），但是這些詩歌中，有引佛理入詩，亦有運用佛典於作品之中的，此現象是漢代未曾有的，這種佛理詩的出現，對於中國文學史而言，具有特別的意義，也彷彿可見佛教傳入對我國詩歌的影響。

一、兩晉時代僧侶寫作詩歌的概況

支遁的作品，在東晉幾位僧侶之中是數量較多的，而且佛教意味也是比較濃郁的，如〈四月八日讚佛詩〉：

三春迭云謝，首夏含朱明。祥祥令日泰，朗朗玄夕清。

菩薩〔註9〕彩靈和，眇然因化生。四王〔註10〕應期來，矯掌承玉形。

〔註 5〕《弘明集》，梁僧佑編，新文豐出版。

〔註 6〕此段敘述引自梁慧皎《高僧集》序錄卷十四。

〔註 7〕同上。

〔註 8〕包含西晉和東晉。

〔註 9〕菩薩，具名菩提薩埵。謂是求道求大覺之人。舊譯爲大道心眾生、道眾生等。新譯曰覺有情。即求佛果之大乘眾。

飛天鼓弱羅，騰擢散芝英。綠瀾頹龍首，漂蘂翳流泠。
芙蕖育神葩，傾柯獻朝榮。芬津霈四境，甘露凝玉瓶。
珍祥盈四八，玄黃曜紫庭。感降非情想，恬泊無所營。
玄根泯靈府，神條秀形名。圓光〔註11〕朗東旦，金姿豔春精。
含和總八音，吐納流芳香。跡隨因溜浪，心與太虛冥。
六度〔註12〕啓窮俗，八解濯世纓。慧澤融無外，空同忘化情。〔註13〕

此詩主要是宣揚佛理，近乎偈頌的形式。〔註14〕支遁運用了「菩薩」「四王」「圓光」「六度」等佛典於詩中，並且引用了佛經中人物的形象，如「菩薩」「四王」「飛天」，全詩三十二句，簡要的點出四月八日釋迦牟尼佛誕生日的情形，通篇是蘊含著濃郁的佛教意味。

大塊揮冥樞，昭昭兩儀映。萬品誕遊華，澄清凝玄聖。
釋迦乘虛會，圓神秀機正。交養衛恬和，靈知溜性命。
動爲務下尸，寂爲無中鏡。（支遁〈詠四月八日詩〉）〔註15〕

此篇主要敘述佛家習靜的功夫，以「靜」觀察宇宙、體察萬物，始得群生動態。「寂爲無中鏡」是這首詩的要旨。支遁是東晉時代爲人所推崇的僧侶，他的情懷和詩歌自然難以和佛教思想分不開，如〈詠懷詩五首〉之一：

傲兀乘尸素，日往復月旋。弱喪因風波，流浪逐物遷。
中路高韻益，窈窕欽重玄。重玄在何許，採眞遊理間。
苟簡爲我養，逍遙使我閑。寥亮心神瑩，含虛映自然。
亹亹沈情去，彩彩沖懷鮮。踟蹰觀萬物，未始見牛全。
毛鱗有所貴，所貴在忘筌。〔註16〕

此〈詠懷詩五首〉之一，全詩十八句，簡要地回顧他奉佛的生平，側重於闡

〔註10〕四王，四王天也。六欲天之第一。爲四大天王之所在，故云四王天。在須彌之半腹。最初之天也。

〔註11〕圓光，放自佛菩薩頂上之圓輪光明也。

〔註12〕六度，佈施、持戒、忍辱、精進、禪定、般若。（以上註解參丁福保編《佛學大辭典》）

〔註13〕見《廣弘明集》卷三十九。

〔註14〕佛典「十二分教」中有兩部份是韻文，即「祇夜」和「伽陀」。「祇夜」又稱重頌、應頌，是在韻散結合的經文中重宣長行內容；「伽陀」又稱諷頌、孤起，是宣揚佛理的獨主韻文。二者統稱「偈頌」。

〔註15〕見《廣弘明集》卷三十九。

〔註16〕見《廣弘明集》卷三十九。

述他所遵奉的隱身遁命、崇尚自然、即色是空的性空思想。在藝術表現上使用先聲奪人的筆法，起首「傲兀乘尸素」一句，點出自己平生的行爲遠遠勝過一切爭名逐利疲於奔命的凡夫俗子，這句是通篇的起首，也是詩人感懷的基調，它亦貫穿全詩。這首詩也運用頂眞、對比等修辭技巧，但此詩最終是希望可以感化凡夫眾生至清淨無爲的境界。這是典型的佛理詩，寓佛理於詠懷之中，藉由這首宣揚佛教思想的作品，有助於我們了解魏晉時代重玄崇佛的歷史風貌，將佛理詩歸於玄言詩的類別中宜是適當的。

除支遁之外，東晉時代的高僧鳩摩羅什作〈十喻詩〉，慧遠作〈廬山東林雜詩〉，廬山諸道人作〈遊石門詩〉，廬山諸沙彌作〈觀化決疑詩〉等作品，〔註 17〕這些都是闡述佛理的作品。

一喻以喻空，空必待比喻。借言以會意，意盡無會處。

既得出長羅，住此無所住。若能映斯照，萬象無來去。（鳩摩羅什〈十喻詩〉）〔註 18〕

鳩摩羅什翻譯佛經，他全面而且系統的介紹大乘經典，以及大乘空宗的思想。他翻譯的《大智度論》，是中觀學派創始人龍樹所著，〔註 19〕透徹地闡述般若性空的思想，〔註 20〕並對《大品般若》作系統的解說和論證。他所譯的《中論》《百論》《十二門論》，深入闡述大乘空宗主旨，以眞諦〔註 21〕、俗諦〔註 22〕和「一切種智」，〔註 23〕來論證「緣起性空」，〔註 24〕提出中道

〔註 17〕見附表一。

〔註 18〕見逯欽立《先秦漢魏晉南北朝詩》晉詩卷二十。

〔註 19〕據《三藏法數》載：「龍樹，其母於樹下生之，因龍成其道，故號曰龍樹。輔行云，龍樹之學廣通，天下無敵，欲謗佛經，龍接入宮，一夏但誦七佛經，自知佛經法深妙，遂出家降伏外道，明第一義，以其作中觀大智度等論，故稱論師也。

〔註 20〕般若，《大智度論》四十三云：「般若者，秦言智慧，一切諸智慧中，最爲第一，無上無比無等更無勝者。」據《三藏法數》載：「性空，謂一切諸法，自性本空，皆從因緣和合而生，若不和合，則無是法。如是之法，性不可得，是名性空。」般若性空思想，即是闡述「空」的思想。

〔註 21〕《翻譯名義集》：「眞諦者，彰一性本實之理也，所謂實際理地，不受一塵，是非雙泯，能所俱亡。指萬象爲眞如，會三乘歸實際也（三乘、即聲聞、緣覺、菩薩）。

〔註 22〕《翻譯名義集》：「俗諦者，顯一性緣起之事也。所謂佛事門中，不捨一法，勸臣以忠，勸子以孝，勸國以治，勸家以和，弘善示天堂之樂，懲惡顯地獄之苦也。」

〔註 23〕一切種智，謂知一切諸佛之道，知一切眾生之因種也。即佛智也。

實相之理，即「不生不滅、不常不斷、不一不異、不來不去」般若之理，使大乘空宗思想能夠系統且完整地被人們接受與理解。這首〈十喻詩〉，其實就是在闡述般若空宗的道理，是一首典型的佛理詩，而且引喻入詩，和佛經偈頌是有密切關係的。

崇岩吐清氣，幽岫栖神迹。希聲奏群籟，響出山溜滴。

有客獨冥遊，徑然忘所適。揮手撫雲門，靈關安足闢。

流心扣玄肩，感至理弗隔。孰是騰九霄，不奮沖天翮。

妙同趣自均，一悟超三益。（慧遠〈廬山東林雜詩〉）

慧遠以東晉末佛教領袖的姿態，在廬山立東林寺，成爲南方佛教弘傳的中心。這首詩可以分三個層次，開頭四句，勾勒出廬山之美，有崇岩、幽岫、清氣、希聲（稀疏的清聲），彷若一幅山水畫，這是第一個層次；其次，中間六句是說有一位俗士獨自往還於其中，探求佛教的眞諦。結尾第三個層次。是指詩人深有體會，修得感悟，便可脫俗而成性，精神實體便可無所不在，永恆長存。這首詩的主旨是在指點人們如何尋經探佛，學得佛教眞諦，故詩中說理味道濃厚，此詩的結構是以說理爲主，詠山水景色爲輔，這和南朝的山水詩以詠山水爲主，間雜說理的結構是截然不同的。

由上述晉朝僧侶的詩歌來觀察，知道佛教傳入之後，佛理入於詩歌之中，亦引佛典入詩的概況。檢視《先秦漢魏晉南北朝詩》中所收錄的僧侶作品〔註 25〕，發現晉以前未見僧侶之作，自東晉以後才有少數僧侶的作品問世，這與佛經翻譯事業在東晉進入興盛期，以及僧侶本身的文學造詣都有關係，當然，佛理詩的出現，無疑爲中國傳統詩歌注入一股新的生命力。

二、南朝時代僧侶的詩歌作品

南朝時代是佛教興盛的時期，西域的高僧接連到中國來，翻譯經典，弘揚佛法。中土僧侶亦跋山涉水，遠赴佛國，瞻仰鷲峰，溝通文化。據史傳記載：〔註 26〕

興既託意於佛道，公卿以下，莫不欽附，沙門自遠而至者五千餘人。起浮圖於永貴里，立般若臺於中宮，沙門坐禪者恆有千數。州郡化

〔註 24〕同註 20。

〔註 25〕見附表一。

〔註 26〕《晉書》，〈姚興載記〉。

之，事佛者十室而九矣。

由此可見一斑，東晉南北朝佛教興盛之狀況。

就南朝而言，梁武帝時，僅建康一地的佛寺就有五百餘所，僧尼多至三十餘萬〔註 27〕，郡縣尤不可勝數。史傳云：〔註 28〕

正光以後，天下多虞，王役尤甚，於是所在編民，相與入道，假慕沙門，實避調役，猥濫之極，自中國之有佛法，未之有也。略而計之，僧尼大眾二百萬矣，其寺三萬有餘。流弊不歸，一至於此，識者所以嘆息也。

由於佛寺大量興建，徭役繁多，窮徵暴斂，百姓不堪其擾，乃相率出家，以至僧尼充斥，「都下佛寺五百餘所，窮極宏麗，僧尼十餘萬，資產豐沃，所在郡縣，不可勝言。道人又有白徒，尼則皆蓄養女，皆不貫人籍，天下戶口，幾亡其半。」〔註 29〕

南朝僧尼數量雖多，但是流傳的詩歌作品卻不多，真正從事寫作的僧侶僅有十一位，據現存的史料中〔註 30〕，僧侶詩歌作品只有二十一首（見附表二）。這與晉朝相互對照，可以發現一個特殊現象，即作品的數量和寫詩的僧侶，是不增反減。依照常理推測，南朝的佛教興盛，佛經翻譯亦日趨成熟，僧侶的數量亦多文風亦盛，但何以作品只有二十一首，頗令人百思莫解，是否因為戰亂而使大量作品散佚，或是蒐羅作品的人忽略了這一部份，宜可再深究之。〔註 31〕

就現存的二十一首僧侶詩歌作品中，依其內涵，大致可以分為二類，一是純粹闡述佛理的；二是詠物，但兼帶闡述佛理的。

（一）純粹闡述佛理

這一類的詩歌文辭較樸實，未染著當時華美駢儷的風氣，由於作者多是藉詩歌闡述佛理，非為抒發性情之作，故以義境勝，而不以翰藻爭美也。

千月本難滿，三時理易傾。石火無恆燄，電光非久明。

遺文空滿笥，徒然昧後生。泉路方幽噎，寒隴向淒清。

〔註 27〕見《梁書》，〈武帝記〉。

〔註 28〕《魏書・釋老志》。

〔註 29〕《南史・循吏傳》。

〔註 30〕主要根據《高僧傳》、《續高僧傳》、《廣弘明集》和逯欽立編《先秦漢魏晉南北朝詩》收錄的僧侶統計。

〔註 31〕此一問題，因資料不足，暫存疑，本論文不作深入討論。

一隨朝露盡，唯有夜松聲。（釋智愷〈臨終詩〉）〔註 32〕

就佛法的觀點言之，生、老、病、死、怨憎會、愛別離、求不得、五陰熾盛，是人生「八苦」，而其中的「死」總是會帶來無限的悲傷。王羲之云：「死生亦大矣！」，因此當老之將至，文人墨客難免要揮毫落紙，以抒心中的惆悵。這首〈臨終詩〉是釋智愷唯一的傳世之作，詩中交織著淒清之情，和佛法的道理。

這首詩運用許多佛理和典故，「石火無恆焰，電光非久明」，石火與電光皆是佛家語，比喻人間只是一瞬間。《五燈會元》卷七：「此事如擊石火，似閃電光。」。「泉路方幽噎，寒隴向淒清。」人死之後葬在地下，故稱歸死之處曰泉路。幽噎即幽冥，謂地獄之下暗無天日，幽陰多風。《無量壽經》謂：「壽終後世，尤深尤劇。入其幽冥，轉生受身。」此本是佛家語。

「一隨朝露盡，唯有夜松聲。」這是寫詩人面對死亡的態度。《金剛經》偈云：「一切有爲法，如夢幻泡影，如露亦如電，應作如是觀。」人們常引用「露」與「電」來比喻生命的短促。此詩最後用「夜松聲」的意象，傳達人類生命短暫的道理。通篇以說理爲主，這首詩也是僧侶詩作中典型的說理詩。

梁武帝曾作〈會三教詩〉，他自稱「少時學周孔」，「中復觀道經」，「晚年開釋卷」，集儒、道、佛於一身。詩中羅列儒、道、佛三教學說之精粹，在他看來，儒、釋、道三教「窮源無二聖，測善非三英。」，也就是三教「源」同「流」別，殊途同歸。

梁開善寺藏法師，針對梁武帝的〈會三教詩〉，寫出〈奉和武帝三教詩〉，詩云：

心源本無二，學理共歸眞。四執迷叢藥，六味增苦辛。
資源良雜品，習性不同循。至覺隨物化，一道開異津。
大士流權濟，訓義乃星陳。周孔尚忠孝，立行肇君親。
老氏貴裁欲，存生由外身。出言千里善，芬爲窮世珍。
理空非即有，三明似未臻。近識封歧路，分鑣疑異塵。
安知悟云漸，究極本同倫。我皇體斯會，妙鑒出機神。
眷言總歸轡，迴照引生民。顧唯慙宿植，邂逅逢嘉辰。
願陪入明解，歲暮有攸困。（釋智藏〈奉和武帝三教詩〉）〔註 33〕

〔註 32〕《廣弘明集》卷三十，《詩紀》皆收錄此詩。
〔註 33〕《廣弘明集》卷三十，《詩紀》九十四皆收入此詩。

智藏此詩的主旨是奉和武帝的〈會三教詩〉，其論點亦扣緊儒、釋、道三教，是「究極本同倫」，雖然其所提倡是各有不同，如儒家《六經》提倡仁、義、忠恕、「去伐」、「爲善」、「好生」等；道家講少欲，求長生不死；佛教則言苦、集、滅、道四諦，因果報應等。雖提倡的方面不盡相同，但是其宗旨是一致的，即詩的開始所言「心源本無二，學理共歸眞。」，這種看法也反映出儒、釋、道三教逐漸趨於調和的趨勢。

智藏這首詩雖是奉和武帝的觀點，但其中詩引用一些佛典，如「六味增苦辛」，此六味係出於《阿毗達磨俱舍論》，〔註 34〕謂凡調和飲食之味，各有所宜，無出此六種。「雖進道修行之人，不尚於味，然滋益色力，亦由於此，所謂身安則道隆，故有六味之需也。」。此詩通篇亦是以說理爲主，雖夾雜儒道思想，但仍然以闡述佛理爲主要的，故歸於佛理詩的部份來討論。

南朝的僧侶詩作中，以闡述佛理爲內容的，還有釋寶誌〈讖詩〉二首，釋惠令〈和受戒詩〉，〔註 35〕作品數量很少，此類作品何以數量會這麼少呢？或許是純粹闡述佛理，作品平鋪直敘，缺乏情節內容，讀之索然無味，較難被百姓與文人所接受，自然創作者較少，所以大部分的僧侶都藉詠物、詠山水，再寓佛理於其中，這類的作品在南朝普遍的流傳，待下一部份中討論。

（二）詠物、詠山水、兼述佛理者

《文心雕龍・明詩篇》云：「人稟七情，應物斯感，感物吟志，莫非自然。」又云：「宋初文詠，體有因革；莊老告退，而山水方滋。……情必極貌以寫物，辭必窮力而追新，此近世之所競也。」。〔註 36〕據洪順隆先生所云，〔註 37〕劉勰所說的「物」是指「山水」、「風景」中的「個體」，也即〈物色篇〉所說的草木，它是代表自然界個別的物，它和「山水」、「風景」不同的是：一個是限於點，一個是由許多個體形成的面。故洪順隆先生對「詠物詩」的定義，「一篇之中，主旨是吟詠物的個體（包括自然界與人造的），也即作者因感於物，而力求工切地『體物』、『狀物』、以『窮物之情』、『盡物之態』，且出之以詩體的。」〔註 38〕

〔註 34〕見《三藏法數》，無錫丁氏藏板，頁 290。
〔註 35〕見附表二。
〔註 36〕引自劉勰《文心雕龍・明詩篇》。
〔註 37〕洪順隆《六朝詩論》文津出版社印行，頁 6。
〔註 38〕同註 36。頁 7〈六朝詠物詩研究〉。

明白「詠物詩」的定義，以之檢視僧侶的詩作，則大部份是屬於這類一類的。他們藉著詠山、詠水、或詠孤石，抒發自己的人生觀。

迴石直生空，平湖四望通。岩根恆灑浪，樹杪鎮搖風。
偃流還漬影，浸露更上紅。獨拔群峰外，孤秀白雲中。（高麗定法師〈詠孤石〉）〔註39〕

這是一首融情入景的詠物詩。詩中所詠湖中孤石孤高獨拔，直入天際，境界寬廣。雖有風浪於下激其岩根，但是它日復一日依然巍峨屹立，堅定不移，它超出於群峰之外，孤秀於白雲之間。這一幅畫面不僅生動地呈現湖中孤石超凡脫俗的形象，而且作者清高、一塵不染的情懷，也盡寓於其中。

長川落日照，深浦漾清風。弱柳垂江翠，新蓮夾岸紅。
船行疑泛迥，目映似沉空。願逐琴高戲，乘魚入浪中。（釋惠標〈詠水詩之三〉）〔註40〕

這首詠水詩由寫景入手，後引發遐想，抒發高潔之志。詩的開始，作者輕描淡寫，描繪出一幅夏日傍晚水濱的夕照圖，「弱柳垂江翠，新蓮夾岸紅。」，色彩鮮明，接著把視野拓展出去，川流中，舟楫泛航，漸行漸遠，極目遠望，似已沉入水天相接的茫茫的虛空中。於此作者抒發其心中之志，願追波逐浪，在琴音般的水聲中高蹈逸樂，化作浪中之魚，滌盡凡塵，逍遙自在。這首詩描繪景色，抒發志向，語言清新，不事雕琢。

上面兩首詩，是典型的詠物詩，還有釋惠標的〈詠山詩〉三首，〈詠孤石〉、〈贈陳寶應〉，作品之中以詠物的成份居多，抒情說理的成份較少。

靈山蘊麗名，秀出寫蓬瀛。香罏帶煙上，紫蓋入霞生。
霧捲蓮峰出，巖開石鏡明。定知丘壑裏，併佇白雲情。（釋惠標〈詠山詩之一〉）

中原一孤石，地理不知年，根含彭澤浪，頂入香爐煙。
崖成二鳥翼，峰作一芙蓮。何時發東武，今來鎮蠡川。（釋惠標〈詠孤石〉）

釋惠標這二首共同的特色——皆是以「詠物」爲主，一是詠山之秀麗，一是詠孤石的外觀，抒發作者情懷意味的幾乎沒有。作者雖是僧侶，但未染佛教色彩，純粹是寫景之作。〈詠山詩〉共八句，將山的秀麗描寫的栩栩如生，作

〔註39〕《初學記》五。《文苑英華》一百六十一卷。《詩紀》百七。
〔註40〕《初學記》六作〈祖孫登蓮調詩〉。《文苑英華》百六十三，《詩紀》百七。

者用「秀山」、「帶煙上」、「入霞生」、「蓮峰出」等動態的描寫，彷彿山水、雲霧亦有情。尤其是「霧捲蓮峰出，巖開石鏡明」這二句，生動之情景躍然紙上，這首〈詠山詩〉可謂是一篇山水詩佳作。

　　丹陽松葉少，白水黍苗多。浸淫下客淚，哀怨動民歌。

　　春溪度短葛，秋浦沒長莎。麋鹿自騰倚，車騎絕經過。

　　蕭條四野望，惆悵將如何。（曇瑗〈遊故苑詩〉）〔註41〕

此詩見於《續高僧傳》，詩前有引言曰：「瑗每上鍾阜諸寺，修造道賢。觸興賦詩，覽物懷古。洪偃法師傲泉寄石，偏見朋從，把臂郊坰，同遊故苑，瑗題樹爲詩。」〔註42〕

曇瑗和洪偃均爲陳朝的高僧，他們同遊鍾山諸寺及郊外故苑，釋洪偃先作〈遊故苑詩〉〔註43〕，遍示朋從，曇瑗和之，題詩樹上。瑗觸景生情，覽物懷古，抒發故國黍離之悲。

這是一首寫景抒情之作，詩的前四句爲一段，前兩句寫景，後兩句言情，而在「松葉少」、「黍苗多」之中隱含著故國黍離之悲。後面六句爲一段，前四句寫景，後兩句抒懷，前四句未言蕭條而蕭條景象畢呈，是景中有情的。「蕭條四野望，惆悵將如何！」則表現出無限的哀傷之情。

此詩講究對偶，且有對仗工整的句子，已可略見格律詩的跡象。

僧侶的詩歌作品，數量雖然不多，但大致而言，作品的內容和意境仍可稱爲佳作，不致流於粗鄙，只是眞正援引佛理入詩者，則少之又少，與文人的作品相比較，數量是非常少的。

第二節　與佛教有關的文人詩歌作品

佛教自東漢傳入中土，至兩晉時化，是佛教在中國流傳並且逐漸中國化的時期。此時在文壇上，佛教教義與信仰被文人接受與宣揚，作爲文人接受佛教的契機，是魏晉玄學的興起與流行。玄學是儒學的老莊化，其理論與人生觀，和佛教般若學頗有相契合之處。〔註44〕誠如道安〈鼻奈耶序〉云：

〔註41〕見《續高僧傳・曇瑗傳》。《詩紀》一百零七卷。

〔註42〕《續高僧傳》卷二十一，〈曇瑗傳〉。

〔註43〕釋洪偃〈遊故苑詩〉，見於《續高僧傳》卷二十一，〈曇瑗傳〉。

〔註44〕般若的重要觀念，是「空」、「法身」、「眞如」，此與老莊玄學所謂「道」、「本無」，均是指本體，故常相互牽引附和。

> 經流秦地，有自來矣。隨天竺沙門所持來經，遇而便出，於十二部，毗日羅部最多。以斯邦人老莊教行，與方等經兼相忘似，故因風易行也。〔註45〕

東晉以後，由於佛教興盛，文人的文學作品開始沾染佛教色彩，詩歌之中摻入佛理或佛教用語，於是產生佛教玄言詩。

孫綽〈遊天臺山賦〉云：「太虛遼闊而無閡，運自然之妙有」，此中「太虛」、「自然」、「妙有」即是佛道之言，與描述山水景色相融合，此超世之神韻頗能提升人的境界。賦中亦言：「釋域中之常戀，暢超然之高情。」此言「高情」，實是宣揚佛家主張的彼岸，較道家所言「方外」，其境界是更高一層。

〈遊天臺山賦〉將遊仙與佛理結合，由於當時佛學受玄學影響很大，故佛、道玄言交互運用。但由於孫綽信佛，其精神與佛家是相契合的，如：

> 肆覲天宗，爰集通仙。挹以玄玉之膏，㵾以華池之泉，散以象外之說，暢以無生之篇。悟遣有之不盡，覺涉無之有間；泯色空以合跡，忽即有而得玄；釋二名之同出，消一無於三幡。恣語樂以終日，等寂寞於不言。渾萬象以冥觀，兀同體於自然。〔註46〕

當時佛學多借助於老莊玄言，僧徒多精通老莊思想，所謂「象外」、「無生」、「遣有」、「涉無」、「色空」、「即有」等等，可以看出是老莊玄言和般若思想的語言。事實上，像這樣的用語，運用於文學創作之中，是東晉以後文學發展的趨勢。

《文心雕龍．明詩篇》云：

> 宋初文咏，體有因革，莊老告退，而山水方滋。儷采百字之偶，爭價一時之奇；情必極貌以寫物，辭必窮力而追新。〔註47〕

這是敘述山水詩在南朝代玄言詩而興起，兼對山水詩作評價，謂謝靈運等人所寫的山水詩，其重雕琢，重刻劃景物，辭采也求標新。所謂「莊老告退，而山水方滋。」，並非是玄言完全為山水詩所取代，而應當是由玄言詩過度到山水詩，或者說山水詩由玄言詩脫穎而出，山水與玄言非截然分開的。

由南朝詩歌作品可以窺見，藉景抒情，寓佛理於山水景色中者，比比皆

〔註45〕「毗日羅」，即是方等，即指大乘經典。魏晉時期，般若類經典大量釋出，道安文中所指即此。「老莊教行」，即指玄學。

〔註46〕孫綽〈游天台山賦〉。

〔註47〕劉勰《文心雕龍．明詩篇》。

是，試觀謝靈運等人的山水詩，擺脫遊仙、說理的附庸陪襯地位，而使得山水風景正式成爲詩的獨立題材。

今擬就南朝與佛教有關的文人詩歌作品作一研究，就詩歌的內容、主題來區分，大致可分二大類，一是主題是純粹闡述佛理者，二是主題與佛寺、僧人有關，而兼述佛理者。此二大類作品，主要是根據《廣弘明集》，和逯欽立輯校《先秦漢魏晉南北朝詩》所蒐羅的作品來分類，詳見附表三和凡例。茲分述如下：

一、主題純粹闡述佛理

這一類以純粹闡述佛理爲主的詩歌，文詞率多樸實未染當時華美的風氣，蓋此類篇章多藉以闡述佛理，非爲抒發性情，故以義境勝，而不以翰藻爭美也。

宋謝靈運作〈和范光祿祇洹像讚三首〉、〈維摩詰經中十譬贊〉八首、〈臨終詩〉，無論文章技巧、字句的鍛鍊與風格，皆可謂上乘之作，亦可以見謝靈運在佛學上的造詣相當高，如〈和范光祿祇洹像讚〉：〔註48〕

惟此大覺，因心則靈。垢盡智照，數極慧明。
三達非我，一援群生。理阻心行，道絕形聲。(〈佛讚〉)
若人仰宗，發性遺慮。以定養慧，和理斯附。
爰初四等，終然十住。涉求至矣，在外皆去。(〈菩薩讚〉)
厭苦情多，兼物志少。如彼化城，權可得寶。
誘以涅槃，救爾生死。肇元三車，翻乘一道。(〈聲聞緣覺合讚〉)

這篇完全是明佛的文字，對於佛、菩薩、二乘人（即聲聞緣覺）的境界，以及其修證非常通徹明白，從其所引的「大覺」〔註49〕、「智照」〔註50〕、「定慧」〔註51〕、「十住」〔註52〕、「化城」〔註53〕、「涅槃」〔註54〕、「生死」

〔註48〕道宣《廣弘明集》卷十六。
〔註49〕大覺，指佛之覺悟也。即自覺覺他皆圓滿。
〔註50〕智照，智即實智，照即照了，即智與理合。
〔註51〕定慧即止觀也。定則攝心不散，止諸妄念；慧則照了諸法，破諸邪見。
〔註52〕十住，出於《楞嚴經》，謂菩薩約位進修，以妙覺爲本，此覺由信而入，入則能住，故自發心住至灌頂位，通爲十種也。十住：發心住、治地住、修行住、生貴住、方便具足住、正心住、不退住、童眞住、法王子住、灌頂住。
〔註53〕化城，無而倏有名化，防非禦敵名城，以喻小乘涅槃，能防見思之非，而禦生死之敵也。

〔註55〕、「三車」〔註56〕等佛典中，和其中所闡述的道理，可以看出謝靈運的佛學造詣。

再如〈維摩詰經中十譬讚八首〉聚沫泡合、燄、芭蕉、幻、夢、影響合、浮雲、電，〔註57〕這八首詩，也都是以闡述佛理爲主，對於佛經中的譬喻，必有深刻的體會與認識，方有這樣的作品的產生。以〈夢〉爲例：

覺謂寢無知，寐中非無見。意狀盈眼前，好惡迭萬變。既悟眇已往，惜爲浮物戀。孰視娑婆〔註58〕盡，寧當非赤縣。

此詩謂人於夢中，本無實事，但卻執妄爲實，當醒覺之後方知夢境是虛妄。其實一切諸法與煩惱皆是虛妄不實的，只是眾生不明白，執之爲實，譬如做夢般，是「夢裡明明有六趣，覺得空空無大千。」，如「夢」這樣的譬喻，在佛經中是常見的。

王融，是齊竟陵文宣王蕭子良的八友之一。他留下不少蘊含佛理的詩，如〈法樂辭〉十二章、〈淨行頌〉十首。如：

明心弘十力，寂慮安四禪。青禽承逸軌，文驪鏡重川。
鷲巖標遠勝，鹿野究清玄。不有希世賢，何以導濛泉。(〈法樂辭〉之七)

這首詩是歌頌佛陀的，此詩中所引「十力」、「四禪」、「鷲巖」、「鹿野」等，這些都是佛經中常見的詞彙。如「十力」是指佛所具有的十種智力；「鷲巖」即是靈鷲山，是佛常居住之地；「鹿野」則是佛三轉法輪之地。此詩是讚嘆釋迦牟尼佛成道之後，在鹿野苑與靈鷲山宣揚佛法的事。〈法樂辭〉將釋迦牟尼佛的一生分成十二個階段，即本起、靈瑞、下生、在宮、四遊、出國、得道、雙樹、賢眾、學徒、供具、福應。這與釋迦佛示生人間，「八相成道」是相契

〔註54〕涅槃，華言滅度，謂諸眾生厭生死苦，修習梵行，斷諸煩惱，證大涅槃，達煩惱之惑。

〔註55〕生死，一切眾生惑業所招，生者死，死者生也。《楞嚴經》曰：「生死死生，生生死死，如旋大輪。」

〔註56〕三車，出自《法華經》。車即運載之義，喻三乘之人，各以所乘之法，運出三界而至涅槃也。(三乘即聲聞、緣覺、菩薩。三界即欲界、色界、無色界。)，三車，即羊車、鹿車、牛車分別喻三乘人。

〔註57〕大乘以十喻來說「空」，即幻、焰、水中月、如虛空、如響、如乾城、夢、鏡中像、如化等。而此八首詩，亦是以闡述「空」的道理爲主。

〔註58〕娑婆，華言能忍，謂此土之人，堪能忍受眾苦也。此娑婆即指娑婆世界，即穢土也。(此上註49至註58係參考丁福保編《佛學大辭典》)。

合的。〔註59〕《敦煌歌辭總編》裡，有《聖教十二時》（佛本行讚）和〈法樂辭〉的敘述手法、分段皆類似，他們之間可能有關連性。

南朝佛教至梁武帝時達到極盛。武帝蕭衍早受佛教薰陶，儒、釋、道皆通達，善於文學，精通音律，是南朝貴族文化的典型代表人物，他是宗教的實踐家，對修建塔寺，講經弘法，皆熱心參與，並親自參與譯經的工作。當時的佛教如此發達，受到他以帝王身分提倡的直接影響。蕭衍的佛理詩，今存八首〔註60〕，對於佛理的闡述頗爲深刻。如：

靈海自已極，滄流去無邊。蜃蛤生異氣，闥婆鬱中天。青城接丹霄，金樓帶紫煙。皆從望見起，非是物理然。因彼凡俗喻，此中玄又玄。

（〈十喻詩、乾闥婆詩〉）

在佛法中「十喻」指的是如幻、如燄、如水中月、如虛空、如響、如乾闥婆、如夢、如影、如鏡中像、如化。〔註61〕這裡舉出「乾闥婆詩」，乾闥婆，即指的乾闥婆城，在日初昇之時，可見城門樓櫓宮殿，待日高則會漸漸散滅，但可眼見，而非實有，這相當於中國的「海市蜃樓」，所謂「朝起海州，遠視似有樓櫓人物，而無其實。」。就佛法觀點而言，一切諸法皆是虛妄不實的，如《金剛經》云：「一切有爲法，如夢幻泡影，如露亦如電，應作如是觀。」，〈十喻詩〉五首所闡述的道理皆是相同的。

物情異所異，世心同所同。狀如薪遇火，亦似草行風。迷惑三界裡，顛倒六趣中。五愛性洞遠，十相法靈沖。皆從妄所妄，無非空對空。

（〈十喻詩，靈空詩〉）

這首〈靈空詩〉其意旨即是闡述「空」的道理，作者將「空」的形狀比喻成薪遇到火，或如風吹草動一般，是無法捕捉它的形相的，個人認爲薪遇火仍有色可見，亦有聲可聞，所謂「空」應該是如《般若心經》云：「無眼耳鼻舌身意，無色聲香味觸法……乃至無老死，亦無老死盡。」這首詩中，提到眾生所以會在三界六道中迷惑顛倒，皆由虛妄而起，唯以「空」對待一切，才能眞正解脫。

和梁武帝〈十喻詩〉所闡述的道理相似的，是梁簡文帝的〈十空詩〉六

〔註59〕八相成道，即升兜率天、托胎、降生、出家、降魔、成道、轉法輪、入涅槃，共八相。

〔註60〕見附表三。

〔註61〕此即〈大乘十喻〉，藉以說明「空」之道理。

首——如幻、如響、如夢、如影、鏡像、水月。其實〈十空〉即是〈十喻〉，都是在說明萬法皆空的道理。如：

精金宛成器，懸鏡在高堂。後挂七龍綱，前發四珠光。

迴望疑垂月，傍瞻譬壁璫。仁壽含萬類，淮南辯四鄉。終歸一無有，何關至道場。(〈十空詩、鏡象〉)

鏡中之象，非鏡所作，亦非顏面所作，也非鏡與面和合而作，雖然非實有，卻可見鏡象，若不加以明察分別，易執之爲實而生起分別心。其實一切諸法，亦如鏡像，是沒有實體的，只是因緣和合而生，如詩中所云：「終歸一無有，何關至道場。」的意思。詩的前八句都是以描述鏡子的材質、形狀、外形等爲主，即使它可以包含萬物，但仍然是「終歸一無有」，此詩充分掌握「空」的主題，是典型的佛理詩。

第一賦韻

伏枕愛危光，痾纏生易折，無因雪岸草，慮反　山穴。

涓渴賸腸府，疼寒嬰肢節。如何促齡內，憂苦無暫缺。(〈東城門病〉)

虛蕉誠易犯，危城復將嚙。一隨柯已微，當年信長訣。

已同白駒去，復類紅花熱。妍容一旦罷，孤燈行自設。(〈南城門老〉)

綏心雖殊用，滅景寧優劣。一隨業風盡，終歸虛妄設。

五陰誠爲假，六趣寧有截。零落竟同歸，憂思空相結。(〈西城門死〉)

俗幻生影空，憂繞心塵曀。於兹排四纏，去矣求三涅。

下學輩留心，方從窮冥別。已悲境相空，復作泡雲滅。(〈北城門沙門〉)

類似〈十空詩〉、〈十喻詩〉這種「組詩」形式，以好幾首詩來闡述佛理者，是庾肩吾的〈八關齋夜賦四城門〉共十六首，他是以釋迦佛仍是太子時，出東、西、南、北城門，分別碰見老、病、死、沙門，深深地感到人生的苦，而興起出世的念頭，〔註62〕以此事而作。共作四篇，每篇分爲〈東城門病〉、〈南城門老〉、〈西城門死〉、〈北城門沙門〉，共十六首。此詩在《廣弘明集》中，〔註63〕作者除了庾肩吾外，還有簡文帝、徐防、孔燾、諸葛鍕、王臺卿、

〔註62〕此即八相成道的「出家相」，詳細的故事可參照馬鳴《佛所行讚．厭患品》第三。

〔註63〕庾肩吾此詩，《廣弘明集》中作者共八位，但逯欽立集中只列出庾肩吾一人所作。

李鏡遠等。在每一賦中，此七人各作一首，此類似唱和的形式，主題則不外闡述佛理爲主。

老、病、苦皆是人生「八苦」之一，佛陀教導我們要「以苦爲師」，「觀受是苦」，也就是要觀察自己或別人的衰老、貧病等，是相當令人憂悲苦惱的，知道老、病、死是「憂苦無暫缺」，則要求了脫，此時就必須藉助佛法的覺悟之道，「沙門」代表的就是覺悟的智者。〈八關齋夜賦四城門〉，其主題皆圍繞老、病、死、沙門，來發揮「苦空」、「無常」、「無我」的道理，以及對人生衰老、病疾、死亡等的無奈。但是由於作品是許多位作者一起作的，故作品風格不是很一致，且闡述佛理也不夠深入，這大概和作者佛學素養有關。

江總是陳後主時有名的權臣和狎客。《陳書．江總傳》載：「後主之世，當世權宰，不持政務，但日與後主游宴後庭，……當時謂之狎客，由是國政日頽，綱紀不立。」〔註64〕但是江總於晚年的自序中卻提到：「弱歲歸心釋教，年二十餘入鍾山，就靈曜寺則法師受菩薩戒。暮齒官陳，與攝山布上人遊款，深悟苦空，更復練戒。」〔註65〕他一方面是狎客，另一方面又歸心佛法，闡述佛理，頗令人疑惑。錢鍾書先生於《管錐篇》提到：「將誰欺乎！正恐其所奉佛法未必印可爲直心道場也。」〔註66〕

暫且不論江總的人品，單就其詩來看，他也寫了不少與佛理有關的詩（詳見附表三），今舉一例：

> 可否同一貫，生死亦一條。況斯滅盡者，豈是俗中要。
> 人道離群愴，冥期出世遙。留連入澗曲，宿昔涉巖椒。
> 石溜冰便斷，松霜日自銷。自崖雲霴䨴，出谷霧飄飄。
> 勿言無大隱，歸來即市朝。（〈營涅槃懺〉）〔註67〕

此詩序云：「禎明二年仲冬，攝山棲霞寺布法師，只爾待終，余以此月十七日宿昔入山，仰爲師氏營涅槃懺，還途有此作。」這首詩是江總參加完涅槃法會，回程中寫下的，抒發他對人生的慨嘆，含有濃郁的玄言詩的味道，也是頗具出世的思想，這和豔情之作是迥然不同的。

與江總同時代的詩人徐孝克，在《廣弘明集》卷四十，亦有二首詩與〈營

〔註64〕《陳書》卷二十七〈江總傳〉。
〔註65〕同上。
〔註66〕見《管錐篇》頁270。
〔註67〕江總此詩，逯欽立《先秦漢魏晉南北朝詩》中，題作〈營涅槃懺還塗作詩〉，《廣弘明集》作〈營涅槃懺〉。

涅槃懺〉風格近似的作品，如：

戒壇青石路，靈相紫金峰，影盡皈依鴿，餐迎守護龍。

晨朝宣寶偈，寒夜斂疎鐘。雞蘭靜含握，仁智獨從容。

五禪清慮表，七覺蕩心封？願言於此處，攜手屢相逢。(〈仰同令君攝山棲霞寺山房夜竺六韻詩〉)

這首詩的背景是棲霞寺，首二句即是寫景，中間六句則點出時間，以及景物變化，末四句則是說理。「七覺」是指擇法、精進、喜、除、捨、定、念，「覺」就是了所修的法是眞實或是虛假，這大種法，各有分歧支派，是不相雜亂的，「七覺」是可蕩滌我們內心的執情，故云：「七覺蕩心封」。而「禪」即是禪定，可以澄清思慮，其意義和七覺是相同的。

文人詩作中，純粹闡述佛理者，約有一百首左右（詳細的作者和篇名見附表三）。這樣的作品數量，遠遠超過兩晉時代的文學作品，在第三章中曾經提到，南朝的佛教流傳廣遠，文人和佛教關係日益密切，和君王的提倡佛教，以及佛經翻譯事業的興盛，有極大的關係。或許是這樣的環境，促使文人引佛理入詩。

二、主題與佛寺、僧人有關，兼論佛理者

這一類主題與佛寺、僧人有關的作品，由作品的題目即可以明顯地看出，如謝靈運的〈登石室飯僧詩〉、〈石壁立招提精舍詩〉，梁武帝的〈遊鍾山大愛敬寺詩〉，江總的〈入攝山棲霞寺詩〉、〈遊攝山棲霞寺詩〉、陰鏗〈開善寺詩〉、張君祖〈贈沙門竺法頵〉等。〔註 68〕這類作品的題目或者與佛寺有關，或者與僧人有關，而且兼論佛理，這樣的題材，是南朝以前罕見的，檢視《弘明集》、《廣弘明集》、《先秦漢魏晉南北朝詩》等書中所收錄的作品，僅張翼〈答庾僧淵詩〉、〈贈沙門竺法頵〉〔註 69〕、習鑿齒〈嘲道安詩〉、劉程之〈奉和慧遠遊廬山詩〉、王喬之〈奉和慧遠遊廬山詩〉、張野〈奉和慧遠遊廬山詩〉，共六首而已〔註 70〕，數量是極少的。

〔註 68〕詳見附表二。

〔註 69〕張君祖〈贈沙門竺法頵三首〉，逯欽立集，是收錄於晉詩卷十二。《廣弘明集》則收於陳朝。據逯欽立案，「世說新語，康僧淵與殷浩相善，則二人爲同時人，故互有贈答之作。卮林解馮謂二人詩應列晉代是也。今改入晉編，並略誌於此。」

〔註 70〕以上六首作品，見逯欽立《先秦漢魏晉南北朝詩》，晉詩卷十二。

謝靈運的詩歌是這類作品中，極佳之作，如：

昏旦變氣候，山水含清暉。清暉能娛人，遊子憺忘歸。
出谷日尚早，入舟陽已微。林壑斂暝色，雲霞收夕霏。
芰荷迭映蔚，蒲稗相因依。披拂趨南徑，愉悅偃東扉。
慮澹物自輕，意愜理無違。寄言攝生客，試用此道推。
（〈石壁精舍還湖中作〉）

石壁精舍是謝靈運的故鄉始寧縣（即今浙江上虞縣），始寧別墅附近的一座佛寺，是作者常遊之所。「湖」指的是巫湖，謝靈運自南山居處前往北山石壁精舍，必經巫湖。這首詩是謝靈運辭去永嘉太守的官職，回到始寧縣莊園，徜徉於故鄉山水時的作品。

全詩以「還」爲線索，漸次地鋪敘了一天的行跡，以及傍晚歸來時的情景。開頭四句總結性的說出遊玩一天之後的體會，他覺得石壁的山水林泉，無論清晨還是黃昏，都各呈清妍的情態，令人憺然忘歸。而「遊子憺忘歸」句又引出下文「出谷日尚早，入舟陽已微」，點出出谷與登舟的時間，這二句暗扣詩題「還湖中」，故而下面「林壑」四句，細緻地描寫了泛舟湖上的遠近景色。接著「披拂趨南徑，愉悅偃東扉」二句，寫舍舟登岸，高臥於東窗之下。最後四句，就此遊抒發心中所體會到的理趣：認爲一個人只要思想澹泊，外物自輕，心平氣和，心中知足，才能覺得物理不違於己，這才合於養生之道，此「攝生客」，指善養生的人。這首詩寫遊賞湖光山色的愉悅，以及所體悟到的佛理，其中「慮澹物自輕」即是佛家明心見性，去除物累以求心地空明的修行之道。

謝靈運的另外兩首詩，〈石壁立招提精舍詩〉和〈登石室飯僧詩〉，亦是先描寫山水景物，然後在後四句才闡述佛理，如〈登石室飯僧詩〉，最後四句「望嶺眷靈鷲，延心念淨土。若乘四等觀，永拔三界苦。」純粹就是闡述佛理，且運用「靈鷲」、「淨土」、「三界苦」這些佛典於詩中。謝靈運曾參與修訂《涅槃經》，使南本《涅槃經》文字優美。皎然〈秋日遙和廬使君游何山寺宿炟上人論涅槃經義〉云：「翻譯推南本，何人繼謝公」，可見僧人對其所修訂的南本《涅槃經》之推崇。

這裡有一個問題值得深思，何以徜徉於山水中會引出佛理呢？這點或許可以從謝靈運個人的際遇和佛學造詣來解釋。白居易〈讀謝靈運詩〉曾云：「謝公才廓落，與世不相遇，壯士都不用，須有所洩處。洩爲山水詩，逸韻諧奇趣。」。

〔註 71〕謝靈運生當晉宋之際，世代爲晉之貴臣，他不滿意宋之代晉。他不願意和劉宋合作，並試圖跳出政治的旋渦，故傾向佛家之超脫世俗，寄情於山水之間，創作大量山水詩。

明末清初的王夫之曾評謝靈運詩云：「言情則往來動止，縹緲有無之中，得靈感而執之有象；取景則于擊目經心，絲分縷合之際，貌固有而言之不欺。而且情不虛情，情皆可景；景非滯情，景總含情。神理流於兩間，天地供其一目。」〔註 72〕這段話深刻的評出謝詩的妙處，謝詩不僅以情寫景，景中亦生動地表現情，情皆可景，景總含情，這是他成就所在。而「神理流於兩間，天地供其一目」，可以認爲是由於深入佛理，而顯現出眼界開闊，規模宏偉。老莊雖然提倡遁隱，但仍未離塵世和人間，而佛法則是永離塵世，度至彼岸的，謝靈運贊成竺道生的頓悟成佛說，〔註 73〕可見他的心靈是嚮往佛域的。其山水詩往往滲入宗教感情，在自然風光的生動描寫中流露出世意識。

梁代佛法非常興盛，朝廷之中君王亦多信佛，而且也留下一些作品，如梁武帝〈游鍾山大愛敬寺詩〉，昭明太子蕭統作〈和武帝遊鍾山大愛敬寺詩〉，類似這樣的和詩，還有二首，作者是簡文帝，作品分別是〈往虎窟山寺詩〉，據《廣弘明集》卷四十所輯錄，和詩共有五首，分別是王冏、陸罩、孔燾、王台卿、鮑至所作。另一首和詩是〈望同泰寺浮圖詩〉，奉和者有王訓、王台卿、庾信。試舉一例：

遙看官佛圖，帶壁復垂珠。燭銀踰漢女，寶鐸邁昆吾。

日起光芒散，風吟宮徵珠。露落盤恒滿，桐生鳳引雛。

飛幡雜晚虹，畫鳥押晨鳧。梵世陵空下，應眞蔽景趨。

帝馬咸千轡，天衣盡六銖。意樂開長表，多寶現金軀。

能令苦海渡，復使慢山踰。願能同四忍，長當出九居。（梁簡文帝〈望同泰寺浮圖詩〉）

這裡「浮圖」指的就是塔寺。作者由遠至近的描寫塔寺的外觀景色，以及作者望同泰寺浮圖之後心裏的感受。這首詩已有駢儷用典的形式主義傾向，在描寫塔寺的外貌，即用十句詞句，且盡力地刻劃，後半首則偏重說理並且讚

〔註 71〕白居易《白氏長慶集》卷七。

〔註 72〕王夫之《古詩評選》卷五。

〔註 73〕謝靈運曾著《與諸道人辯宗論》（《廣弘明集》卷十八）。此即宣揚道生的頓悟成佛說。其中折衷、孔、釋之言以論證頓悟成佛。

嘆佛陀的殊勝。雖然運用佛教用語處不多，但由「意樂開長表，多寶現軀，能令苦海渡，復使慢山踰。願能同四忍，長當出九居。」可看出簡文帝對佛教的皈依。其他三首〈奉同望同泰寺浮圖詩〉，皆偏於寫景色，較少說理和讚佛的成份，藝術成就不及簡文帝，在內容方面也以簡文帝較佳。

文學上以作宮體詩著名，但同時也好佛的江總，弱年即寄心佛理之中。他也寫了些，佛教題材的詩，如〈靜臥棲霞寺房望徐祭酒〉：

絕俗俗無侶，修心心自齋。連崖夕氣合，虛宇宿云霾。
臥藤接户新，崎石久成階。樹聲非有意，禽戲似忘懷。
故人市朝狎，心期林壑乖。唯憐對芳杜，可以爲吾儕。

「絕俗俗無侶，修心心自齋」這二句，作者所要抒發的就是一種絕俗、寄意林壑的情懷，亦是詩的主旨。詩人靜臥禪室，絕俗無侶，就是爲了進入悟道集虛的心齋境界。中間六句，是其以修心的內在情懷，來觀外在景物的描述。後四句則抒情明志，由此詩未能明顯地看出佛教色彩，也未明顯引用佛典。另外，〈遊攝山棲霞寺詩〉等，雖引佛典，但牽合、雕琢，不似謝靈運詩之清新自然。

陳代頗有名的詩人陰鏗，擅長寫景，頗爲杜甫所推崇，曾云：「頗學陰何苦用心」〔註74〕，可以略知陰鏗在作詩藝術上的造詣，他曾作〈開善寺詩〉：

鷲嶺春光遍，王城野望通。登臨情不極，蕭散趣無窮。
鶯隨入户樹，花逐下山風。棟裏歸雲白，窗外落暉紅。
古石何年臥，枯樹幾春空。淹留惜未及，幽桂在芳叢。

這首詩題作〈開善寺〉，然而描寫的卻是鍾山的景色。開善寺在南京城郊外鍾山之上，梁武帝十四年所建，梁武帝非常崇佛，當時鍾山佛寺眾多，而以開善寺景色最優美。

「鷲嶺」，即是釋迦牟尼佛講經的靈鷲山，佛家視之爲聖地。當時鍾山佛寺很多，此處以鷲嶺喻作鍾山，至於王城則指京城建康。此詩是作者站在鍾山之頂，俯視京城，所見之景，前八句以寫景爲主，「古石何年臥」二句則回到題目上，開善寺東有古石，曰「定心石」，高僧寶志自幼在鍾山出家，死後又葬於鍾山，故「古石何年臥」二句，引發人產生歷史感，把人的情感融於詩中。

像陰鏗〈開善寺詩〉這一類的作品，以描述山水景物兼以抒情論理的，

〔註74〕杜甫〈解悶十二首〉之七。陰指陰鏗，何指何遜。

在南朝有不少這樣的作品，題目雖與佛寺、僧人有關係，但內容則未必完全是闡述佛理的。這類作品何以在南朝特別多呢？推究原因和南朝帝王信佛，且大量地興建佛寺是有直接關係的，佛寺一般都見於山林之中，文人遊幸其中，自然的就反映於作品之中，這是南朝以前未曾有的現象。

第六章　漢譯偈頌與南朝的詩歌

第一節　漢譯偈頌之內容

一、偈頌的特色

中國傳統的詩歌多是以抒情之作爲主，且是言志的，如《詩經・關雎序》云：〔註1〕

詩者志之所之也，在心爲志，發言爲詩，情動於中而形於言。

對於詩歌和佛教這二者，似乎很難聯想在一起。但是，在讀誦佛典時，卻可以看到許多經文是以詩的形式寫成，如《妙法蓮華經》：「……眞觀清淨觀，廣大智慧觀，悲觀及慈觀，常願常瞻仰。無垢清淨光，慧日破諸暗，能伏災風火，普明照世間……」〔註2〕以五言爲主，文字亦流暢優美，只是其文句長達一百零四句，且未押韻。

在佛典「十二分教」中，有二部份是韻文，即「伽陀」和「祇夜」：〔註3〕

1. 伽陀，又名「孤起頌」，華言「諷頌」，是宣揚佛理獨立的韻文，如陳眞諦譯《寶行王正論》，共二千零六十句，皆是五言的句子，沒有長行經文。〔註4〕

〔註1〕《詩經》，十三經注疏本，藝文印書館印行。

〔註2〕《妙法蓮華經・觀世音菩薩普門品》，姚秦旭摩羅什譯。

〔註3〕參《三藏法數》，丁福保編，慈慧山莊，三慧學處印行。

〔註4〕《大藏經》二十二套第五冊。日本藏經院校訂訓點本。長行，謂經文中，直接宣說法相，而不限定字句之文句。以文句之行數長故，是對於偈頌之稱，

2. 祇夜，又名「重頌」，華言「應頌」，或云「偈」，應前長行之文，重宣其義也，即在韻散結合的經文中重宣長行文的內容，如《觀世菩薩普門品》。〔註5〕

「祇夜」和「伽陀」二者在漢譯時統稱「偈頌」。

《鳩摩羅什傳》載：〔註6〕

> 天竺國俗，甚重文制，其宮商體韻，以入弦爲善，凡覲國王，必有贊德。見佛之儀，以歌嘆爲貴。經中偈頌，皆其式也。

可知古時天竺，即是以詩歌這樣的形式歌詠讚嘆，而此「詩歌」指的就是偈頌。在讀誦經典時發現，不只三藏中的經藏大量運用偈頌，律藏如《菩薩善戒經》〔註7〕、《優婆塞五戒威儀經》，〔註8〕論藏如陳眞譯所譯《遺教經論》、《寶行五正論》，〔註9〕皆有偈頌。

何以偈頌會如此普遍運用在佛經中？

《大智度論》卷十三云：〔註10〕

> 菩薩欲淨佛土，故求好音聲。欲使國土中眾生聞好音聲，其心柔軟。心柔軟，故受化易。是故以音聲因緣供養佛。

佛說法的目的是令眾生離苦得樂，而佛法的弘傳，無非是希望眾生得益，受持佛法。宣傳教義用韻文的形成，除了易於讀誦外，且其音聲也較悠揚，易收攝人心，令眾生較容易接受佛法，故三藏中多運用偈頌的形式。

在討論偈頌和我國傳統歌的差異這個主題之前，必須先界定偈頌的時代，在《大藏經》中，〔註11〕三藏十二部浩如煙海，若想閱覽一遍，非吾輩能力可爲，且翻譯佛典的時代，自東漢至唐，經一、二千年之久，非此文可以詳論，故本文所舉偈頌，以宋、齊、梁、陳四代所譯經典爲主，包含經、律、論三藏，約一百三十部，茲以表列之，詳見附錄五。

二、偈頌與詩歌的異同

是十二分教之中的「修多羅」。

〔註5〕同註2。

〔註6〕梁慧皎《高僧傳》卷二。

〔註7〕見附表五。

〔註8〕見附表五。

〔註9〕見附表五。

〔註10〕《大智度論》龍樹菩薩造，姚秦鳩摩羅什譯。

〔註11〕此特指日本《大藏經》，明治三十八年日本藏經院校訂訓點本。

偈頌雖然是韻文，形式和中國的詩歌類似，或四言、五言、六言或七言等，但仔細探究偈頌和傳統詩歌二者，其差異實多，就內容、句法、長度，皆有明顯地差別，今就南朝詩歌和南朝偈頌二者之間而言，可略舉幾點：

1. 就長度而言

傳統詩歌多是短篇，四句、八句、十六句為多，就南朝來看，罕見長篇之作。而「偈頌」，四句、八句等短篇雖常見，但一、二百句，乃至二千多句者亦有之，就南朝所譯偈頌來看，一、二百句者如《大般涅槃經・長壽品》〔註 12〕、《菩薩念佛三昧經》〔註 13〕，至於《央掘魔羅經》〔註 14〕有偈頌長達一千一百一十二句，更有長達二千零六十句的《寶行王正論》。〔註 15〕

就長度這一點來看，偈頌和傳統詩歌之間差異是非常大的。

2. 就押韻來看

我國傳統詩歌是韻文，幾乎每一首詩皆是押韻的。但觀察偈頌，幾乎是不押韻的居多，無論四句、六句、八句乃至多句。如《佛說大乘十法經》：「離慢增上慢，常以慈心念，及常懷悲心，恒怖世間中，常以行乞，食善說人天益。」〔註 16〕類似這樣不押韻的偈頌，在《大藏經》中非常多，不勝枚舉。

3. 就內容而言

傳統詩歌多以抒情言志，表達情感的作品為主，比較來說較少敘事、議論、說理、勸誡等，但「偈頌」卻以敘事、說理、議論為主，二者在本質上差異很大，關於「偈頌」的內容將於後面詳述。

「偈頌」和傳統詩歌差異很大，是否可以視「偈頌」為詩歌，這點乃須討論。若是就漢譯佛經的「偈頌」這方面來看，或許和翻譯經典的人不懂梵文，或文學素養不佳雙重因素有關，西晉以前，是譯經的探索時期，譯經師多是西域人，不精漢語，筆錄者又不通胡語，也不懂佛理，故造成「梵客華僧，聽言揣意，方圓共鑿，金石難和，宛配世間，擺名三昧。咫尺千里，覿面難通。」〔註 17〕譯本多辭不達意，難以通達，偈頌也不免如此了。到了東

〔註 12〕《大般涅槃經》（南本），宋・憲嚴等依泥洹經加之，《大藏經》八套第七冊、第八冊。

〔註 13〕《菩薩念佛三昧經》，宋・功德直譯，《大藏經》六套第十冊。

〔註 14〕《央掘魔羅經》，宋・求那跋陀羅譯，《大藏經》十二套第一冊。

〔註 15〕《寶行王正論》，陳・眞諦譯，《大藏經》二十二套第五冊。

〔註 16〕《佛說大乘十法經》，梁・僧伽婆羅譯，《大藏經》第六套第三冊。

〔註 17〕見宋・贊寧《宋高僧傳》。

晉、南朝，翻譯佛經達到極盛，雖然較探索時期進步，且是「彼曉漢談，我知梵說」〔註18〕但仍「十得八九，時有差違」，〔註19〕翻譯的偈頌仍未必能夠完全合於原意，翻譯的僧侶本身未能通達梵文，自然無法適達經意，即使經過懂漢文的西域僧侶翻譯，仍然不能完整地表達原來的意旨。更何況，梵文是拼音文字，一字多音，而漢字是一字一音，兩種文字性質完全不同，所以梵文的佛典，也許原來是有韻的詩歌，但由於譯者的文學素養不夠，勉強湊成齊言的形式，已經十分不易，當然就無暇顧及押韻了。所以譯成漢文後，就無法表現原有的風貌了。所以，譯經師雖然以中國詩歌的形式翻譯「偈頌」，但事實上，兩者之間差異很大，只是勉強地說，「偈頌」仍可看成是詩歌。

「佛教」傳入中土後，弘傳廣遠，上至君王，乃至文士，販夫走卒，莫不受其影響。就南朝而言，文士和僧侶的往還論道，是非常普遍的，在第二章中已論述，此不復贅言。而文士和僧侶往來既然密切，則佛經的偈頌必然直接或間接地影響文人的詩歌創作，南朝佛理詩的出現，以及文人引用佛典入詩，就是明顯地例證。

三、偈頌的內容

「偈頌」的內容爲何呢？這點可就南朝所譯的偈頌作大略的分類；李師立信在〈論偈頌對我國詩歌的影響〉一文中〔註20〕，曾對漢代翻譯佛經中偈頌的內容做分類，共可分成四類，即說理、勵志、告誡、敘事，本文依李師的分法，分作四類：

（一）說　理

佛經的偈頌，大部份「重頌」，即重宣長行文的道理，以令眾生明白佛說法的意旨，而南朝所譯經典中的偈頌，內容多是說理，尤其在論藏的偈頌，以說理爲內容的佔了絕大多數，就眞諦所譯的論藏典籍觀之，如《中邊分別論》、《解捲論》、《佛性論》、《寶行王正論》、《大乘唯識論》等，其偈頌皆是闡述佛法的道理，這些經論常常是先有一首偈頌，之後再一段長行文來申述偈頌的義理；或者是一段長行文之後，接著一首偈頌。如《解捲論》：

智人不違世，隨說世間法，若欲滅惑障，依眞應觀察。

〔註18〕同上。
〔註19〕同上。
〔註20〕見《文學與佛學的關係》，中國古典文學研究會主編，學生書局印行。

如世間瓶衣等物，信有不違，或說示他如此，智人先隨此事，後若求解脫，應修眞理，簡擇世法。

其它如《中邊分別論》、《大乘唯識論》亦復如是。

以說理爲內容的偈頌很多，今就經藏和論藏中再舉出二個例子：

信爲最上乘，以是成正覺，是故信等事，智者敬親近。

信爲最世間，信者無窮乏，是以信等法，智者最親近。

不信善男子，不生諸白法，猶如燋種子，不生於根芽。(《佛說大乘十法經》)〔註21〕

修道不共他，能說無等義。頂禮大乘理，當說立及破。

無量佛所修，除障及根本。唯識自性靜，昧劣人不信。

實無有外塵，似塵識生故。猶如瞖眼人，見毛二月等。(《大乘唯識論》)〔註22〕

以說理爲內容的偈頌，主要是闡述佛所說的道理，其用意無非是令眾生明白佛理，開示悟入佛之知見。此類偈頌，多半會扣緊一個主題來發揮，《佛說大乘十法經》的例子，反復宣說「信」的重要，以及「信」的利益，亦反面來說，若沒有「信心」，則一切善法不生，「猶如燋種子，不生於根芽」，這樣的偈頌是極具說服力的。《華嚴經》的〈賢首品〉，賢首菩薩廣頌信心功德法門，即作偈頌云「信爲道源功德母，長養一切諸善根」，佛法大海，唯「信」才能入，如同一把鑰匙，擁有它才能進入浩瀚的佛學堂奧中。

（二）告　誡

佛說法是自在無礙，契機施度，何時該說何法，完全視眾生的需要而定，有時是以利益誘導眾生，如持戒修善，可以得到人天的善果，但是，閻浮提眾生剛強難化，單以善果化導仍不行，還必須適時予以告誡，以提醒眾生不致誤入邪知邪見，或是藉以調伏眾生的習氣，引導他步上學佛的正道上。以告誡的內容的偈頌，今舉出二例：

生死不斷絕，貪欲嗜味故。養怨入丘塚，唐受諸辛苦。

身臭如死尸，九孔流不淨。如廁蟲樂糞，愚貪身無異。

智者應觀身，不貪染世間。無累無所欲，是名眞涅槃。

〔註21〕《佛說大乘十法經》，梁・僧伽婆羅譯，《大藏經》第六套第三冊。

〔註22〕《大乘唯識論》，天親菩薩造，陳諦譯，《大藏經》二十二冊第四冊。

如諸佛所說，一心一意行。數息在靜處，是名行頭陀。(《治禪病秘要法》)〔註 23〕

若以色見我，以音聲求我。是人行邪道，不應得見我。

由法應見佛，調御法爲身。此法非識境，法如深難見。(《金剛般若波羅經》)〔註 24〕

在南朝譯出經典中，也有不少如這般以告誡爲主的偈頌，如《佛說長者子六過出家經》、《佛說大乘十法經》、《金剛般若波羅蜜經》等，都有很多告誡性質的偈頌。

（三）敘　事

敘事性的偈頌，通常都具有濃厚的故事意味，也許是藉一個人的經驗，或其所見所聞，來說明佛經的道理；或者是虛構一些情節、人物等用譬喻的方法來闡述佛理，前者如《佛所行讚》，是以釋迦牟尼爲主角，敘述他由出生、娶妻、出家修道、成佛道，乃至說法四十九年度化眾生的情形，至最後入涅槃，將佛的一生完全記錄下來，這是典型的敘事偈頌。

佛說法是圓融無礙的，有時說事，有時說理，其實事依於理，理亦成於事，若光說佛法的道理，未舉出眞實的事蹟，非常容易執理廢事，變成「說食數寶」，這就違背佛陀說法渡眾生的用意了。

所以，佛經中常藉由一個人的遭遇，或一件事的過程原委，來闡述佛經的道理，如《央崛魔羅經》：〔註 25〕

譬如貧怯士，遊行曠野中。卒聞猛虎氣，恐怖急馳走。

聲聞緣覺人，不知摩訶衍。趣聞菩薩香，恐怖亦如是。

譬如師子王，處在山巖中。遊步縱鳴吼，餘獸悉恐怖。

如是人中雄，菩薩師子吼。一切聲聞眾，及諸緣覺獸。

長夜習無我，迷於隱覆教。設我野干鳴，一切莫能報。

況復能聽聞，無等獅子吼。

又如小乘經典《佛說四人出現世間經》：〔註 26〕

大王人貧賤，得信好布施，見沙門梵志，及諸乞求者，

〔註 23〕劉宋・沮渠京聲譯，《大藏經》十四套第二冊。

〔註 24〕陳・眞諦譯，《大藏經》第五套第六冊。

〔註 25〕《央崛魔羅經》，宋・求那跋陀羅譯，《大藏經》十二套第二冊。

〔註 26〕《佛說四人出現世間經》，宋・求那跋陀羅譯，《大藏經》十四套第一冊。

承事禮恭敬，等修諸善業。見施常歡喜，乞者亦惠施，

是施微妙業，更不受瑕穢。如是王此人，彼臨命終時，

生三十三天，先醜而後妙。

大王人有財，無信懷嫉妒，常欲行非行，邪見無有師。

見沙門梵志，及諸乞求者，誹謗常罵言，慳貪如無財。

見施往遏絕，乞者不惠施，彼命非妙業，彼人受瑕穢。

如是王此人，臨欲命終時，必生入地獄，先妙而後醜。

此偈頌是以四種不同典型的人「先醜而後妙、先妙而後醜、先醜而後醜、先妙而後妙，就四種人的表現和行善修行與否，最後在臨命終時所得的果報差異，作一番敘述，給予修行佛法者極深刻的啓示。

（四）讚　嘆

佛以一大事因緣出興於世，就是令眾生開示悟入佛的知見，化迷啓悟，得以明心見性，故佛陀施設種種善巧方便，種種名言，引導眾生步向光明之途。在佛的每一次法會中，除了人道眾生與會之外，還有十方諸佛菩薩、天人和天龍八部等參與，菩薩在法會中通常都是扮演隨喜讚嘆的角色，其所嘆者不外是佛的慈悲與福德智慧，如：

頂禮三世尊，無上功德海。哀愍度眾生，是故歸我命。

清淨深法藏，增長修行者。世及出世間，我等皆南無。

我所建立論，解釋佛經義。爲彼諸菩薩，令知方便道。

以知彼道故，佛法得久住。滅除凡聖過，成就自他利。（《遺教經論》）〔註27〕

又如：

佛昇法座，如日暉耀。一切世間，之所歸仰。

震動大千，咸生欣悦。佛登寶座，如日顯照。

一切世間，頭戴法王。欲令眾生，普獲安樂。（《菩薩念佛三昧經》）〔註28〕

這類讚嘆的偈頌數量相當多，有的經典中，凡有偈頌出現，其內容即是稱讚佛德，如《菩薩念佛三昧經》卷一有六首偈頌，全部皆是讚嘆佛之威德智慧的文字，這些偈頌運用了譬喻「如日暉耀」、「如日顯照」、「如日融朗」等，

〔註27〕《遺教經論》，天親菩薩造，陳・眞諦譯，《大藏經》二十二套第一冊。
〔註28〕《菩薩念佛三昧經》，宋・功德直譯，《大藏經》六套第十冊。

把佛之威德喻作「日」、「暉耀」、「顯照」、「融朗」都是形容日之光明普照十方，但其所用的文字並不重覆，可見偈頌是極富文學意味的。

前面提到偈頌的內容，有說理、告誡、敘事、讚嘆這四大類。這些是漢魏以前，只重抒情的傳統詩歌中未曾出現的情形，尤其是長篇的敘事偈頌，在傳統詩歌中更是極難看得到，事實上，佛經偈頌的譯出，單就內容而言，已對南朝的詩壇發生影響。以闡述佛理爲主的詩歌，即是受到佛經偈頌的啓發而創作的，南朝的佛教雖未如唐朝之光芒萬丈，但在經典翻譯的事業已如日照高山，深刻地影響著社會與文壇，這點是不容等閒視之的。

第二節　偈頌對南朝詩歌的影響

檢視歷來的中國文學史，泰半皆忽略了佛教對中國文學影響的部分，除了胡適的《白話文學史》，〔註 29〕和鄭振鐸《插圖本中國文學史》，這二本有大略提到佛教文學，其它的版本似皆闕而不論。事實上，自東漢佛教傳入中國之後，就已經慢慢對中國社會發生影響力，而佛經翻譯事業的日益蓬勃，加上達官貴人的奉佛，無形之中亦促使佛教弘傳日漸廣遠。

在第五章《南朝詩歌中所見的佛典用語》中，曾經對兩晉和南朝的僧侶作品，以及文人作品中與佛教題材有關的詩歌，做了較深入的探討，也整理出四個附表，在這寫作與思考的過程之中，發現佛經的偈頌和南朝的詩歌之間，有幾點頗值得深入思考的問題，茲列舉之：

一、佛理詩的產生

二、詩歌的修辭技巧與表現手法

三、詩歌的用語

關於這三個問題的提出，主要是因爲南朝僧侶的詩歌，以及文士闡述佛理的詩作，和佛經中偈頌的內容相類似。而且在詩歌中引用佛典，這是漢魏詩歌中所未曾有過的情形，依文學發展的過程觀察，南朝的佛理詩之所以產生，以及僧侶，佛寺的題材入於詩中，應該和佛教傳入中國有密切的關係，何以言之呢？

佛教以一種外來文化的姿態進入中國，和傳統的儒家、道家的文化相接觸，經歷了由依附、衝突到相互融合的過程，這樣的過程亦是佛教中國化的

〔註 29〕《白話文學史》，胡適著，樂天出版社印行，59 年 11 月再版。

過程。佛教所以能夠為中國傳統文化所接納，主要是由於中華民族具有兼容並包的胸懷，亦是因為佛教文化本身內涵豐富，具有中國文化所缺乏的內容，可以對傳統文化發揮補充作用。

而以敘事和說理為內容的詩歌，在漢代以前的詩歌作品中，是相當罕見的，但是漢譯佛經的偈頌中，敘事和說理內容，則比比皆是。當佛經翻譯事業日漸興盛，而且佛教傳播日益廣遠之時，無形之中佛經的形式、思想，也會對文學有所影響。

梁啓超先生在民國十一年所作的演講——〈印度與中國文化之親屬的關係〉，曾經提出〈孔雀東南飛〉可能是受到《佛本行贊》等翻譯佛經之影響。〔註 30〕陸侃如先生撰〈孔雀東南飛考證〉一文，亦認為此詩必受印度文學影響方能產生。業師李立信先生，他認為「在極難看得到敘事詩的我國詩壇，在絕少有上百句長篇詩歌出現的漢代詩壇，除了把〈孔雀東南飛〉這種異數和長篇敘事偈頌聯想在一起之外，我們幾乎就沒有辦法去解釋〈孔雀東南飛〉出現的原因。」〔註 31〕

〈孔雀東南飛〉一詩的出現和佛經中長篇偈頌有關係，同樣地，南朝佛理詩的出現，也和佛經的偈頌有關，以下分點來明佛經的偈頌和南朝詩歌的關係。

一、詩歌的修辭技巧與表現手法

在佛經的偈頌中，常常是運用誇張、鋪排的表現手法，讀之會令人感覺不可思議，時間的無窮無盡，以及空間的無限延伸，是中國文學所缺乏的，《莊子》裡的大鵬鳥是「摶扶搖而上者九萬里」，已經高不可測，但仍有具體的數字，而從北溟到南溟的飛行也仍局限在這個世界上。佛經就迥然不同了，時間單位由剎那〔註 32〕至無量阿僧祇劫〔註 33〕，距離一談即是三千大千世界〔註 34〕，數量

〔註 30〕見梁啓超《飲冰室文集》四十一。

〔註 31〕〈論偈頌對我國詩歌所產生之影響——以孔雀東南飛為例〉，此文收錄在《文學與佛學關係》，學生書局印行。

〔註 32〕剎那，譯曰「一念」，是時間之最少者。經云，一念中有九十剎那，一剎那中有九百生滅。

〔註 33〕阿僧祇，譯作無央數，是印度數目名，阿僧祇是數之極。一阿僧祇，凡一千萬萬萬萬萬萬萬萬兆。阿僧祇劫，無數劫也。劫者年時名。

〔註 34〕三千大世界，經典上說世界有小千、中千、大千之別。合四大洲日月諸天為一世界。一千世界名小千世界。一千小世界為中千世界，一千中千世界為大

則是俱胝〔註35〕、億、那由它〔註36〕等，這些概念在現實中都是難以思量的，如《法華經》云：〔註37〕

譬如五百千萬億那由它阿僧祇三千大千世界，假使有人磨爲微塵，過於東方五百千萬億那由它阿僧祇國乃下一塵，如是東行，盡是微塵。

這是用譬喻來說明的距離，但仍是非常難以想像的廣遠與無窮無盡。

就南朝翻譯的佛經偈頌中，亦常見誇張的表現手法。如《菩薩念佛三昧經》：〔註38〕

佛昇法座，如日暉耀，一切世間，之所歸仰。

震動大千，咸生欣悅，佛登寶座，如日顯照。

一切世間，頂戴法王，欲令眾生，普獲安樂。

偈頌之後的長行文云：

爾時世尊廣長舌相，遍覆三千大千世界，普告聲聞及眾菩薩，諸善男子一心靜聽。

由這一段文字來看，佛一伸出舌頭，宣說佛法，就可以普遍覆蓋三千大千世界這麼大的範圍，這般的境界，豈是凡夫可以臆測的呢？類似這樣的表現手法，在佛典中是非常普遍的。

有些敘事性的偈頌，以故事的方式來陳述，並且運用譬喻，讀之彷若文學作品，如《大般涅槃經》：〔註39〕

佛不染世法，如蓮華處水。善斷有頂種，永度生死流。

生世爲人難，值佛世亦難。猶如大海中，盲龜遇浮孔。

我今所奉食，願得無上報。一切煩惱結，摧破無堅固。

又譬如：〔註40〕

如來在僧中，演說無上法。如須彌寶山，安處于大海。

千世界也。

〔註35〕俱胝，譯曰百億。《華嚴疏鈔》卷十三上曰：「俱胝相傳釋有三種，一者十萬，二者百萬，三者千萬。……唐三藏譯定千萬也，故至百數。」

〔註36〕那由它、數目名當於此方之億。億有十萬、百萬、千萬三等，故諸師定那由它之數不同。（以上註33～36係依丁福保編纂《佛學大辭典》）

〔註37〕出自《妙法蓮華經．如來壽量品》。

〔註38〕宋．功德直譯，《菩薩念佛三昧經》，《大藏經》第六套第十冊。

〔註39〕宋．慧嚴等依泥洹經改之，《大般涅槃經》（南本），《大藏經》第八套第七冊。

〔註40〕同上。

佛智能善斷，我等無明闇。猶如虛空中，雲起得清涼。

如來能善除，一切諸煩惱。猶如日出時，除雲光普照。

這二首偈頌皆出自《大般涅槃經》，它運用了許多譬喻來闡述佛經的道理，不但富有文學，也可以令讀者易於明白。

南朝的佛理詩，在表現手法上亦與偈頌類似，也運用鋪排、譬喻的手法，如智愷〈臨終詩〉。〔註41〕

千月本難滿，三時理易傾。石火無恒焱，電光非久明。

遺文空滿笥，徒然昧後生。泉路方幽噎，寒隴向淒清。

一隨朝露盡，唯有夜松聲。

此聲運用「石火」與「電光」，以比喻人生的短暫，同時也用「朝露盡」，比喻生命的短暫。由詩的表現手法看，作者用譬喻來傳達深奧的佛理，和佛經偈頌頗爲類似。

事實上，佛經偈頌的譬喻與誇飾的敘述手法，爲中國詩歌注入一股生命力，在南朝已明顯可見，例如支遁的〈四月八日讚佛詩〉、王融〈法樂辭〉十二章、梁簡文帝〈望同泰寺浮圖詩〉（并和三首）、〈蒙華林園誡詩〉、庾肩吾等所作〈八關齋夜賦四城門詩〉等等，都可以看出其一些表現手法與修辭和偈頌類似。

二、詩歌的用語

隨著佛期的翻譯和弘傳，許多佛典中的詞語和典故，亦隨之帶進文學領域，更進而成爲日常生活的用語。大陸學者趙樸初先生曾編撰《俗語佛源》這本書，〔註42〕其中收錄了五百多條源於佛教的典故，他並於序言中云：

> 現在許多人雖然否定佛教是中國文化的一部份；可是他一張嘴說話，其實就包含著佛教成分。語言是一種最普遍最直接的文化吧！我們日常流行的許多用語，如世界、如實、實際、平等、現行、剎那、清規戒律、相對、絕對等都源自佛教語彙。如果眞要徹底摒棄佛教文人的話，恐怕他連話都說不周全。〔註43〕

〔註41〕《廣弘明集》卷四十。

〔註42〕《俗語佛源》，中國佛教文化研究所編，上海人民出版社印行，1993年3月1版1刷。

〔註43〕同上。

誠如趙樸初先生所言，運用於日常生活中的佛典用語是非常的普遍，事實上，隨著佛經的翻譯，佛典中不少優美的典故與詞語，也運用於六朝詩歌以及唐以後的詩歌作品中。

由於佛教文化是純粹的外來文化，一切概念、術語在初翻譯時，常以音譯的方式譯出，也就是依照天竺的音，轉寫成漢語，所以衍生許多與佛教有關的外來詞，如浮屠、刹那、羅漢、菩薩、沙門、比丘、沙彌、涅槃等等。在佛經翻譯極盛的唐代，有二位和尚編撰二部同名的《一切經音義》，他們都是依經卷和經卷中條目出現的先後順序進行注釋。一部是玄應所著，又名《玄義音義》，〔註44〕有二十五卷；另一部是慧琳所著，也叫《慧琳音義》，〔註45〕全書共一百卷，所注釋的佛經經卷，自《大般若經》至《護命放生法》止，共一千三百部，五千七百餘卷，六十餘萬字，唐以前譯出的經典差不多概括在內，內容非常豐富。《玄應音義》和《慧琳音義》這兩部書包含大量與佛教文化有關的詞彙。

在南朝和佛教僧侶或寺廟等題材有關的詩歌，以及一些以闡述佛理爲主的詩歌中，已經可見許多的佛典用語，如梁昭明太子〈同泰僧正講詩〉：〔註46〕

放光聞鷲岳，金牒秘香城。窮源絕有際，離照歸無名。
若人聆至極，寄說表眞冥。能令梵志遣，亦使群魔驚。
寶珠分水相，須彌會色彩。學徒均梁甝，遊土譬春英。
伊予寡空智，徒深愛怯情。舒金起祇苑，開筵慕肅成。
年鍾僉從變，弦望聚舒盈。今開大林聚，淨土接承明。
掖影連高塔，法鼓亂嚴更。雷聲方樹長，月出地芝生。
已知法味樂，復悅玄言清。何因動飛轡，暫使塵勞輕。

在這首〈同泰僧正講詩〉中，即明顯地運用「放光」、「鷲岳」、「梵志」、「魔」、「須彌」、「空智」、「祇苑」、「淨土」、「塔」、「法鼓」等佛教的典故或詞語。暫且不論其內容爲何？單就詩歌的用語看來，這首詩的佛教色彩已是相當濃厚的，如果作者本身未曾受佛法的熏陶，何以能熟悉地運用這些佛教用語呢？如「鷲岳」指的是靈鷲山，是釋迦如來宣說佛法之地。「祇苑」，即祇樹園，「祇樹

〔註44〕唐・玄應撰，《一切經音義》，上海古籍出版社，1986年9月。
〔註45〕唐・慧琳撰，《一切經音義》，《佛教大藏經》第八十二冊，佛教出版社，67年3月。
〔註46〕《先秦漢魏晉南北朝詩》，逯欽立編，梁詩卷十四，頁1796。

給孤獨園」之略，亦是釋迦牟尼佛常於其間說法之地。又如「魔」，是梵語魔羅之略，譯爲能奪命、障礙、擾亂、破壞等，舊譯之經論作「磨」，梁武帝改爲「魔」字。〔註47〕

事實上，佛教的詞語與典故，必須要聽聞過佛法，而且要稍有深入，才能知悉語詞的意旨和深意，更何況要運用在詩歌作品中，作者本身基本的佛學素養是必須具備的。

南朝的大詩人謝靈運，他的詩集中，有不少與佛理有關的詩歌作品，〔註48〕其中有些是歌詠讚嘆佛菩薩與佛經的，如〈和范光祿祇洹像讚〉三首、〈維摩經中十譬讚〉八首等，這些詩中普遍地運用佛典用語與典故，例如〈聲聞緣覺合讚〉：〔註49〕

厭苦情多，兼物志少。如彼化城，權可得寶。

誘以涅槃，救爾生死。肇元三車，翻乘一道。

這首詩中，其所闡述的是聲聞與緣覺修行的過程。就其用語這方面來看，「化城」、「涅槃」、「生死」、「三車」等，完全是佛經中的用語，如「三車」，是《妙法蓮華經・譬喻品》所說，以羊車、鹿車、大白牛車，如此次第乃是以譬喻聲聞乘、緣覺乘與大乘。「化城」是出自〈妙法蓮華經〉、〈化城喻品〉，「化城」是指一時幻化的城郭，是佛欲令一切眾生悟入佛智，證到眞如的境界，然以眾生怯弱之力，不能堪任，故先說小乘涅槃，令其得此涅槃小果，然後更使發心進趣眞實之寶所，此「化城」是一時止息之說，是佛之善巧方便也。

佛經的翻譯與弘傳，豐富了詩歌的用語，這種情形在魏晉以後日趨普遍，至南朝，更是顯而易見。事實上，這是一個值得再深入研究探討的問題。

我們日常生活中常用的語言，如「世界」、「實際」、「究竟」、「種子」、「轉變」、「平等」、「煩惱」等，以及四字成語如「不可思議」〔註50〕，「冷暖自知」〔註51〕、「拖泥帶水」〔註52〕，都是源自於佛典的。

〔註47〕關於「鷲岳」、「祇苑」、「魔」的說明，主要是參考丁福保編撰《佛學大辭典》。

〔註48〕詳見附表三、四。

〔註49〕《廣弘明集》卷十六〈和范光祿祇洹像讚〉三首。

〔註50〕不可思議，是指理之深妙，或事之稀奇，不可以心思之，不可以言議之。《法華義疏》：「智度論云，小乘法無不可思議事。唯大乘法中有之，如六十小劫說法華經謂如食頃。」

〔註51〕冷暖自知，是指水之冷暖，飲者自知之，比喻自己的證悟。傳燈錄：「今蒙指示，如人飲水冷暖自知。」

〔註52〕拖泥帶水，又曰「和泥合水」。禪門中斥口頭禪之詞。碧巖二則垂示：「道箇

「世界」一詞出自《楞嚴經》，「世」原是指時間，「界」是指空間，現在則用來指全球或整個人類社會。「實際」一詞初晒於《大智度論》，原指宇宙萬有的本體，即「眞如」的境界，今則用來指客觀現實。「本來面目」源自於《六祖壇經》，原指人人所本有的心性是清淨光明的，由於無明覆蓋而致迷妄，轉染爲淨，即現本來面目，現在被用來指人們的眞實思想和動機，含有一點貶意。

在我們的日常生活中，或是文學創作中，許多語詞都和佛教有淵源關係，只是未追溯其本源，故不知曉而已。若稍有深入。可以發現佛經翻譯對語詞影響之大，是超乎想像之外的。

佛經翻譯對南朝詩歌的影響，明顯可見的是詩歌的內容方面，有佛理詩的產生，增益了詩歌的表現手法與修辭，以及豐富了詩歌的語詞，當然，佛經的影響不只這些，譬如以文爲詩的問題，詩歌意境的拓展等，因爲非南朝詩歌中，可顯見的影響，故於此暫且未論之。但事實上，這些都是値得再深入的課題。

佛字，拖泥帶水。道箇禪字，滿面慚惶。」（以上註50～52，係參考丁福保編纂《佛學大辭典》）

第七章　結　論

魏晉以來，中國文學在佛教思想與佛教文學的影響下，呈現了嶄新的風貌，就詩歌部分觀之，僧侶從事於詩的創作，以及以闡述佛理爲主題詩歌的產生，或是在詩歌中運用佛典，皆是漢代詩歌中所未曾有的現象，而仔細思之，這些現象皆與佛教的傳入，佛典的翻譯有密切的關係。

茲就前幾章的論述，簡要的歸納之：

一、君王的提倡

「上有所好，下必效焉」，南朝的君王多信奉佛法，並傾力宣揚佛法，如宋文帝、齊竟陵王、梁武帝、陳武帝等，對於佛法的弘揚是不遺餘力。雖然南朝的國祚不長，但在建造寺廟與翻譯佛經的事業方面，皆成果非凡，這與君王提倡佛教息息相關。

且南朝的君王亦多愛好文藝，在南朝近二百年的時間，君王對文學的提倡與鼓勵，再加上對佛法的弘揚，佛教文學或佛經的弘傳，自然地會普遍於文人社會與百姓之間的。是故，文人創作與佛教有關的詩歌，或引佛典入詩亦是很自然的情形。

二、文人的參與

自晉至南北朝，這是佛教流傳中國且逐漸融入中國文化中的時期，此時在文壇上佛教教義和信仰被文人接受與宣揚，文人和僧侶往來的情形是相當普遍的。文人們的佛教信仰是佛教深入傳播的表現，而且文人的崇信，對佛教傳播起了推動的作用，同時也對文學影響頗大。

南朝的文人，如謝靈運、顏延之、沈約等，在其詩歌作品中皆可見闡述佛理之作，或是與佛理有關的文章。這樣的情形在南朝文壇是相當普遍的，如以第五章四個附表所記錄的作品數量來看，可見南朝文人與佛教的因緣，誠然是十分深厚的。

三、詩作中具有佛教色彩

由於佛教興盛，文人的文學作品開始有佛教的色彩，詩歌中運用了佛典用語或摻入佛理。在南朝文人的作品之中，借景抒情，寓佛理於山水景色中者，以及純粹闡述佛理的作品，大約近一百二十首。這些作品，率多運用佛典，是南朝以前相當罕見的現象，一般對南朝文學的印象，多是駢儷華美，事實上，並非完全如此。從本論文第五章的論述以及附錄中可得知，受佛教傳入以及翻譯佛經的影響，南朝詩歌呈現出的另一種風貌，是質樸，且以意境取勝的作品。從《弘明集》、《廣弘明集》所輯錄的作品來看，這些以佛教爲題材的詩作，多是讚佛、祈願、懺悔之作，所呈現的語言和風格即是質樸的。

南朝時期，君王倡佛，且佛典翻譯事業也漸具規模，而且趨於完備，再加上文人與僧侶往來亦相當密切，種種的因緣配合之中，表現於詩歌創作的領域，即是運用運用佛典與佛經的道理，這無疑是爲中國文學注入一股新的生命力，不但豐富了詩歌的用語，也拓展詩歌的表現手法，思想內容上也增添許多題材。事實上佛經豐富的想像力，和恢宏的義理，對中國文學的影響是深遠的，民間文學中如變文、彈詞、寶卷，或如章回小說中的《紅樓夢》、《西遊記》等，或者如禪詩，以文爲詩的宋詩等等，細究之，都與佛教有關係。而這些都是值得深入研究的課題。

研究佛教與中國文學的關係，其實可以加深我們對中國文化及歷史發展的瞭解，也可以在思想觀念和思維模式有所改變。對於中國而言，佛教是以外來文化的姿態傳入中國，在思想觀念上必然和傳統文化有所差異，衝突的地方在所難免，慢慢地，經過論辯至調合的階段，在這樣的過程中，正好可以對傳統文化做深層的思維和認識，然後再去蕪存菁，汲取佛教文化的優點。如是，在傳統文化中自然地又增加許多內容了，至於改變得如何，則值得另外進行研究了，因爲非本論文要探討的範疇，故不在此討論之。

參考書目

一、藏經部份

以下依日本藏經院校訂訓點本《大藏經》（明治三十八年）

1. 〔陳〕眞諦譯：《金剛般若波羅蜜經》，第五套第六套。
2. 〔梁〕僧伽婆羅譯：《佛說大乘十法經》，第六套第三冊。
3. 〔宋〕功德直譯：《菩薩念佛三昧經》，第六套第十冊。
4. 〔宋〕慧嚴（等依泥洹經加之）：《大般涅槃經》（南本），第八套七、八冊。
5. 〔宋〕釋先公譯：《佛說月燈三昧經》，第十套第四冊。
6. 〔宋〕求那跋陀羅譯：《央掘魔羅經》，第十二套第一冊。
7. 〔宋〕求那跋陀羅譯：《大法鼓經》，第十四套第二冊。
8. 〔宋〕沮渠京聲譯：《治禪病秘要法》，第十四套第二冊。
9. 〔宋〕求那跋摩：《菩薩善戒經》，第十七套第一冊。
10. 〔陳〕眞諦譯：《遺教經論》，第二十二套第一冊。
11. 〔陳〕眞諦譯：《轉識論》，第二十二套第二冊。
12. 〔陳〕眞諦譯：《佛性論》，第二十二套第二冊。
13. 〔陳〕眞諦譯：《大乘唯識論》，第二十二套第四冊。
14. 〔陳〕眞諦譯：《寶行王正論》，第二十二套第五冊。

以下出自《佛教大藏經》，佛教出版社，67 年 3 月。

15. 〔梁〕慧皎：《高僧傳》，第七十四冊，史傳部一。
16. 〔梁〕僧皎：《高僧傳》，第七十四冊，史傳部一。
17. 〔梁〕僧佑：《出三藏記集》，第八十冊，目錄部一。

18. 〔唐〕道宣：《續高僧傳》（唐高僧傳），第七十四冊，史傳部一。
19. 〔唐〕道宣：《大唐內典錄》，第八十冊，目錄部一。
20. 〔宋〕贊寧：《宋高僧傳》，第七十四冊，史傳部一。

二、古籍部份

（一）

1. 梁僧佑編，《弘明集》，新文豐出版公司，民國75年3月再版。
2. 唐道宣編：《廣弘明集》，台灣中華書局，民國59年4月台2版。
3. 宋普潤大師編著：《翻譯名義集》，新文豐出版公司，民國68年7月初版。

（二）

1. 梁沈約撰：《宋書》，文淵閣四庫全書，史部十五、十六，台灣商務印書館。
2. 梁蕭子顯撰：《南齊書》，文淵閣四庫全書，史部十七，台灣商務印書館。
3. 唐・姚思廉奉敕撰：《梁書》，文淵閣四庫全書，史部十八，台灣商務印書館。
4. 唐・姚思廉奉敕撰：《陳書》，文淵閣四庫全書，史部十九，台灣商務印書館。
5. 唐・李延壽撰：《南史》，文淵閣四庫全書，史部二十三，台灣商務印書館。

（三）

1. 《詩經》，十三經注疏本，藝文出版社。
2. 〔南朝宋〕劉義著，〔南朝梁〕劉孝標注，余嘉錫箋疏：《世説新箋疏》，上海古籍出版社，1993年12月1版1刷。

三、近人著作

（一）總　集

1. 《全漢三國晉南北朝詩》，丁仲祜編纂，藝文印書館，民國72年6月4版。
2. 《先秦漢魏晉南北朝詩》，逯欽立輯校，木鐸出版社，民國77年7月。
3. 《中國佛道詩歌總彙》，馬大品等編，中國書局，1993年12月1版1刷。

（二）佛學類

以下三冊，出自現代佛教學術叢刊一百冊，張曼濤主編，大乘文化出版社，67年2月。

1. 《佛教與中國文學》，第十九冊。

2. 《佛典翻譯史論》，第二十冊。
3. 《中國佛教史論集（一）漢魏兩晉南北朝篇（上）》，第五冊。
4. 《佛典漢譯之研究》，王文顏，天華出版公司，民國 73 年 12 月初版。
5. 《中國佛學源流略講》，呂澂，里仁書局，民國 74 年 1 月。
6. 《佛學研究十八篇》，梁啓超，台灣中華書局，民國 74 年 5 月台 5 版。
7. 《中國佛教通史》（一～四冊），鎌田茂雄著，關世謙譯，佛光出版社，民國 75 年 12 月初版。
8. 《佛教與中國文學》，孫昌武，東華書局，民國 78 年 12 月初版。
9. 《中國佛教與傳統文化》，方立夫，桂冠出版社，1990 年 6 月初版 1 刷。
10. 《漢魏兩晉南北朝佛教史》，湯用彤，台灣商務印書館，民國 80 年 9 月台 2 版。
11. 《中國佛教文化論稿》，魏承恩，上海人民出版社，1991 年 1 版 1 刷。
12. 《三國兩晉玄道佛簡論》，許抗生，齊魯書社，1991 年 12 月 1 版 1 刷。
13. 《俗語佛源》，中國佛教文化研究所編，上海人民出版社，1993 年 3 月 1 版 1 刷。
14. 《中國佛教文學》，加定哲定著，劉衛星譯，佛光出版社，民國 82 年 7 月初版 1 刷。
15. 《佛經文獻語言》，俞理明編，巴蜀書社，1993 年 10 月 1 版 1 刷。
16. 《唐代士大夫與佛教》，郭紹林，文史哲出版社，民國 82 年 9 月初版。
17. 《唐詩中的佛教思想》，陳允吉，商鼎文化出版社，1993 年 12 月 1 版 1 刷。
18. 《中國魏晉南北朝宗教史》，楊耀坤，人民出版社，1993 年。
19. 《佛經傳譯與中古文學思潮》，蔣述卓，江西人民出版社，1993 年 9 月 1 版 1 刷。
20. 《文學與佛學關係》，中國古典文學研究會主編，台灣學生書局，民國 83 年 7 月初版。
21. 《漢唐佛教思想論集》，任繼愈，人民出版社，1994 年 8 月 4 版。
22. 《道佛儒思想與中國傳統文化》，張榮民編，上海人民出版社，1994 年 3 月 1 版 1 刷。

（三）文學與思想類

1. 《中古文學史論集》，王瑤，古典文學出版社，1956 年。
2. 《山水與古典》，林文月，純文學出版社，民國 65 年 10 月初版。
3. 《魏晉南北朝文學思想史》，張仁青，文史出版社，民國 67 年 12 月初版。

4. 《六朝唯美文學》，張仁青，文史哲出版社，民國69年11月初版。
5. 《漢魏六朝文學論集》，逯欽立遺著，吳雲整理，陝西人民出版社，1984年11月1版1刷。
6. 《六朝詩論》，洪順隆，文津出版社，民國74年3月再版。
7. 《方言與中國文化》，周振鶴、游汝杰，台北南天書局，79年10月台1版。
8. 《魏晉南北朝文學史參考資料》，北京大學中國文史教研室選注，里仁書局，民國81年3月。
9. 《六朝思想史》，孫述圻，南京出版社，1992年1版。
10. 《永明文學研究》，劉躍進，文津出版社，民國81年3月初版。
11. 《詩美鑒賞學》，吳奔星，廣西教育出版社，1993年1月1版1刷。
12. 《世說新語中所反映的思想》，朴美鈴，文津出版社，民國82年12月初版2刷。
13. 《中國思想史綱》，侯外廬主編，五南圖書公司，民國82年9月初版1刷。
14. 《中國魏晉南北朝文學史》，景蜀慧，人民出版社，1993年。
15. 《魏晉詩歌藝術原論》，錢志熙，北京大學出版社，1993年1月1版1刷。
16. 《中山水的藝術精神》，臧維熙主編，學林出版社，1994年6月1版1刷。
17. 《詩美思辨》，艾治平，學林出版社，1994年12月1版1刷。
18. 《齊梁詩歌研究》，閻采平，北京大學出版社，1994年10月1版1刷。
19. 《魏晉南北朝文化史》，萬繩楠，雲龍出版社，1995年6月初版。
20. 《魏晉南北朝史》，王仲犖，仲信出版社。

四、學位論文

1. 《南朝詩研究》，王次澄，民國71年，東吳大學中文研究所博士論文。
2. 《從《弘明集》看魏晉南北朝儒釋道三家的呰應》，黃盛璟，民國73年，東吳大學中文研究所碩士論文。
3. 《佛教文學對中國小說的影響》，釋永祥，民國67年，文化大學印度文化研究所碩士論文。
4. 《沈約及其作品研究》，馮承德，民國79年，文化大學中文研究所碩士論文。
5. 《唐代詩人與佛教關係之研究——兼論唐詩中的佛教語彙意象》，蔡榮婷，民國81年，政治大學中文研究所博士論文。

五、期刊部份

1. 〈齊梁詩與齊梁詩人〉，鄭雷夏，《女師專學報》，民國 66 年 5 月。
2. 〈佛教對中國聲韻學的影響〉，東初，《海潮音》，民國 66 年 11 月。
3. 〈梁武帝與佛教〉，樸庵，《中華文化復興月刊》，民國 71 年 6 月。
4. 〈沈約聲律論發微〉，姚振黎，《國立中央大學文學院刊》，民國 72 年 6 月。
5. 〈論佛學在中國的演變及其對社會文化各方面的深刻影響〉（上、中、下），蘇淵雷，《華東師範大學學報》，1983 年 4、5、6 期。
6. 〈從印度佛教傳入中國看兩種文化的沖突和融合〉，湯一介，《深圳大學學報》，1985 年。
7. 〈關於中古文學的幾個問題〉，張碧波，《東北師大學報》，1985 年 5 期。
8. 〈梁武帝與佛教〉，蔡惠明，《內明》，民國 74 年 10 月。
9. 〈魏晉玄學、佛學和詩〉，孔繁，《世界宗教研究》，1986 年 3 月。
10. 〈謝靈運及詩〉，王次澄，《東吳文史學報》，民國 77 年 1 月。
11. 〈中國古代文學家近佛原因初探〉，張碧波、呂世瑋，《東北師大學報》，1988 年 3 期。
12. 〈漢譯佛典之文學性述論〉，林伯謙，《國立編譯館館刊》，民國 80 年 12 月。
13. 〈佛經對漢語的影響〉，蔡惠明，《香港佛教》，民國 81 年 6 月。
14. 〈淺談佛教中國文學的影響〉，季風文，《世界宗教研究》，1993 年 4 月。
15. 〈齊梁詩的藝術成就〉，盧清青，《華夏學報》18 期。
16. 〈有關「永明聲律說」的幾段歷史記載之剖析〉，王靖婷，《東海中文學報》。

附　表

〔表格凡例〕

一、依朝代排列，即宋、齊、梁、陳之順序排列。

二、同一朝代中，將君王的作品排到於前。若遇「奉和」之作，則附於其後。

三、出處部份，主要以《廣弘明集》，逯欽立輯校《先秦漢魏晉南北朝詩》爲主。爲求簡要詳明，凡出於《廣弘明集》，以「廣」代表，出自逯欽立所輯校的詩集則以頁次代表之。

四、本表格，原始資料有四：

1. 《廣弘明集》唐・終南山釋道宣集，四部備要，子部，台灣中華書局印行，59 年 4 月台 2 版。
2. 《先秦漢魏晉南北朝詩》逯欽立輯校，木鐸出版社，77 年 7 月。
3. 《高僧傳》梁・慧皎撰。
4. 《續高僧傳》唐・道宣撰。

（以上《高僧傳》、《續高僧傳》，均見《佛教大藏經》，七十四冊，史傳部，佛教出版社）

五、遇資料有疑義者，則加註解說明之。

附表一　僧侶詩歌作品（一）

作　者	作　　品	出　　處	附註
康僧淵	代答張君祖詩	1075（廣）卷四十	
	又答張君祖詩	1076（廣）卷四十	
佛圖澄	吟	1076（高僧傳佛圖澄傳）	
支　遁	四月八日讚佛詩	1077（廣）卷三十九	
	詠八日詩三首	1078（廣）卷三十九	
	五月長齋詩	1078（廣）卷三十九	
	八關齋詩三首	1079（廣）卷三十九	
	詠懷詩五首	1080（廣）卷三十九	
	述懷詩二首	1082（廣）卷三十九	
	詠大德詩	1082（廣）卷三十九	
	詠禪思道人詩	1083（廣）卷三十九	
	詠利城山居	1083（廣）卷三十九	
鳩摩羅什	十喻詩	1084	
釋道安	答習鑿齒嘲	1084	
釋慧遠	廬山東林雜詩	1085	
廬山諸道人	遊石門詩	1086	
廬山諸沙彌	觀化決疑詩	1087	
史　宗	詠懷詩	1087（高僧傳史宗傳）	
帛道猷	陵峰採藥觸興爲詩	1088（高僧傳道壹傳）	
竺僧度	答苕華詩	1088（高僧傳竺僧度傳）	
楊苕華	贈竺度詩	1089（高僧傳竺僧度傳）	
釋道寶	詠詩	1089（高僧傳竺法崇傳）	
竺法崇	詠詩	1090（同上）	
竺曇林	爲桓玄作民謠詩二首	1090	

附表二　僧侶詩歌作品（二）

朝代	作　者	作　品	出　處	附注
梁	釋寶誌	讖詩四首	2188《南史》	
	惠慕道士	犯虜將逃將作詩		
	僧正惠偘	詠獨杵擣衣詩	2191	
		聞侯方兒來寇詩	2191	
	釋法雲	三洲歌	2191	
	釋智藏	奉和武帝三教詩	2189（廣）卷四十	
	釋惠令	和受戒詩	2190	
陳	釋惠標	詠山詩三首	2621	
		詠水詩三首	2622	
		詠孤石	2622	
		贈陳寶應	2622（陳書）	
	曇瑗	遊故苑詩	2623（續高僧傳雲瑗傳）	
	釋洪偃	遊故苑詩	2624（續高僧傳雲瑗傳）	
		登吳昇平亭	2624（續高僧傳釋洪偃傳）	
		遊鍾山之開善定林息心宴坐引筆賦詩	2624（同上）	
	釋智愷	臨終詩	2624（廣）卷四十	
	高麗定法師	詠孤石	2625	

附表三　南朝文人的詩歌作品

（一）純粹闡述佛理者

朝代	作　者	作　品	出　處	附注
宋	謝靈運	和范光祿祇洹像讚三首（佛讚、菩薩讚、聲聞緣覺合讚）	（廣）卷十一	
		和從弟惠連無量壽頌	（廣）卷十一	
		維摩詰經中十譬讚八首（聚沫泡合、燄、芭蕉、幻夢、影響合、浮雲、電）	（廣）卷十一	

		臨終詩	（廣）卷四十 1186	
	范曄	臨終詩	1203	
	謝莊	八月侍華林曜靈殿八關齋詩	1253	
齊	蕭子良	後湖放生詩	1383	
	王融	法樂辭（十二章）	（廣）卷三十九 1389	
		栖玄寺聽講畢遊邸園七韻應司徒教詩	（廣）卷三十九 1395	
		大慚愧門詩（蕭子良作〈淨住子淨行法門〉，王融則作頌）	1399	淨行頌十首之九
梁（武帝—簡文帝—元帝—敬帝）	武帝蕭衍	十喻詩	1531	
		和太子懺悔詩	（廣）卷三十九 1531	
		會三教詩	（廣）卷三十九 1531	
		天安寺疏圃堂詩	1529	
	簡文帝蕭綱	蒙華林園戒詩	（廣）卷三十九 1936	
		旦出興業寺講詩	（廣）卷三十九 1936	
		十空詩六首	（廣）卷三十九 1936	
		望同泰寺浮圖詩	（廣）卷三十九 1935	
		蒙預懺直疏詩	（廣）卷三十九 1935	
梁	簡文帝蕭綱	夜望浮圖上相輪絕句詩	（廣）卷三十九 1968	
		賦詠五陰熾支詩	（廣）卷三十九	
		正月八日然燈詩應令	（廣）卷四十	
		被幽述志詩	（廣）卷四十	
	元帝蕭繹	和劉尙書侍五明集詩	（廣）卷三十九 2038	
	宣帝蕭詧	迎舍利詩	2105	
	昭明太子蕭統	東齋聽講詩	1798	
		講席將畢賦三十韻詩依次用	（廣）卷三十九 1798	
		開善寺法會詩	（廣）卷三十九 1796	

		同泰僧正講詩	1796	
	蕭子顯	奉和昭明太子鍾山講解詩	（廣）卷三十九 1819	
	劉孝綽	奉和昭明太子鍾山講解詩	（廣）卷三十九 1829	
		賦詠百論捨罪福詩	（廣）卷三十九 1840	
梁	劉孝儀	奉和昭明太子鍾山講解詩	（廣）卷三十九 1893	
	陸倕	奉和昭明太子鍾山講解詩	（廣）卷三十九 1775	
	庾肩吾	和太子重雲殿受戒詩	1988	
		詠同泰寺浮圖詩	1988	
		八關齋夜賦四城門（共四賦十六首，據廣弘明集，作者還徐防、孔燾、諸葛鎧、王台卿、李鏡遠、簡文帝）	（廣）卷四十 2005	
	王筠	奉和皇太子懺悔應詔詩	（廣）卷三十九 2014	
		和皇太子懺悔詩	2014	
	沈約	八關齋詩	1639	
		釋迦文佛像銘	（廣）卷十八	
		千佛頌	（廣）卷十八	
		彌勒讚	（廣）卷十八	
		繡像題讚	（廣）卷十八	
	江淹	吳中禮石佛詩	1566	
陳	張君祖	詠懷詩三首	（廣）卷四十	
		道樹經讚	（廣）卷四十	
		三昧經讚	（廣）卷四十	
	徐孝克	仰同令居攝山棲霞寺山房夜坐六韻詩	（廣）卷四十 2562	
		仰合江令君詩	（廣）卷四十 2563	逯集作〈仰和令君詩〉

	江總	攝山棲霞寺山房夜坐簡徐祭酒周尚書并同遊群彥詩	（廣）卷四十 2584	
		靜臥棲霞寺房望徐祭酒詩	（廣）卷四十 2584	
		營涅槃懺還塗作詩	（廣）卷四十	廣弘明集〈管涅槃懺〉
		至德二年十一月十二日升德施山齋三宿決定罪福懺悔詩	2585	

（二）主題與佛寺、僧侶有關，兼論佛理者

朝代	作　者	作　　品	出　　處	附 注
宋	謝靈運	登石室飯僧詩	1164	
		石壁立招提精舍詩	1165	
		石壁精舍還湖中作詩	1165	
梁	武帝蕭衍	遊鍾山大愛敬寺詩	1531	
	昭明太子蕭統	和武帝遊鍾山大愛敬寺詩	1795	
	簡文帝蕭綱	遊興宅寺應令詩	（廣）卷四十 1936	
		往虎窟山寺詩	（廣）卷四十 1934	和詩共五首
	王冏	奉和往虎窟山寺詩	（廣）卷四十	
	陸罩	奉和往虎窟山寺詩	（廣）卷四十 1777	
	孔燾	奉和往虎窟山寺詩	（廣）卷四十 2076	
	王台卿	奉和往虎窟山寺詩	（廣）卷四十 2089	
	鮑至	奉和往虎窟山寺詩	（廣）卷四十 2024	
	蕭文帝蕭綱	望同泰寺浮圖詩	（廣）卷三十九 1935	和詩三首
	王訓	奉和望同泰寺浮圖詩	（廣）卷三十九	
	王台卿	奉和望同泰寺浮圖詩	（廣）卷三十九 2088	
	庾信	奉和望同泰寺浮圖詩	（廣）卷三十九	
	何遜	登禪岡寺望和虞記室詩	1701	

	劉孝綽	東林寺詩	1828	
	蕭子雲	贈海法師遊甑山詩	1885	
	劉孝先	草堂寺尋無名法師詩	2065	
		和亡名法師秋夜草堂寺禪房月下詩	2065	
陳	後主陳叔寶	同江僕射遊攝山棲霞寺詩	（廣）卷四十 2513	
	周弘正	答林法師詩	2461	
		學中早起聽講詩	2461	
	徐伯陽	遊鍾山開善寺詩	2470	
陳	江總	同庾信答林法師說	2593	
		庚寅年二月十二日遊虎丘山精舍詩	（廣）卷四十 2583	
		入攝山棲霞寺詩	（廣）卷四十 2583	
		遊攝山棲霞寺詩	（廣）卷四十 2584	
		入龍丘巖精舍詩	2583	
		明慶寺詩	2583	
	何處士	春日從將軍遊山寺詩	（廣）卷四十 2599	廣弘明集注：集原作陳從事何處士，今從詩紀
		別才法師於湘還郢北詩	（廣）卷四十 2599	
		敬酬解法師所贈詩	（廣）卷四十 2600	
		通士人篇	（廣）卷四十 2600	
	沈炯	從遊天中寺應令詩	（廣）卷四十 2447	
		同庚中庶肩吾周處士弘讓遊明慶寺詩	（廣）卷四十 2448	
	陰鏗	開善寺詩	2453	
		遊巴陵空寺詩	2456	
	姚察	遊明慶寺	（廣）卷四十	
	張君祖	贈沙門竺法頵三首	（廣）卷四十	

附表四　南朝譯出經典（依明治38年日本藏經校訂訓點本）

朝代	譯　者	經　典　名　稱	冊　數
大乘經般若部			
陳	天竺眞諦	金剛般若波羅蜜經一卷	五套～六
梁	曼陀羅僊	文殊師利所說摩訶般若波羅蜜經二卷	同上
	僧伽婆羅	文殊師利所說般若波羅蜜經一卷	同上
寶積部			
梁	僧伽婆羅	佛說大乘十法經一卷	六套～三
		度一切諸佛境界智嚴經一卷	六套～五
宋	求那跋陀羅	勝鬘師子吼一乘大方便方廣經一卷	六套～五
大集部			
宋	曇摩蜜多	虛空藏菩薩神咒經一卷	六套～三
	曇摩蜜多	觀虛空藏菩薩一卷	大套～五
	功德直	菩薩念佛三昧經	大套～五
	智嚴共寶雲	無盡意菩薩經	大套～五
涅槃部			
宋	慧嚴等（依泥洹經加之）	大般涅槃經（南本）	八套～七、八
五大部外重譯經			
齊	曇摩伽陀耶	無量義經一卷	九套～二
宋	智嚴	佛說法華三昧經一卷	九套～二
梁	月婆首那	大乘頂王經一卷	九套～五
梁	曼陀羅仙	寶雲經七卷	九套～六
宋	求那跋陀羅	相續解脫地波羅蜜了義經一卷	九套～六
宋	求那跋陀羅	相續解脫如來所作順處了義經一卷	九套～六
陳	眞諦	佛說解節經一卷	九套～六
宋	智嚴	佛說廣博嚴淨不退轉輪經六卷	九套～七
	求那跋陀羅	大方廣寶篋經三卷	九套～九
	求那跋陀羅	佛說菩薩行方便境界神通變化經三卷	十套～一
	釋先公	佛說月燈三昧經一卷	十套～四
	曇摩蜜多	佛說象腋經一卷	十套～四

<table>
<tr><td rowspan="7"></td><td>畺良耶舍</td><td>佛說觀茶量壽經一卷</td><td>十套～四</td></tr>
<tr><td>求那跋陀羅</td><td>拔一切業障根本得生淨土神咒一卷</td><td>十套～五</td></tr>
<tr><td>曇摩蜜多</td><td>佛說諸法勇王經一卷</td><td>十套～五</td></tr>
<tr><td>求那跋陀羅</td><td>佛說老母女六英經一卷</td><td>十套～五</td></tr>
<tr><td>求那跋陀羅</td><td>申日兒本經一卷</td><td>十套～五</td></tr>
<tr><td>曇摩蜜多</td><td>佛說轉女身經一卷</td><td>十套～五</td></tr>
<tr><td>沮渠京聲</td><td>佛說諫王經一卷</td><td>十套～六</td></tr>
<tr><td>陳</td><td>眞諦</td><td>佛說無上依經二卷</td><td>十套～七</td></tr>
<tr><td>梁</td><td>僧伽婆羅</td><td>八吉祥經一卷</td><td>十套～七</td></tr>
<tr><td>宋</td><td>畺良耶舍</td><td>佛說觀藥王藥上二菩薩經一卷</td><td>十套～八</td></tr>
<tr><td>梁</td><td>僧伽婆羅</td><td>孔雀王咒經二卷</td><td>十套～八</td></tr>
<tr><td>梁</td><td>僧伽婆羅</td><td>舍利弗陀羅尼經一卷</td><td>十一套～一</td></tr>
<tr><td>宋</td><td>功德直共玄暢</td><td>無量門破魔陀羅尼經一卷</td><td>十一套～一</td></tr>
<tr><td>宋</td><td>求那跋陀羅</td><td>阿難陀目佉尼訶離陀經一卷</td><td>十一套～一</td></tr>
<tr><td>宋</td><td>曇摩蜜多</td><td>佛說普賢菩薩行法經一卷</td><td>十一套～四</td></tr>
<tr><td>宋</td><td>曇無竭</td><td>觀世音菩薩授記經一卷</td><td>十一套～四</td></tr>
<tr><td>齊</td><td>釋曇景</td><td>佛說未曾有因緣經二卷</td><td>十一套～四</td></tr>
<tr><td>宋</td><td>求那跋陀羅</td><td>央掘魔羅經四卷</td><td>十二套～一</td></tr>
<tr><td>宋</td><td>求那跋陀羅</td><td>大法鼓經二卷</td><td>十二套～二</td></tr>
<tr><td>梁</td><td>僧伽婆羅</td><td>文殊師利問經二卷</td><td>十二套～二</td></tr>
<tr><td rowspan="3">宋</td><td>求那跋陀羅</td><td>佛說十二頭陀經一卷</td><td>十二套～四</td></tr>
<tr><td>求那跋陀羅</td><td>佛說樹提伽經一卷</td><td>十二套～四</td></tr>
<tr><td>求那跋陀羅</td><td>佛說大意經一卷</td><td>十二套～六</td></tr>
<tr><td colspan="4">小乘經阿含部</td></tr>
<tr><td rowspan="5">宋</td><td>求那跋陀羅</td><td>雜阿含經五十卷</td><td>十三套～五六</td></tr>
<tr><td>慧簡</td><td>佛說閻羅王五天使者經一卷</td><td>十四套～一</td></tr>
<tr><td>慧簡</td><td>佛說瞿曇彌記果經一卷</td><td>十四套～一</td></tr>
<tr><td>求那跋陀羅</td><td>佛說鞞摩肅經一卷</td><td>十四套～一</td></tr>
<tr><td>求那跋陀羅</td><td>佛說四人出現世間經一卷</td><td>十四套～一</td></tr>
<tr><td>陳</td><td>眞諦</td><td>廣義法門經一卷</td><td>十四套～一</td></tr>
<tr><td>齊</td><td>求那毗地</td><td>佛說須達經一卷</td><td>十四套～二</td></tr>
</table>

宋	求那跋陀羅	佛說鸚鵡經一卷	十四套～二
	釋慧簡	佛說長者子六過出家經一卷	十四套～二
	求那跋陀羅	佛說士想思念如來經一卷	十四套～二
	求那跋陀羅	佛說阿遬達經一卷	十四套～二
	沮渠京聲	治禪病秘要法二卷	十四套～二
	慧簡	佛母般泥洹經一卷	十四套～二
	求那跋陀羅	過去現在因果經四卷	十四套～三
單譯經			
宋	沮渠京聲	佛說進學經一卷	十四套～十
	慧簡	佛說貧窮老公經一卷	十四套～十
	沮渠京聲	佛說八關齋經一卷	十四套～十
	沮渠京聲	佛說淨飯王般涅槃經一卷	十五套～一
	智嚴共寶雲	佛說四天王經一卷	十五套～一
	求那跋陀羅	佛說摩訶迦葉度貧母經一卷	十五套～一
	求那跋陀羅	十二品生死經一卷	十五套～一
	求那跋陀羅	佛說罪福報經一卷	十五套～一
	沮渠京聲	佛說五無反復經一卷	十五套～一
	沮渠京聲	佛說佛大僧大經一卷	十五套～一
	沮渠京聲	佛說五恐怖世經一卷	十五套～一
	沮渠京聲	弟子死復生經一卷	十五套～一
	惠簡	佛說懈怠耕者經一卷	十五套～一
	沮渠京聲	佛說耶祇經一卷	十五套～一
		沮渠京聲　佛說末羅王經一卷	十五套～一
		沮渠京聲　佛說摩達國王經一卷	十五套～一
		沮渠京聲　佛說旃陀越國王經一卷	
大乘律			
宋	求那跋摩	佛說菩薩內戒經一卷	十七套～一
		優婆塞五威儀經一卷	十七套～一
		菩薩善戒經九卷	十七套～一
	法海	寂調音所問經一卷	十七套～二
梁	僧伽婆羅	菩薩藏經一卷	十七套～一

小乘律			
陳	眞諦	佛說阿毗曇經二卷	十七套～三
宋	求那跋摩	優婆離問佛經一卷	十七套～三
	沮渠京聲	佛說迦葉禁戒經一卷	十七套～三
	求那跋摩	佛說優婆塞五戒相經一卷	十七套～三
宋	佛陀什共竺道生等譯	彌沙塞部和醯五分律三十卷	十八套～十
齊	跋陀羅	善見律毗婆沙十八卷	十九套～二
宋	僧伽跋摩	薩婆多毗尼摩得勒伽十卷	十九套～五
	佛陀什等	彌沙塞五分戒本一卷	十九套～八
大乘論			
陳	眞諦	涅槃經本有今無偈論一卷	二十二套～一
	眞諦	遺教經論一卷	二十二套～一
	眞諦	轉識論一卷	二十二套～二
	眞諦	顯識論一卷	二十二套～二
	眞諦	三無性論二卷	
	眞諦	佛性論四卷	
	眞諦	決定藏論三卷	二十二套～三
	眞諦	大乘唯識論一卷	二十二套～四
	眞諦	中邊分別論二卷	二十二套～五
	眞諦	如實論一卷	二十二套～五
	眞諦	寶行王正論一卷	二十二套～五
	眞諦	解捲論一卷	二十二套～五
	眞諦	掌中論一卷	二十二套～五
小乘論			
陳	眞諦	四諦論四卷	二十二套～六
	眞諦	阿毗達磨俱舍釋論二十二卷	二十四套～五
	眞諦	隨相論一卷	二十五套～三
	眞諦	十八部論一卷	二十五套～四
陳	眞諦	部執異論一卷	二十五套～四
宋	僧伽跋摩等	雜阿毗曇心論十六卷	二十五套～四

宋	求那跋陀羅共佛陀耶舍譯	眾事分阿毗曇論十二卷	二十五套～四
梁	僧迦婆羅	解脫道論十二卷	二十五套～七
陳	眞諦	佛說立世阿毗曇論十卷	二十五套～八、九
	眞諦	大宗地玄文本論十卷	二十五套～九
	眞諦	金七十論三卷	二十五套～十
宋	紹德、慧詢	菩薩本生鬘論十六卷	二十六套～一
西土聖賢撰集			
宋	釋寶雲	佛本行經十卷	二十六套～四
梁	僧伽婆羅	阿育王經十卷	二十六套～六
宋	求那跋陀羅	賓頭盧突羅闍爲優陀延王說法經一卷	二十六套～七
	釋慧簡	請賓頭廬法一卷	二十六套～七
	僧伽跋摩	分別業報略經一卷	二十六套～七
齊	求那批地	百喻經四卷	二十六套～九
宋	曇摩蜜多	五門禪經要用法一卷	二十六套～十
	求那跋陀羅	四品學法經	二十七套～一
	慈賢	佛說如意蓮華心如來修行觀門儀一卷	二十七套～二
	慈賢	妙吉祥平等瑜珈祕密觀身成佛儀軌一卷	二十七套～二
	慈賢	妙吉祥平等觀門大教王略出護摩儀一卷	二十七套～二
	僧加跋摩	勸發諸王要偈一卷	二十七套～二
	求那跋摩	龍樹菩薩爲禪陀迦王說法要偈一卷	二十七套～二
陳	眞諦	婆藪槃豆法師傳一卷	二十七套～二